बड़े भैया की पाती

AF816362

बड़े भैया की पाती

सुरेश जैन
आई.ए.एस. (से.नि.)

Sarvatra
An imprint of Manjul Publishing House

Sarvatra
An imprint of Manjul Publishing House
◆ द्वितीय तल, उषा प्रीत कॉम्प्लेक्स,
42 मालवीय नगर, भोपाल-462 003
◆ 7 / 32, अंसारी रोड, दरियागंज, नई दिल्ली-110 002
वेबसाइट : www.manjulindia.com

यह संस्करण 2021 में पहली बार प्रकाशित

बड़े भैया की पाती

ISBN 978-93-91242-20-6

मुद्रण व जिल्दसाज़ी : मणीपाल टेक्नोलॉजीज़ लिमिटेड, मणीपाल

सुरेश जैन इस पुस्तक के
लेखक होने की नैतिक ज़िम्मेदारी वहन करते हैं

अनुक्रमणिका

प्रकाशकीय

पत्र लेखन की परंपरा हमारे देश में बहुत पुरानी है। पुराने जमाने में विभिन्न देशों के राजा और महाराजा एक दूसरे का पत्र लिखा करते थे जिनमें संधि के प्रस्ताव, मित्रता एवं चेतावनी के संदेश हुआ करते थे। पंडित टोडरमल की रहस्यपूर्ण चिट्ठी जैन अध्यात्म जगत में बहुत ही लोकप्रिय एवं बहुश्रुत है। गाँधी एवं नेहरू के पत्रों के संकलन इतिहास के महत्त्वपूर्ण दस्तावेज़ हैं। पूज्य श्री गणेश प्रसाद जी वर्णी के पत्रों का संकलन *वर्णी पत्रसुधा* भी युगदृष्टा वर्णी जी के चिंतन का महत्त्वपूर्ण दस्तावेज़ है।

इसी श्रृंखला में धर्म, समाज, विधि एवं पर्यावरण से जुड़े वरिष्ठ प्रशासनिक अधिकारी भाई श्री सुरेश जी ने अपने सुदीर्घ अनुभवों के आधार पर *बड़े भैया की पाती* शीर्षक से 80 पातियों का संकलन प्रस्तुत किया है। इनमें से कुछ पातियाँ विभिन्न धार्मिक और सामाजिक पत्र-पत्रिकाओं में पूर्व में प्रकाशित हो चुकी हैं। अधिकांश पातियाँ पुस्तकाकार के रूप में छपकर हज़ारों की संख्या में वितरित हो चुकी हैं। अब इन पातियों का संशयोधित एवं परिवर्द्धित संस्करण आपके हाथों में है।

इन पातियों के माध्यम से सुरेश जी ने पत्र लेख की सुदीर्घ एवं यशस्वी परंपरा को आगे बढ़ाते हुए अपने जीवन का चिंतन सरल और सुबोध शैली में उड़ेल दिया है। एक ओर जहाँ इसमें प्रबंधन के गुरु मंत्र हैं तो दूसरी ओर युवाओं के व्यक्तित्व विकास हेतु महत्त्वपूर्ण मार्गदर्शन भी है। एक सामान्य किन्तु धर्मनिष्ठ परिवार में जन्मे भाई श्री सुरेश जी निःसंदेह आज की युवापीढ़ी के लिए मार्गदर्शक एवं प्रेरणास्रोत हैं क्योंकि उन्होंने स्वयं के श्रम से अपने जीवन को सँवारा है और शून्य से शुरू कर भारतीय प्रशासनिक सेवा में कलेक्टर, संचालक, लोक शिक्षण तथा सचिव, मध्यप्रदेश राज्य निर्वाचन आयोग जैसे महत्त्वपूर्ण पदों को गौरवान्वित किया है।

आप एक धर्मनिष्ठ, सहृदय समाजसेवी हैं तभी तो आपने नैनागिरि जैसे सुदूरवर्ती क्षेत्र में स्कूल की स्थापना की है। प्रबंध शिक्षा के क्षेत्र में विद्यासागर इंस्टीट्यूट ऑफ़ मैनेजमेन्ट, भोपाल का संस्थापन और 25 वर्षों तक सफल संचालन आपकी प्रशस्त अभिरुचि का प्रमाण है।

हमारी यही भावना है कि समाज का प्रत्येक व्यक्ति अपनी ऊर्जा को संरक्षित कर रचनात्मक विकास के पथ की ओर अग्रसर हो। अपने समय एवं धन का विवेकपूर्वक सदुपयोग समाज हित में करें। युवा अपनी प्रतिभा शक्ति एवं ऊर्जा का प्रयोग सामाजिक संस्थाओं के उत्थान एवं विकास में करें। अपने समाज की प्रगति एवं बौद्धिक विकास में करें।

आमुख

वर्तमान समाज के आधुनिकीकरण की प्रक्रिया में से गुज़रते हुए सामाजिक सरोकारों तथा जीवन से जुड़े विषयों पर कुछ कहना, लिखना या विश्लेषण करना कठिन कार्य है। हमने अपने व्यक्तित्व के विविध पक्षों पर सदैव चिंतन किया है। प्रत्येक पक्ष को विकसित करने का ठोस प्रयास किया है। हमारे व्यक्तित्व का मूल्यांकन हमारे साथी करते हैं किन्तु हमने अपने चिंतन का पूरा आनन्द लिया है। शाश्वत, सामाजिक, प्रेरक, कालजयी और आदर्श मूल्यों को आगे बढ़ाने का प्रयास किया है। सजग रहते हुए चिंतन के प्रवाह को सुरभित किया है। हमने अपनी सीखने की प्रवृत्ति और क्षमता का उपयोग कर अपने पूरे संयमित और नियमित जीवन में सदैव सद्साहित्य का अध्ययन किया है।

हमने मधुमक्खी की भाँति विभिन्न स्रोतों से एकत्रित मधुरस को सहज, सरल और सरस पातियों के रूप में प्रस्तुत किया है। अपने सुख और शांति के लिए हमने अपने चिंतन, मनन, विश्लेषण और पठन-पाठन के अमृत को इन पातियों में समाहित किया है। इन पातियों के माध्यम से जन-जन को प्रेरित करने का पावन प्रयास किया है। हमने पाती के प्रत्येक शब्द की आत्मा को अहसास की साँसों में जिया है। अतः हमें विश्वास है कि यह पाती जितनी जीवन से जुड़ेगी, जीवन की उतनी ही सार्थकता सिद्ध होगी। हमने पाती-लेखन का कार्य "स्वान्तः सुखाय" ही किया है तदपि हमें विश्वास है कि अधिकांश पातियाँ "सर्वजन हिताय" उपयोगी होंगी।

अंतरराष्ट्रीय, राष्ट्रीय एवं प्रादेशिक स्तर पर आयोजित गोष्ठियों में प्रोफ़ेशनल ढंग से अपने विषय की प्रस्तुति करना सरल होता है किन्तु गाँव की चौपाल में सामान्य व्यक्तियों के साथ बैठकर उन्हें उनके व्यक्तित्व विकास के लिए मूलभूत जानकारी सरल भाषा में देना कठिन कार्य है। ग्रामीण परिवेश में जन्म लेने एवं छोटे से छोटे प्रत्येक व्यक्ति के कल्याण की अभिरुचि होने के कारण यह कठिन कार्य सहजता, सरलता और प्रभावी ढंग से सम्पन्न करने में

हम सफल हो सके है। हमें विश्वास है कि पाठकों के जीवन को सँवारने और दिशा देने में इन पातियों की सार्थक भूमिका होगी और अच्छा जीवन जीने की कला की सीख मिलेगी।

श्रमण संस्कृति के महामुनि पूज्य ज्ञानसागर जी ने 11 जनवरी, 2009 को उज्जैन नगर में *बड़े भैया की पाती* के प्रथम संस्करण का विमोचन कर हमें प्रोत्साहित किया। उन्होंने अपने प्रवचन में इस छोटी-सी पुस्तिका की अत्यधिक सराहना करते हुए हमें प्रेरित किया कि यह पुस्तिका अधिक से अधिक प्रतिभाशाली छात्रों को उपलब्ध कराई जाए। परिणामतः उनकी प्रेरणा से प्रसूत इस पुस्तिका की श्रुत संवर्द्धन संस्थान, मेरठ द्वारा प्रकाशित हज़ारों प्रतियाँ छात्रों को उपलब्ध कराई गई हैं। अब इन पातियों में दुगुनी वृद्धि कर इन्हें समुचित संशोधित और परिवर्द्धित रूप में प्रकाशित किया जा रहा है।

अंग्रेज़ी और हिन्दी भाषा में गत तीस वर्षों से विधि के क्षेत्र में हमारी पत्नी न्यायमूर्ति विमला जैन, न्यायाधीश, मध्यप्रदेश उच्च न्यायालय के सहलेखन में हमारी पाँच पुस्तकें सतत रूप से प्रकाशित हो रही हैं किन्तु *बड़े भैया की पाती* विधि से भिन्न व्यक्तित्व विकास के क्षेत्र में पहली पुस्तक है।

गत शताब्दी में संवाद प्रायः पातियों के माध्यम से ही होता था। इनमें से अनेक पातियाँ हमारी शाश्वत पूँजी बन जाती थीं। पिता-पुत्र, पिता-पुत्री, माँ-बेटा, माँ-बेटी, पति-पत्नी और प्रेमी-प्रेमिका के बीच लिखे गए पत्रों की महत्त्वपूर्ण भूमिका होती है। हमें विश्वास है कि ज्ञान, सूचना और तकनीक को सुगम और सुलभ कराती हुई तेज़ी से भागती दुनिया में भी व्यक्तित्व विकास के लिए लिखी गई हमारी पातियाँ पाठक के लिए पठनीय और अनुकरणीय होंगी। यदि किसी पाठक को इस पुस्तिका के पढ़ने से कुछ लाभ हो तो हमें बड़ी प्रसन्नता होगी।

व्यक्तित्व विकास के सुप्रसिद्ध एवं अनुभवी लेखकों एवं विद्वानों की पुस्तकों से प्रेरणा प्राप्त कर और उनके प्रेरक बिन्दुओं को अपने व्यक्तित्व में आत्मसात कर ही हम *बड़े भैया की पाती* की पृष्ठभूमि तैयार कर सके हैं। अतः सर्वप्रथम *बड़े भैया की पाती* ने हमारे व्यक्तित्व को विकसित किया है एवं हमें अनेक लाभ पहुँचाए हैं। बड़े भैया की पाती में हमने युवक एवं युवतियों को प्रिय भैया के नाम से संबोधित किया है और अपनी पाती के माध्यम से उन्हें

अपने व्यक्तित्व का चतुर्मुखी विकास करने हेतु प्रेरणा प्रदान की है। हमने यह सुनिश्चित करने का प्रयास किया है कि पाती की भाषा सहजतम, सरलतम और पूर्णतः बोधगम्य हो तथा नवनीत की भाँति सुस्वादु एवं सुपाच्य हो।

हिन्दी हमारी मातृभाषा है। हिन्दी में हम पढ़ सकते हैं, लिख सकते हैं और बोल सकते हैं किन्तु हमें औपचारिक शालेय शिक्षा और औपचारिक ढंग से हिन्दी के अध्ययन का यथासमय अवसर प्राप्त नहीं हुआ। अतः हमारा विनम्र आग्रह है कि हिन्दी भाषा के विशेषज्ञ *बड़े भैया की पाती* में हुई भाषा संबंधी त्रुटियों के परिहार के लिए हमें संकेत कर अनुगृहीत करें। शासकीय सेवा में प्रवेश करते ही हिन्दी भाषा का समुचित ज्ञान प्राप्त करने के लिए हमने नियमित रूप से हिन्दी भाषा में प्रकाशित राष्ट्रीय स्तर की पत्रिकाओं और समाचार पत्रों का पठन किया। हमारे हिन्दी ज्ञान के संवर्द्धन में इन समाचार पत्रों एवं पत्रिकाओं की महत्त्वपूर्ण एवं आधारभूत भूमिका रही है।

मध्यप्रदेश के दैनिक समाचार पत्र विशेषतः *नई दुनिया* और *दैनिक भास्कर* में जीवन के विविध पक्षों एवं व्यक्तित्व विकास से संबंधित महत्त्वपूर्ण जानकारी प्रकाशित होती है। हमने प्रमुखतः इन दोनों पत्रों तथा देश की विविध पत्रिकाओं को पढ़कर अपनी हिन्दी भाषा में सतत सुधार किया। उनके शब्दों और वाक्यों का अपने लेखन में उपयोग किया। मध्यप्रदेश के सुप्रसिद्ध समाचार पत्र *दैनिक भास्कर* में नियमित रूप से प्रकाशित श्री जय प्रकाश चौकसे और एन. रघुराजन जैसे सुप्रसिद्ध लेखकों के स्तंभ 'परदे के पीछे' और 'मैनेजमेंट फ़ण्डा' ने हमारे चिंतन और लेखों को बहुत प्रभावित किया है।

हमने प्राचीनतम जैन तीर्थ नैनागिरि में जन्म लिया है। स्वाभाविक है कि हमें स्वर्ग से भी अधिक सुखदायी अपनी जन्मभूमि से बहुत अधिक प्रेम है। वहाँ पर विराजे भगवान पार्श्वनाथ के प्रति पूरी आस्था और श्रद्धा है। केन्द्रीय भारत में नैनागिरि जैन संस्कृति का प्रमुख केन्द्र है। परिणामतः भारतीय दर्शन से ओत प्रोत जैन संस्कृति के मूल मंत्रों ने हमारी प्रत्येक गतिविधि को प्रभावित किया है। हमारे सकारात्मक चिंतन को अपेक्षित दिशा दी है। अतः नैनागिरि की छोटी-मोटी झलक अनेक पातियों में यत्र-तत्र दिखाई देती है।

भारतीय प्रशासनिक सेवा के महत्वपूर्ण और वरिष्ठ पदों पर कार्य करते हुए हमारी यह विशेष रुचि रही है कि भारतीय प्रशासनिक सेवा के युवा

अधिकारी, डिप्टी कलेक्टर, तहसीलदार एवं नायब तहसीलदारों को सतत रूप से शिक्षण एवं प्रशिक्षण दिया जाए। राष्ट्रीय प्रशासन अकादमी, मसूरी, मध्यप्रदेश प्रशासन अकादमी, भोपाल, इण्डियन इंस्टीट्यूट ऑफ़ मैनेजमेन्ट, अहमदाबाद, कोलकाता एवं एडमिनिस्ट्रेटिव कॉलेज ऑफ़ इण्डिया, हैदराबाद ने प्रशिक्षण देने के लिए आमंत्रित कर हमें अपनी इस रुचि एवं इच्छा को पूर्ण एवं परिष्कृत करने का अवसर प्रदान किया।

प्रायः अर्द्धशिक्षित एवं अप्रशिक्षित व्यक्तियों को तीर्थों में प्रबंधक एवं पुजारी के पदों पर न्यूनतम वेतन पर नियुक्त किया जाता है। उन्हें तीर्थों के पदाधिकारीगण अपनी सीमाओं के कारण प्रोफ़ेशनल एवं आधुनिक ढंग से प्रशिक्षण नहीं दे पाते हैं। आंशिक रूप से इस समस्या का समाधान कर इस पुस्तिका ने उन्हें शारीरिक, मानसिक और भावनात्मक विकास के लिए आवश्यक टिप्स उपलब्ध कराए हैं। उनके शैक्षिक, नैतिक, बौद्धिक, सामाजिक एवं सांस्कृतिक विकास के लिए मार्गदर्शक बिन्दु प्रदान किए हैं। इस पुस्तिका के माध्यम से उन्हें शाश्वत, प्राचीन एवं आधुनिक जीवन मूल्यों की व्यावहारिक जानकारी दी गई है।

प्रस्तुत पातियाँ विषम परिस्थितियों में मनोबल बढ़ाती हैं। चित्त वृत्तियों का परिष्कार करती है। चारित्रिक दुर्बलताओं को दूर करती है। व्यक्तित्व के विभिन्न पक्षों पर केन्द्रित पातियाँ अच्छा जीवन जीने का पाठ पढ़ाती हैं। अच्छा जीवन जीने के तरीक़े बताती हैं। हमने अपने जीवन की बगिया से कुछ सुन्दर शब्द सुमनों का चयन कर बड़े भाई की पातियों में संजोया है। इन सुन्दर और सुगंधित पुष्पों का आनन्द लिया है। अपने व्यावहारिक जीवन की बारीकियों को देखा और परखा है। अपने जीवन के 75 वर्ष पूर्ण करने पर हम अपनी सोच और संवेदना के सुगंधित और सुदर्शनी पुष्पों का यह मधुर गुच्छ जन-जन को सौंप रहे हैं। इस उद्‌देश्य से भेंट कर रहे हैं कि प्रत्येक पाठक इसे पढ़कर अपने जीवन को कुछ बेहतर बनाएँ। अपने जीवन का पूरा आनन्द लें।

तीर्थ वंदना, मुम्बई, जैन गजट, लखनऊ, वीर, नई दिल्ली, आकांक्षा, भोपाल एवं संकल्प नवीन, ग्वालियर ने स्नेह पूर्वक *बड़े भैया की पाती* को नियमित रूप से प्रकाशित कर हमें सतत प्रेरणा प्रदान की है। हम इन पत्रिकाओं के पदाधिकारियों और संपादकों को हार्दिक साधुवाद एवं धन्यवाद प्रेषित करते हैं।

हमें विश्वास है कि हमारे नवयुवक और युवतियाँ *बड़े भैया की पाती* पढ़कर अपने व्यक्तित्व का विकास कर सर्वोच्च सफलता के पथ पर आगे बढ़ सकेंगे। इन पातियों के लेखन में सतत आत्मीय सहयोग देने के लिए हम अपनी सहचरी न्यायमूर्ति विमला जी, सुपुत्र विकास-वीनू, विधान-निधि सुपुत्री विद्युत-नितिन, डॉ. विधि-राजेश तथा पौत्र-पौत्रियों को स्नेह से आपूरित हार्दिक धन्यवाद प्रदान करते हैं।

मंजुल पब्लिशिंग हाउस के प्रबंध निदेशक श्री विकास रखेजा और संपादक श्री कपिल सिंह को *बड़े भैया की पाती* के प्रकाशन सहयोग के लिए एवं हमारे सहयोगी श्री जितेन्द्र जैन को टंकण एवं विविध सहयोग के लिए साधुवाद देते हुए हमें हार्दिक प्रसन्नता हो रही है।

—सुरेश जैन, (आई.ए.एस.)
30, निशात कॉलोनी,
भोपाल, म.प्र. 462 003
ई मेल : scjain17@gmail.com

पाती–1

हम अपने व्यक्तित्व का विकास करें

आत्म संयम हमें अधिक शक्ति प्रदान करता है। सामने वाले पर अत्यंत गहरा प्रभाव छोड़ता है। अतः हम संयम पूर्वक खुद को लगातार सुधारते रहें। बदलते रहें। विस्तृत सोच रखें। दूरदृष्टि रखें। अपने लक्ष्य के लिए लगातार काम करते रहें। तुरंत प्रतिक्रिया देने के बजाय परिस्थिति को सम्हाले। अपनी भावनात्मक शक्ति का सदुपयोग करें। दूसरों को आश्वस्त करते रहें कि वे इससे बेहतर काम कर सकते है। उनका उत्साह बढ़ाते रहें। इससे सकारात्मक ऊर्जा की धार बहाते रहें।

खुद पर यकीन रखे। खुद पर विश्वास करने से हमारी सोच रचनात्मक हो जाती हैं। सकारात्मक उम्मीदों के बल पर हमारा दिमाग अच्छे से अच्छा काम करने लग जाता है। सकारात्मक नजरिये में असीम संभावनाएं हैं। अतः सकारात्मक नजरिया अपनाऐं। कुछ न कुछ लोग आगे बढ़कर हमें सफल बनाने में जुट जाएंगे।

हम अपनी खूबियों और अच्छाईयों को पहचाने और उनके बारे में विचार करें जिनकी वजह से हमारे काम में सकारात्मक बदलाव आया है और जिसकी सभी सराहना करते है। अपनी खूबियों को खामियों में बदलने से रोकें। अधिक आत्म संयम को निष्ठुरता में न बदलने दे। बहुत ज्यादा बहादुरी को लापरवाही में तब्दील न होने दें। अपने धार्मिक व्यवहारों से किसी को अनावश्यक कष्ट न होने दें।

हमारी पीढ़ी बड़ी भाग्यशाली है। हम दुनिया को बड़ी तेजी से बदलते हुए देख रहे हैं। यह बदलाव टेक्नालॉजी के कारण आ रहा है किन्तु टेक्नालॉजी

हमारे लिए अनेक चुनौतियाँ भी खड़ी कर रही है। नॉलेज के क्षेत्र में आर्टीफिशियल इंटेलीजेन्स भले ही हमें पछाड़ दें किन्तु हमारे मानवीय मूल्य हमें अलग और आगे रखेंगे। मानवीय मूल्य मशीनों के स्थान पर केवल हमारे पास ही रहेंगे। वैश्वीकरण के इस युग में मानवीय मूल्य ही हमें एक जुट रखेंगे। हम अपनी भावनात्मक शक्तियों से सफल होते है। इण्टेलीजेन्स क्वोशेंट से अपनी सफलता को बरकरार रखते हैं। लव क्वोशेंट - पारस्परिक प्रेम और मैत्री से अपने साथियों का सम्मान पाते हैं। अतः अपने व्यक्तियों इन शक्तियों के कोष में सतत वृद्धि करते रहें।

हफ्ते में चालीस घण्टे से अधिक काम न करें। इससे अधिक काम करने से हमारी उत्पादकता घटने लगती है। हमारी सेहत और दिमाग पर नकारात्मक असर होने लगता है। अतः कार्य के बीच-बीच में खुद के लिए थोड़ा-थोड़ा समय निकालें।

अगर आप किसी धर्मगुरू से पूछेंगे, क्या मैं प्रार्थना करते वक्त सिगरेट पी सकता हूं? तो जवाब होगा 'नहीं'। लेकिन आप उनसे यह कहें क्या मैं सिगरेट पीते समय प्रार्थना कर सकता हूं? तो जवाब मिलेगा, हाँ। अपने प्रश्नों के ऐसे ही सकारात्मक उत्तरों के अनुरूप अपने विकास के पथ पर आगे बढ़ें। पाजिटिव न्यूज स्टोरीज आशा और उम्मीद जगाती हैं। इस तरह की खबरों से लोगों के बीच एक रिश्ता बनता है और हम सकारात्मक रहकर मुश्किलों का हल खोजने लगते हैं।

कुछ व्यक्ति अपने संकल्प और काम से अपने परिवार और समाज में सकारात्मक बदलाव ला रहे हैं। इनमें ऐसे जुझारू लोग भी हैं, जो न मदद के लिए सरकार की ओर देख रहे हैं और न ही इस बात का इंतजार कर रहे हैं कि कोई हाथ बंटाने आएगा। बस खुद को ही अपने कार्य में झोंक रहे हैं। भारी मुश्किलों में भी खुश रहने वाले लोगों की प्रेरक जीवन गाथा पढ़े। उनसे सीख लें। जब कभी हम छोटी-छोटी मुसीबतों से ही त्रस्त हो जाते हैं, हिम्मत खोने लगते हैं। जबकि जिनका समूचा जीवन ही भारी कष्टों में बीतता है, वे कितने प्रसन्न हैं। हौसला बनाए हुए हैं। उनके पथ पर आगे बढ़े। हम अपने बच्चों को अपने काम को मजेदार बनाने, आलसी बनकर न बैठने, और जोखिम लेने से नहीं डरने जैसी बातें सिखाऐं।

सकारात्मक सोच बेहद शक्तिशाली हथियार है। दुनिया के सबसे प्रभावशाली और सफल व्यक्ति समारात्मक सोच वाले होते हैं। ऐसी सोच वालों के सामने असीम संभावनाऐं होती है। ये दूसरों को भी ऐसा सोचने के लिए प्रोत्साहित करते हैं। वे दुनिया को आगे ले जाने का काम करते हैं। वे अपने अच्छे एटीट्यूड से दूसरे के नजरिए को बदल देते है। विंस्टन चर्चिल ने कहा था कि “निराशावादी को हर अवसर में समस्या दिखती है। आशावादी को हर समस्या में अवसर दिखता है।” सकारात्मक लोगों के लिए प्रत्येक दिन अच्छा होता है तथा वे हर दिन को और अच्छा बनाने का ठोस प्रयास करते हैं। हमेशा मुस्कराना, दुनिया में हो रहे अच्छे कामों को देखना, प्रो-एक्टिव तरीके से समस्या को सुलझाना और हमेशा हाँ से शुरूआत करना - जैसे तरीको से हम सकारात्मक रहने की कोशिश करें। इससे लोग हमारी तरफ आकर्षित होते हैं और आगे बढ़कर हमारी सफलता में मदद करते हैं।

विचारों को लिख ले, वरना कमरे से निकलने के पहले दिमाग से निकल जाएंगे। विचारों को नोट करना बहुत जरूरी हूँ। अगर बड़े उद्योगपति अपनी नोटबुक में अपने विचार अंकित नहीं करते तो देश की अनेक सफल कंपनियों का आज अस्तित्व ही नहीं होता। आपके विचार छोटे, बड़े साधारण, जटिल - जैसे भी हों, उन्हें लिख लीजिए, वर्ना कमरे से निकलने से पहले वे दिमाग से निकल जाएंगे। हम अपनी जिन्दगी के हर पल की तारीफ करें। खुशी हमारे पीछे-पीछे चली आएगी।

पाती–2

अच्छी आदते सीखें

अच्छे कार्यों के सतत अभ्यास से हमारी अच्छी आदतें बनतीं हैं और हमारे संस्कार श्रेष्ठ होते हैं। यही संस्कार हमारे चरित्र का निर्माण करते हैं। चट्टान से लगातार टकराने से समुद्र की लहरों के निशान बन जाते हैं। मिट्टी का घड़ा पत्थर को घिसते-घिसते एक गड्ढा बना देता है। नदी के पानी के संग लुढ़कता पत्थर एक दिन शिवलिंग का रूप ले लेता है। भले ही यह लंबी प्रक्रिया हो किंतु इसके परिणाम चमत्कारिक होते हैं। अभ्यास का कोई विकल्प नहीं है। अतः हम अनवरत रूप से अभ्यास करते रहें जिसके बल पर हम उत्कृष्टता के शिखर तक पहुंच सकते हैं।

अभ्यास से बुरी आदतों को दूर किया जा सकता है और अच्छी आदतों को सीखा जा सकता है। टाइप सीखना बहुत कठिन सा कार्य लगता है किंतु सतत अभ्यास से एक दिन हमारी अंगुलियां स्वयं चलने लगती हैं और हम बिना देखे टाइप करने लगते हैं। साइकिल और तैराकी जैसे कार्य कठिन लगते हैं लेकिन सतत अभ्यास से सहज और सरल हो जाते हैं। अपने मन और इंद्रियों को ऊर्ध्वमुखी दिशा देने के लिए दृढ़ संकल्प पूर्वक सतत अभ्यास करें। हम अपने मन को नियंत्रित कर अपने लक्ष्य पर केंद्रित रखें। अच्छी आदतें डालने के लिए अपने मन में तड़प पैदा करें। संकल्प को जागृत करें।

जब कभी हम अपनी कमियों और गलतियों पर चिंतित होने लगते हैं। गलतियों पर कुड़कुड़ाने लगते हैं। कुढ़ने लगते है। यह बहुत चिंताजनक और हानिकारक स्थिति होती है। यह हमारी ऊर्जा को सोख लेती है। हमारे ऊपर नकारात्मक प्रभाव डालने लगती हैं। अतः इस प्रकार की परिस्थितियों से सदैव बचें। हम अपने विचार को थोड़े से लंबे समय तक अपने दिमाग में रखें। इससे

हमारा विचार शक्तिशाली हो जाता है। हमें ऊर्जा प्रदान करता है।

अमीर व्यक्तियों की अच्छी आदतें सीखें। अपनी बुरी आदत में प्रतिदिन थोड़ा-थोड़ा सुधार करें। बीते कल पर कभी पश्चाताप न करें। इससे हमारे भविष्य की ऊर्जा नष्ट हो जाती है। वर्तमान पर फोकस करें। जल्दबाजी न करें। प्रतिदिन महत्वपूर्ण कार्यों पर ही ध्यान दें। गलतियों से कभी न डरें। सबसे स्मार्ट व्यक्ति के पास खड़े होकर उससे चर्चा करें।

ज्ञान और ज्ञानी व्यक्ति की मानवता के विकास में महत्वपूर्ण भूमिका होती है। अतः हम अपने ज्ञान का सदुपयोग मानवता के कल्याण के लिए करें, उसके विनाश के लिए कभी नहीं। यह सही है कि हम सब शिखर पर नहीं पहुच सकते है किन्तु सबसे नीचे के पायदान पर बैठकर अपना काम कुछ बेहतर करते हुए गौरवान्वित अनुभव कर सकते है। हम भले ही झाडू लगाने का काम करें किन्तु हमारा प्रदर्शन इतना अचछा होना चाहिए कि लोग उसकी मिसाल दे कि हमसे बेहतर झाडू और कोई नहीं लगा सकता है।

पाती–3

अपने व्यक्तित्व में अच्छा नजरिया और सकारात्मक प्रवृत्ति विकसित करें

आप सदैव विश्वास रखें कि आपके और आपके परिवार के प्रत्येक सदस्य के व्यक्तित्व में आगे बढ़ने और प्रतिस्पर्धा करने के सभी गुण स्वाभाविक रूप से उपलब्ध है। आप इन गुणों को सार्थक और पैना बनाएं। अपने परिवार के प्रत्येक सदस्य को नए विचार दें, नवनूतन प्रशिक्षण दें आधुनिकतम पठन पाठन की सुविधाएं उपलब्ध कराएं। आप अपना कुछ समय अपने परिवार के युवक/युवतियों के कैरियर निश्चित करने में और उसे सुव्यवस्थित तरीके से विकसित करने में लगाएं। यदि आवश्यक हो तो उनकी रूचि एवं व्यक्तित्व का विश्लेषण कैरियर काउंसलर से कराएं। उन्हें अपनी रूचि के अनुसार अपनी पसंद के विषय चुनने में मार्गदर्शन एवं सहयोग दे।

आप अपने व्यक्तित्व में अच्छा नजरिया और सकारात्मक प्रवृत्ति विकसित करें। तकनीकी प्रशिक्षण के कारण केवल 15 प्रतिशत सफलता मिलती है। शेष 85 प्रतिशत सफलता अच्छे व्यक्तित्व के कारण मिलती है और अच्छे व्यक्तित्व का मूलभूत गुण अच्छा नजरिया है। अच्छी और सकारात्मक प्रवृत्तियाँ है। अतः आप अच्छा नजरिया सीखें, अच्छी प्रवृत्तियाँ अपनाएं, सकारात्मक प्रवृत्तियाँ विकसित करें। हमारे जीवन का युद्ध सबसे शक्तिशाली या तेज व्यक्ति ही सदैव नहीं जीतता। वही व्यक्ति जल्दी या थोड़ी देर से जीतता है जो सोचता है कि वह जीत सकता है। हम अपने जीवन की परिस्थितियों को तुरंत ही परिवर्तित नहीं कर सकते हैं। किन्तु हम सहजता और सरलता से अपने व्यक्तित्व में सहन करने की प्रवृत्ति और शक्ति विकसित कर सकते हैं। हम देश में फैल रहे नकारात्मक वातावरण को भले ही पूर्णतः नियंत्रित नहीं कर सकें, परन्तु

हम अपने मस्तिष्क को अपनी इच्छानुसार नियंत्रित कर उसे सकारात्मक ढंग से विकसित कर सकते हैं।

आप सतर्क रहें। संवेदनशील बनें। सही चिंतन करें। सहीं चिंतन करने वाले व्यक्तियों से मिलें-जुलें। उनकी अच्छी आदते सीखें। अच्छे कार्यों को बार-बार करें और अच्छी प्रवृत्तियाँ और अच्छी आदतें सीखें। प्रतिदिन सही शब्द बोलें, प्रतिदिन अच्व्छी पुस्तक पढ़ें, प्रतिदिन अच्छा ऑडियो टेप सुनें, प्रतिदिन अच्छे व्यक्तियों के साथ रहें, प्रतिदिन सही और अच्छा काम करें और प्रतिदिन कुछ क्षण भगवान की प्रार्थना करें। कभी किसी को नीचा न दिखायें। किसी की आलोचना नहीं करें। हँसी-मजाक में भी आलोचना नहीं करें। ऐसी आलोचना किसी को स्थायी चोट पहुंचा सकती है। नीचा दिखाने से किसी व्यक्ति का स्वाभिमान और आत्मविश्वास कम हो सकता है। जब कभी भी अवसर मिले अन्य व्यक्तियों की प्रशंसा करें। अपने से छोटों को बेहतर काम करने के लिए प्रेरित एवं प्रोत्साहित करें। प्रोत्साहन ऑक्सीजन की भाँति उपयोगी होता है। प्रोत्साहन से व्यक्ति अपना सर्वश्रेष्ठ प्रदर्शन करते हैं।

पाती–4

विजयी होने का नजरिया विकसित करें

आप अच्छे व्यक्ति बन सकते हैं। अतः हम आपको अच्छा व्यक्ति बनाना चाहते हैं। अच्छा व्यक्ति बनने के लिए आप सतत प्रयत्न करें। यदि आप इन्द्रधनुष देखने का सुख प्राप्त करना चाहते हैं। तो आपको वर्षा की असुविधाओं को अवश्य ही सहन करना पड़ेगा। आप कुछ बेहतर बनें। अपने परिवार के प्रत्येक सदस्य को बेहतर बनाएं। अपनी क्षमता से बेहतर कार्य करें। अपनी ही उपलब्धियों एवं सफलताओं से प्रतियोगिता करें। अपने काम में अधिक सुधार लाकर अपना ही रिकार्ड तोड़ दें। लगातार तरक्की करें। सतत परिश्रम और सद्प्रवृत्तियों से अनेक ऊँची-ऊँची सफलताएं प्राप्त करें। सफल महापुरूषों के पदचिन्हों पर चलें। जीवन की लड़ाईयाँ हमेशा तेज और मजबूत व्यक्ति ही नहीं जीतते बल्कि आज नहीं तो कल वहीं व्यक्ति जीतते हैं। जिन्हें जीतने का विश्वास है। अतः आप अपनी शक्ति और कर्म में पूर्ण विश्वास रखें और अपनी पूरी इच्छा और क्षमता के साथ जीवन में आगे बढ़ें।

अपने व्यक्तित्व को विकसित करें। अपने भीतर छुपे नेतृत्व के गुणों को उभारें। अपने व्यक्तित्व में विजयी होने का नजरिया विकसित करें। अपने व्यक्तित्व में कुशलता एवं प्रभावी गुणों की स्थापना करें। अपने व्यक्तित्व के मूल्यांकन में वृद्धि करें। अपनी विशेष योग्यता की पहचान कर उसे विकसित करें। स्वयं को आगे बढ़ने के लिए प्रेरित करें। ऊँचा उठाने के लिए नई-नई जानकारी प्राप्त करें। हम कोच की भाँति आपमें छुपे श्रेष्ठ गुणों और क्षमताओं को बाहर निकालना चाहते हैं। आपको बेहतर और सफल व्यक्ति बनाना चाहते हैं।

चार्ली चैपिलिन ने अपनी आटोबायोग्राफी में लिखा है कि उसकी माँ की आवाज गुम हो गई, उसे थियेटर में काम मिलना बंद हो गया। घर की आर्थिक स्थित बदतर हो गई। उस समय वह पाँच साल का था। उसने थियेटर मैनेजर से कहा कि वह एक गाना गाना चाहता है। मैनेजर ने उसे अनुमति दे दी। उसने गाना शुरू किया तो तालियाँ बजने लगीं और श्रोतागण स्टेज पर सिक्के फेंकने लगे। इस कहानी से सीख लेकर काम शुरू कीजिए, आपको सफलता मिलकर ही रहेगी।

पाती–5

अपनी दुर्भावनाओं और दुष्प्रवृत्तियों को नियंत्रित करें

आप सदैव यह स्मरण रखें कि विभिन्न बाहरी साधनों को अपनाकर आप अपने चेहरे की सुंदरता में थोड़ी-सी ही वृद्धि कर सकते हैं। परन्तु आप अपनी दुर्भावनाओं और अपनी दुष्प्रवृत्तियों को नियमित एवं नियंत्रित कर अपने व्यक्तित्व की सुन्दरता में चतुर्मुखी वृद्धि कर सकते हैं। हमारे जीवन में अल्पताएँ, क्षुद्रताएँ और दुष्प्रवृत्तियाँ आकर हमें सफल नहीं होने देती हैं और हमें आगे बढ़ने से रोक देती हैं। हमें महान नहीं बनने देती हैं। इन्हीं अल्पताओं और क्षुद्रताओं के कारण हम दूसरों की अनावश्यक आलोचना करते हैं। इस आलोचना के कारण हम सफलता के पथ से पतित हो जाते हैं। दुष्प्रवृत्तियाँ हमारे व्यक्तित्व के विकास एवं सफलता के लिए बाधक और अहितकर होती है। दुष्प्रवृत्तियों का प्रभाव सर्वप्रथम हमारे ऊपर एवं हमारे परिवार के ऊपर और इसके पश्चात हमारे समाज के ऊपर पड़ता है। अतः हम अपने आचरण से दुष्प्रवृत्तियों को बाहर निकालने का सतत और प्रभावी प्रयत्न करें। अपनी भूलों का निरीक्षण करें। अपने प्रमाद का गहनतापूर्वक परीक्षण करें। अपनी अल्पताओं और क्षुद्रताओं की समीक्षा करें।

हम अपने भविष्य के अच्छे सपने देखें। हेलन केलर से पूछा गया, अँधे पैदा होने से भी बुरी बात क्या होगी? उनका जवाब था, आँखे होने के बाद भी सपने न देखना। आप 89 प्रतिशत देखने से, 10 प्रतिशत सुनने से और 1 प्रतिशत अन्य इंद्रियों के माध्यम से सीखते हैं। सफल व्यक्तियों को देखकर हम उनसे प्रेरणा प्राप्त कर सफल व्यक्ति बनें। अगर हम ठान लें और अपने मन

में संकल्प कर लें कि हम ज्यादा बड़ी और बेहतर चीजों के लिए काम करेंगे, तो हम महान कार्य कर सकते हैं। और बड़ी सफलता प्राप्त कर सकते हैं।

भगवान ने हमें बड़ी क्षमता और शक्ति प्रदान की है। अतः हम अपनी क्षमता और शक्ति का सदुपयोग करें। सर्वप्रथम हम अपने ऊपर विजय प्राप्त करें। अपने जीवन में आत्म-अनुशासन विकसित करें। आज से ही आत्म अनुशासन के छोटे-छोटे बिन्दु विकसित करना प्रारंभ कर दें ताकि हम कल बड़ी सीमा तक अनुशासित हो सकें। पहली इच्छा को नियंत्रित करना सरल है। पहली इच्छा को संतुष्ट कर उसके पीछे-पीछे आने वाली इनेक इच्छाओं को संतुष्ट करना संभव नहीं हो पाता है। अतः हम अपनी इच्छाओं को नियंत्रित करें और अपनी माँगो को सीमित करें। अपने अच्छे उद्देश्यों और अच्छे विचारों को कार्यों में बदलें। सफलता की इच्छा, तैयारी करने की इच्छा, प्रशिक्षण लेने की इच्छा, अपने कौशल को निखारने की इच्छा से ही हम आगे बढ़ सकते हैं। सफलता प्राप्त करने के लिए अपने जीवन में सतत रूप से निवेश करें। अपनी क्षमता को पहचानें। उसका समुचित सदुपयोग करें। निष्काम भाव से परिश्रम करें। प्रतिभा हमें स्वाभाविक रूप से प्राप्त हो जाती है। अच्छा चरित्र हमें धीरे-धीरे बनाना पड़ता है। हम अपनी भवनाओं से नहीं किन्तु अपने चरित्र से संचालित हों। अच्छे विचार, अच्छी भावना, पूर्ण साहस और ठोस संकल्प से अच्छा चरित्र और अनुशासित जीवनशैली बनाएं।

पाती-6

सफलता का पथ असफलता के ऊबड़-खाबड़ रास्ते पर ही निर्मित होता है

हम अपने जीवन में व्यवस्थित होकर आत्म-विश्वास पूर्वक आगे बढ़ें। अपने साथियों को सहयोग प्रदान कर उनका विश्वास जीतें। किसी की सहायता करें। कुछ अच्छे कार्य करें। कर्म में जुटने से ही हमारे जीवन में शक्ति प्रवाहित होने लगती है।

हम असफलता से निराश न हों। असफलताओं से घबराने वाला व्यक्ति जीवन में कभी सफल नहीं हो सकता। कुछ व्यक्ति सोचते हैं। कि सफलता भाग्य से मिलती है। ऐसे व्यक्ति लॉटरी खुलने की प्रतीक्षा करते हैं किन्तु सफलता सतत परिश्रम और अच्छी योजना का परिणाम होती है। जब हम अवसर उपलब्ध होने पर पूर्ण तैयारी के साथ आगे बढ़ते हैं, तो सफलता अपने आप प्राप्त हो जाती है। ज्यादातर लोग सोचते हैं। कि सफलता क्षण भर में मिल जाती है। परन्तु ऐसा नहीं है। सफलता एक प्रक्रिया है। सफलता तो एक सतत यात्रा है। छोटी-छोटी सफलताओं से बड़ी-बड़ी सफलताएं प्राप्त होती है। सर्वप्रथम हमें छोटी सी सफलता प्राप्त होती है। तत्पश्चात हम इसी सफलता को सीढ़ी बनाकर बड़ी सफलता प्राप्त करते हैं।

सफलता केवल इस बात पर निर्भर नहीं करती कि हम अपनी रूचि के कार्यों को कितनी अच्छी तरह से करते हैं, बल्कि इस बात पर निर्भर करती है कि हम उन कर्तव्यों को कितनी ईमानदारी से निभाते हैं। जिनमें हमारी रूचि बहुत कम होती है या बिल्कुल नहीं होती है। सफलता का पथ असफलता की कण्टकपूर्ण पगडण्डी एवं उबड़-खाबड़ कच्चे रास्तें पर ही निर्मित होता है।

प्रत्येक सफलता के पीछे असफलता की अनेक कहानियाँ छिपी हुई रहती हैं। असफलता अपने व्यक्तित्व को गढ़ती है। अपने चरित्र का निर्माण करती है और प्रतिभा को निखारती है। हम सफलता के लिए परिश्रम पूर्वक प्रयत्न करते हैं, तदपि हमें असफलता मिलती है तो हमें ऐसी असफलता साहस के साथ स्वीकार करना चाहिए। प्राथमिक असफलता ही अगली सफलता की आधारभूमि बनती है। संघर्षशील व्यक्तियों के लिए यह असफलता नया उत्साह और नई प्रेरणा प्रदान करती है। प्रत्येक व्यक्ति तभी तक असफल माना जाता है, जब तक वह पुनः उठकर खड़ा न हो जाए और अपने पथ पर आगे न बढ़ जाए।

पाती–7

हम फौलादी सीने और बांहो से चट्टानों में राह बना सकते हैं

केवल इच्छा करने या सोचने से कुछ प्राप्त नहीं होता है किन्तु हम अपने फौलादी सीने से और अपनी फौलादी बांहों से चट्टानों में राह बना सकते हैं। बिड़ला तीन रूपये की पूंजी से और राकफेलर 25 डालर की पूँजी से विश्व के सुप्रसिद्ध उद्योगपति बन गए। हैवलेट एन्ड पैकार्ड ने 500-500 डॉलर एकत्रित कर गैरिज में कम्प्यूटर कंपनी प्रारंभ की थी। आज यह विश्वप्रसिद्ध कम्पनी है। गत 25 वर्षों की अवधि में इन्फोसिस कम्पनी की वार्षिक आय बढ़कर वर्ष 2004 में 1 बिलियन डालर से अधिक हो गई है। इसके मालिक श्री एन.आर. नारायणमूर्ति और एन.एस. राघवन स्कूटी पर अपने पहले ग्राहक माइको के पास जा रहे थे। रास्ते में स्कूटी खराब हो गई। मूर्ति और राघवन अपने हाथ गंदे करने के बाद भी स्कूटी को ठीक नहीं कर सके। जैसे-तैसे वे किसी एक कार से लिफ्ट लेकर माइको पहुँचे। किन्तु आज मूर्ति प्रायवेट जेट रख सकते हैं। एडिशन ने सैकड़ों बार बल्ब बनाने का प्रयास किया तब सफलता प्राप्त हुई। आप उत्साह से आगे बढ़ें और प्रत्येक क्षण का सदुपयोग करें।

हम समय बचाने का सदैव प्रयास करें। प्रतीक्षा के समय का सदुपयोग करें। सदैव रचनात्मक कार्य करें और समय का सार्थक उपयोग करें। बस और ट्रेन में बैठने के समय का उपयोग हलके-फुलके काम करने और पढ़ने में करें। कभी भी बस और ट्रेन में बिना पुस्तक के नहीं बैठें। जब भी ट्रैफिक में फंस जाएं, तो इस पुस्तक को बाहर निकालकर पढ़े। विचारों को लिखने के लिए नोट पैड भी रखें। इस प्रकार हम व्यक्तिगत विकास और काम के लिए कुछ

अतिरिक्त घण्टे हासिल कर सकते हैं। ब्रश करते समय अच्छी बाते स्मरण करें। स्नान करते समय अच्छे गीत गुनगुनाएं। अपनी शारीरिक और मानसिक स्फूर्ति के क्षणों का निर्धारण करें। सर्वोच्च महत्त्व के कार्य इसी समय करें। अपनी छबि प्रोफेशनल व्यक्ति के रूप में प्रस्तुत करें। स्वागत एवं सामाजिक संबंधों के लिए समय निर्धारित करें।

अपने परिवार के सभी सदस्यों में कार्यकुशलता विकसित करें। यदि छोटी आयु में ही कार्यकुशलता का गुण अपना लिया जाए तो यह कैरियर निर्माण और कैरियर को आगे बढ़ाने में सहायक सिद्ध होगी। सीमित साधनों में बेहतर सफलता हासिल की जा सकती है। कार्यकुशल बनकर एक ओर व्यक्तिगत सफलता प्राप्त होती है और दूसरी ओर समाज में भी प्रतिष्ठा मिलती है। कार्यकुशलता आजीवन आपकी सफलता का मार्ग प्रशस्त करती है।

पाती–8

ज्ञान प्राप्त करें, ज्ञान दान करें ज्ञान दान श्रेष्ठतम दान है

अपने ज्ञान में सतत रूप से वृद्धि करें। आप राष्ट्रीय समाचार-पत्रों को प्रतिदिन पलटने और पढ़ने का प्रयास करें और रविवार को कम से कम एक राष्ट्रीय समाचार-पत्र पूरा पढ़े। भारत सरकार की संस्था राष्ट्रीय शैक्षिक अनुसंधान एवं प्रशिक्षण परिषद (एन.सी.ई.आर.टी.) द्वारा पहली से बारहवी कक्षा तक की अधिकांश पाठ्य पुस्तकें हिन्दी तथा अँग्रेजी में प्रकाशित की गई हैं। इन पाठ्यपुस्तकों में प्रत्येक कक्षा के छात्र के स्तर की दृष्टि से न्यूनतम अपेक्षित ज्ञान, उपलब्धियों एवं जीवन मूल्यों का समावेश वैज्ञानिक ढंग से किया गया है। जब भी हमें समय मिले तो हम इन पुस्तकों को पढ़ें। हिंदी भाषा तथा अँग्रेजी भाषा की पुस्तकों को एक साथ रखकर पढ़ें। ऐसा करने से हमारी अंग्रेजी भाषा का ज्ञान बेहतर होगा। हम भाषा के चारों कौशल - सुनना, बोलना, पढ़ना और लिखना - विकसित करें। अपने उच्चारण पर विशेष ध्यान दें। हमारा उच्चारण जितना स्पष्ट होगा, हमारा लेखन और प्रस्तुतीकरण उतना ही शुद्ध और प्रभावी होगा। अपने विषय से संबंधित एक राष्ट्रीय तथा एक अंतर्राष्ट्रीय मासिक पत्रिका अवश्य पढ़िए। पढ़कर इस पत्रिका को सुरक्षित रखिए। भविष्य में जब भी समय मिले, इन पुरानी पत्रिकाओं को पुनः पलटिए। इस प्रकार सतत रूप से ज्ञान के विभिन्न बिन्दुओं पर मनन चिंतन करें और अपने व्यक्तित्व में आत्मसात करें।

ज्ञान दान श्रेष्ठतम एवं सर्वोत्कृष्ट दान है। ज्ञान से हमारे अनेक कष्टों का निदान हो जाता है। ज्ञान दान भोजन दान और वस्त्र दान से श्रेष्ठ है। अतिथि को जल पिला कर हम उसे कुछ घण्टों के लिए संतुष्ट करते हैं। उसे

भोजन देकर आधे दिन के लिए संतुष्ट करते हैं। वस्त्रदान से कुछ माह के लिए संतुष्ट करते हैं। घर दान कर कुछ वर्षों के लिए संतुष्ट करते हैं। किन्तु ज्ञान दान देकर उसे पूरे जीवन के लिए संतुष्ट करते हैं। ज्ञान दान प्राण दान से भी ऊँचा स्थान रखता है। शारीरिक आवश्यकताओं की पूर्ति करने से व्यक्ति को एक निश्चित समय सीमा तक ही सुख और संतोष प्राप्त हो पाता है। ऐसा सुख एक निश्चित अवधि तक ही प्रभावी होता है किन्तु ज्ञान पाकर वह पूरे जीवन भर सुख और संतोष प्राप्त करता है। अपने परिवार को और अपने परिवार की अनेक पीढ़ियों को संतोष प्रदान करता है। ज्ञानदान से व्यक्ति के कष्ट एक घण्टे के लिए नहीं, एक दिन के लिए नहीं, एक वर्ष के लिए नहीं किन्तु पूरे जीवन के लिए दूर हो जाते हैं। अतः हम आज यह शपथ ले कि अपने परिवार, अपने संबंधियों और अपनी समाज के सदस्यों को सदैव ज्ञानदान देने का प्रयास करेंगे।

पाती–9

अपने जीवन का प्रबंधन पूरी कुशलता के साथ करें

अच्छा जीवन जीने की कला सीखें। स्वयं को जानने और समझने का प्रयास करें। स्वयं के अस्तित्व का अध्ययन करें। अपनी क्षमता को पहचानें। अपनी क्षमता का कुशलता पूर्वक उपयोग करें। अपने जीवन के प्रति सदैव सजग और सतर्क रहें। अपने आंतरिक जीवन को स्वस्थ एवं सशक्त बताएं। अपना जीवन आनंदपूर्वक जिएं। अपने जीवन को विखण्डित और विभाजित नहीं होने दें। अपने निजी जीवन में दुर्बल एवं असहाय न बनें। जीवन के शाश्वत मूल्यों और राष्ट्रीय निष्ठा का सदैव ध्यान रखें। जीवन की सुकोमल संवेदनाओं, उर्वर विचारों एवं व्यावहारिक कुशलता का सतत सवंर्द्धन करें।

भौतिक जगत के विभिन्न क्षेत्रों में हम कुशल नियोजन एवं प्रबंधन करते हैं। तदनुसार हम अपने जीवन को देखें, परखें, समझें और जिएं। अपने जीवन का प्रबंधन पूरी कुशलता के साथ करें। आंतरिक जीवन को खोखला और खण्डहर न बनाएं। आंतरिक जीवन को संवेदना एवं व्यवहार कुशलता से सदैव अभिसिंचित करें। बाह्‌य जीवन की भांति अपने आंतरिक जीवन का कुशलतापूर्वक प्रबंधन करें। अपने कार्यालय, अपने व्यापार, अपने संस्थान और अपने परिवार की भांति ही हम अपने जीवन का प्रबंधन सम्पूर्ण कौशल एवं परिश्रम के साथ करें।

अपने व्यक्तित्व को सुंदर एवं सुधड़ बनाएं। अपने जीवन में सृजनशील विचार, संवेदनशील संबंध और मधुर व्यवहार स्थापित करें। अपना व्यवहार संतुलित एवं सम्मानजनक रखें। एक ओर हम अपनी आंतरिक चेतना को

जागृत करें तथा दूसरी ओर व्यावहारिक जगत को सुविकसित करें। व्यवहार जगत में हम स्वार्थपूर्ण आत्मीयता भरे व्यवहार एवं मीठी मुस्कान से सावधान रहें।

हम अनावश्यक बातों को न सुनें। अनावश्यक चर्चा से बचें। समय की बचत करें और अपने मन की शुद्धता को बचाएं रखें। वचन में संयम रखने का प्रयास करें। हित, मित, प्रिय, विश्वसनीय एवं उपयोगी बात करें। यह हमारे जीवन के स्वर्णिम नियमों में से महत्त्वपूर्ण नियम है। इस नियम का हम सदैव अधिक से अधिक पालन करने का प्रयास करें।

हम ऐसी जीवन शैली अपनाएं जो हमें सफलता और विजय के पथ पर आगे बढ़ाएं। असफलता और पराजय की ओर न ले लाय। हम सदैव शांत और संतुष्ट रहने का प्रयास करें। शांति के लिए तड़पते, छटपटाते और संघर्ष करते धनकुबेरों और सत्ताधीशों से सीख लें।

पाती–10

एक दिन आपकी जीत अवश्य होगी

अपने दिल की अथाह गहराईयों से प्रतिदिन एक संकल्प लें और उसे पूरा करें। हम जीवन की सच्चाइयों को देखते हुए चलें। जमीन के उतार चढ़ावों को परखते हुए चलें। सतत रूप से अपनी कमियाँ दूर करते हुए स्वयं को पूर्ण बनाएं। अपने परिवार, समाज ओर देश के विषय में सोचे, विचार करें, अपना अभिमत प्रकट करें। बाजार में फैलते सुख सुविधाओं के साधनों का अपनी आय और विवेक के अनुरूप सदुपयोग करें।

हम काल्पनिक कारणों से न घबराएं। कपोल कल्पनाओं पर आधारित डर से न घबराएं। अपने सोच को कपोल-कल्पनाओं पर केन्द्रित न करें। सुलझी और समझदार मनस्थिति विकसित करें। अपनी कमी और अक्षमता से कभी चिन्तित न हों। अपने माता/पिता और अपने वरिष्ठों के सपनों को पूरा करने में उनकी पूरी सहायता करें। अपनी कठिनाईयों और कार्य में आने वाली रूकावटों की सदैव चर्चा न करें। अपने योगदान की सदैव चर्चा न करें।

दुख भरे जीवन संघर्षो में प्रतिभा को निखारना सरल नहीं है। अभावों और तनावों में जीकर रचनात्मक समझ विकसित करना आसान नहीं है। तदपि हम दुनिया की ओर अपनी आँखे खुली रखें। अपने संकट का न्यूनीकरण करें। अपने संकट को अधिक प्राथमिकता न दें। जीवन में मिलने वाली निराशाओं से कभी न डरे। सदैव संकल्प पूर्वक आगे बढ़े। जिद, जुनून और जज्बे के साथ आगे बढ़े। फायर इन दी बेली के साथ आगे बढ़ें। अपने लक्ष्य के प्रति पूरी निष्ठा पूर्वक परिश्रम करें। एक दिन आपकी जीत अवश्य होगी।

पाती–11

क्षमा करना सीखें

हिंसक घटनाओं को रोकने के लिए हम एक दूसरों को क्षमा करना सीखें। सब कुछ खो देने पर भी क्षमा करने से आत्म शांति प्राप्त होती है। अपने मन को शांति प्राप्त होती है। मन शांत होने पर हम दुःखद घटनाओं को भुला देते हैं। क्षमा प्रदान कर हम अपने व्यक्तित्व का शोधन करें। अपनत्व का सार्थक एवं सात्विक आमंत्रण करें। "मैं" का विमोचन करें। क्षमा प्रदान कर आत्मज्ञान प्राप्त करें। वात्सल्य भाव का विकास करें।

क्षमा करने के प्रभावों के अध्ययनों से यह सिद्ध हो चुका है कि क्षमा करना स्वास्थ्य के लिए लाभप्रद है। दूसरों को क्षमा कर हम अधिक स्वस्थ रह सकते हैं। क्षमा करने की प्रवृत्ति से दिल में गर्मजोशी आती है। हमारा तनाव कम होता है। क्षमा अच्छी सेहत की बेहतरीन दवा है। संतुलित भोजन, सही पोषण, योग एवं कसरत की भांति क्षमा करने की प्रवृत्ति मानवीय व्यवहार का आधारभूत अंग है। क्षमा करना सीखा जा सकता है। अतः हम क्षमा करना सीखें, क्षमा करें और स्वस्थ रहें। कभी क्रोध की भावनाओं के गुबार को अपने ऊपर सवार न होने दें।

क्रोध, घृणा और प्रतिशोध को भले ही हम साधारण मानवीय व्यवहार के रूप में स्वीकार कर लें किन्तु ऐसा व्यवहार हमारी शांति को भंगकर देता है। संतोष को छीन लेता है। हम प्रेम करने वालो से मिलें। अपने शत्रु को अपने मस्तिष्क में न रहने दें। हम अपने मस्तिष्क की पर्तों पर क्रोध और घृणा को जमने न दें। अपनी ऊर्जा और अपने समय को दूसरों को परेशान करने में व्यय न करें। अपने समय ओर ऊर्जा को स्वयं के विकास में विनियोजित करें। क्रोध और घृणा जैसे नकारात्मक भावों से बचें। क्रोध एक धीमा जहर है। क्रोध धीरे-धीरे हमारे सम्पूर्ण जीवन को लील जाता है। अतः आवश्यक है कि हम क्षमा करना सीखें। क्षमा करने की शक्ति हमारे आत्म विश्वास को बढ़ाती है।

पाती–12

हमारे निजी जीवन से प्रेरणा लें

मार्च 1968 में मैंने डिप्टी कलेक्टर का सेवा कार्य शुरू किया। अप्रैल में एम.कॉम. फायनल की परीक्षा दी। इसी वर्ष मई में विमला जी से मेरा विवाह हो गया। उन्होंने ग्यारहवी की परीक्षा दी थी। हम दोनों ने अपने वैवाहिक जीवन में प्रवेश किया। दोंनो की दृढ़ इच्छा थी कि परिश्रम कर अपने जीवन में प्रगति करें। पारिवारिक, प्रशासनिक, सामाजिक एवं शैक्षणिक जीवन के उत्तरदायित्वों का निर्वाह करते हुए हम कुछ आगे बढ़े। मई 1970 में बड़ी बेटी ने जन्म लिया। हमारे मार्गदर्शक डॉ. सुशीलचन्द्र जी दिवाकर, सिवनी/जबलपुर ने हमारी बेटी का नाम विद्युत रखा और हमें विद्युत की गति से विकास करने की प्रेरणा दी। किसी प्रदेश और देश के चतुर्मुखी विकास में विद्युत की आधारभूत एवं महत्त्वपूर्ण भूमिका होती है। हमें यह अनुभूति हुई कि प्रगति और विकास सूचक शब्दों का सतत प्रयोग करने से ओर उन्हें दोहराते रहने से भी हमें विकास के पथ पर आगे बढ़ने के लिए प्रेरणा प्राप्त होती है। ऐसी प्रेरणा हमें भी प्राप्त हुई। अतः 1973 में बेटे का जन्म होने पर हमने उसका नाम विकास रखा। विद्युत और विकास शब्द सतत रूप से दोहराते हुए हम अपने परिवार के विकास के पथ पर तेजी से आगे बढ़े।

इसी बीच विमला जी ने अपने पारिवारिक उत्तरदायित्वों का सफलता पूर्वक निर्वाह करते हुए सतत रूप से अध्ययन कर एम.ए., एलएलए.बी. और बी.एड. की परीक्षाएं उत्तीर्ण कर लीं। उन्होंने अगस्त, 1978 में सिविल जज के रूप में न्यायिक सेवा प्रारंभ की। उन्होंने अपने न्यायिक उत्तरदायित्वों का निर्वाह करते हुए वर्ष 1979 में बेटी विधि एवं वर्ष 1981 में बेटे विधान को जन्म दिया। सभी बच्चों की सेवा सुश्रुषा पूर्ण कर वे अभी मध्यप्रदेश उच्च न्यायालय में न्यायाधीश के पद पर कार्यरत हैं। हमने भारतीय प्रशासनिक सेवा

में पदोन्नति प्राप्त कर कलेक्टर, होशंगाबाद, विदिशा एवं बैतूल एवं शासन के विभिन्न वरिष्ठ पदों पर सेवा कार्य किया। अंत में सचिव, राज्य निर्वाचन आयोग के पद से सेवानिवृत्त हो गए। आइये! आप हमारी प्रगति से प्रेरणा लीजिए। विकास से जुडे शब्दों को बार-बार बोलिए। प्रगति की शब्दावली को लगातार बोलिए और प्रगति के पथ पर आगे बढ़िए।

हम प्रतिदिन मंदिर नहीं जा पाते हैं। पूजा नहीं कर पाते हैं। व्रत-उपवास नहीं कर पाते हैं। नियमित रूप से तीर्थयात्राओं पर नहीं जा पाते हैं। सदैव धार्मिक रीति रिवाजों का पालन नहीं कर पाते हैं। आश्रम में बैठकर ध्यान या जप नहीं कर पाते है, किन्तु हम सदैव मानवीय चेतना के अनुरूप सही कार्य करने का प्रयास करते हैं। अपने कर्तव्यों का पालन करते हैं। सही रास्ते पर चलते हैं। अपना सर्वश्रेष्ठ देने का प्रयास करते हैं। नियमित रूप से सुबह-शाम ईश्वर को कुछ क्षण धन्यवाद देते हैं। अपने कर्तव्यों का सफलतापूर्वक पालन करने के लिए शक्ति और साहस की प्रार्थना करते हैं।

हम कभी भी महत्त्वाकांक्षी नहीं रहे। आक्रामक नहीं रहे। हम अपने जीवन में अलौकिक शक्ति की समुपस्थिति का अनुभव करते हैं। तनाव से बचने का प्रयास करते हैं। प्रकृति से ऊर्जा लेते हैं। अपने बच्चों और उनके बच्चों से शक्ति प्राप्त करते हैं। हम अपने कार्यों के बीच शांति से कुछ पल जुटाकर अपने से जुड़ने का प्रयास करते हैं। सुबह शाम आँखे बंदकर नैनागिरि में विराजे भगवान पार्श्वनाथ का स्मरण कर शांति और संतोष प्राप्त करते हैं।

ईश्वर में आस्था रखने का कोई विकल्प नहीं है। हम सच्चाई के पथ पर चलें। हमारा सदैव भला ही होगा। भलाई के सिवा कुछ हो ही नहीं सकता है। हम डर-डर के न रहें। संकुचित जीवन न जिएं। सहज भाव और पवित्र मन से की गई प्रार्थना हमे शक्ति प्रदान करते हैं। हमें कुछ गहरे और अर्थपूर्ण पाठ पढ़ाती है। जितनी लगन और धैर्य से हम अपना कार्य करेंगे, हम उतने ही सफल और प्रसन्न होंगे। अनुकूल परिस्थितियों में भी जुझारू बने रहें। अपनी जड़ों से जुड़े रहें। अपनी जड़ों को अपने भीतर जमा कर रखें। अपने हृदय की लौ को धधकाएं रखें। हम विनम्र, संवेदनशील और सहृदय बने रहें। अपनी अनुभूति का विस्तार साधारण जन के सरल हृदय तक बनाए रखें। तथाकथित बुद्धिजीवियों के वाक्जाल से बचें। अपने जीवन के प्रत्येक पल का उत्सव मनाएं।

पाती–13

सदैव पुरूषार्थ करें और आगे बढ़ें

हमारा भाग्य कभी-कभी हमें विपरीत परिस्थितियों के थपेड़े झेलने के लिए बाध्य अवश्य कर देता है किन्तु हम विपरीत परिस्थितियों से प्रभावित न हों। थके नहीं। हार न मानें। अपना अकेलापन धैर्य के साथ व्यतीत करें। अकेलेपन से डरे नहीं। सदैव पुरूषार्थ करते रहें। पहाड़ की ऊँची चोटी पर चढ़ने का प्रयास करें। विश्वास रखें कि हम पुनः खड़े होंगे। सफलतापूर्वक आगे बढ़ेंगे।

दुर्भावना, विद्वेष एवं घृणा को अपने मस्तिष्क में प्रवेश नहीं करने दें। दुखद विचारों को घुसपैठ न करने दें। ऐसे विचारों को शक्तिपूर्वक हटाएं। सदैव सुखद चिंतन करें। सुखद विचारों का स्वागत करें। अपने मस्तिष्क को सुखद विचारों से भर लें। अपनी उपलब्धियों का सतत रूप से स्मरण करें। सुखद विचारों और अपनी उपलब्धियों को दुहराएं। बार बार दुहराएं। सुखद अनुभवों का स्मरण करें। सुखद विचारों और अनुभवों का आनंद लें। सुखी एवं प्रसन्न रहने की मानसिकता विकसित करें। दुखी एवं खिन्न बने रहने की मानसिकता का त्याग करें।

अपने शांत एवं स्थिर अधरों पर मुस्कराहट की एक स्मित रेखा तैरने दें। धीरे-धीरे मधुर मुस्कराहट को अपने चेहरे को आवृत करने दें। अपनी मुस्कराहट में स्वर्गीय आभा झलकने दें। मुस्कराहट से भरपूर एवं सूर्य देवता के स्वर्णिम प्रकाश से आरक्त चेहरा शिशुवत स्नेहित हो जाता है। हृदय इतना निश्छल, निर्मल एवं पवित्र हो जाता है कि आध्यात्मिक शब्द छलकते हुए सीधे ही हृदय की गहराई में उतर जाते हैं।

कभी-कभी स्वयं पर हँसे। हँसी सर्वोत्तम चिकित्सा है। हँसकर अपना उपचार करें। सदैव बढ़ती उम्र के साथ हंसने की क्षमता बनाए रखें। हास्य को सराहने की क्षमता बनाए रखें। हास्य से अपनी सृजनशीलता बनाए रखें। हास्य बोध बनाएं रखें। हास्य का रसास्वादन करें। लतीफे और कार्टून्स का रसास्वादन करें। मानसिक विकारों को विसर्जित करें। कटु वचनों के उपयोग से बचें। मन, वाणी और शरीर को शुद्ध रखने का पूरा प्रयास करें। पारस्परिक बंधुत्व की भावना को विकसित करें। एक दूसरे के अनुभवों का लाभ लें। जीवन की सफल यात्रा पर एक साथ आगे बढ़ें।

शीशे के आगे खड़े होने और शीशा देखने के बजाए विभिन्न पारिवारिक एवं सामाजिक कार्यक्रमों में भाग लें। मित्रों, जनप्रतिनिधियों और अपने पड़ोसियों से मिलें। उनसे चर्चा करें। अपने समाज का चेहरा देखें। दुनिया को देखें। चेहरे पर झुर्रियाँ और सिर में सफेद बाल देखकर चिंतित न हों। अपने परिवार समाज और देश के कामों में पूरी रूचि लें।

पाती-14

धार्मिक अंध विश्वास से बचें

धार्मिक पथ हमारे चतुर्मुखी विकास का पथ है। अतः हम धार्मिक पथ पर अवश्य चलें किन्तु हम धार्मिक पंथ पर कभी न चलें। पंथ प्रायः अंधविश्वास की कीचड़ में डूबा रहता है। अतः हमारा विकास रथ पंथ के अनावश्यक पचड़ों में फंस जाता है। धार्मिक पंथ की कीचड़ में हमारे पैर फंस जाते हैं। पंथ के धार्मिक अतिरेकों में हमारा विवेक छिप जाता है। धार्मिक पंथ आगे बढ़ने में बाधक बन जाता है। हम शुद्ध श्वास प्रश्वास लेने के लिए भी छटपटाने लगते हैं। हमारी प्रगति रूक जाती है। परिणामतः यह आवश्यक है कि हम सुनी-सुनाई धार्मिक परंपराओं का पालन करते समय जागरूक रहें।

आध्यात्मिकता की राह पर बढ़ने की चाह रखने वाले भी अपने स्वास्थ्य को अनदेखा न करें। तपश्चर्या के नाम पर अपने स्वास्थ्य की अनदेखी न करें। उग्र एवं कठिन तप के नाम पर भी अपने स्वास्थ्य को अनदेखा न करें। दुस्साहस पूर्वक कठोर तप के नाम पर असाध्य बीमारियों के चक्रव्यूह में प्रवेश न करें।

साधना के नाम पर बीमारियों को आमंत्रित न करें। धर्म के नाम पर अपने शारीरिक स्वास्थ्य पर अत्याचार न करें। धार्मिक आडंबरों से अपने शरीर को बचाएं। अनियमित खानपान एवं मनचाहे तरीके से भूखे रहना उपवास नहीं है। तप नहीं है। संतुलित ढंग से तार कसकर ही वीणा से सुन्दर संगीत प्राप्त किया जा सकता है। अधिक ढीले और अधिक कसे गए तार वाली वीणा से अच्छे संगीत की सृष्टि नहीं हो सकती है। जीवन साधना भी विवेकपूर्ण संतुलन पर निर्भर हैं। अति विलासिता और उग्र कठोरता में जीवन संगीत मधुर ध्वनि प्रदान नहीं कर पाता है। अति की स्थिति में बीमारियाँ ही पनपती हैं। अतः हम अपनी दिनचर्या को संवारें। व्यवस्थित दिनचर्या अपनाएं। अपने शारीरिक

मानसिक एवं भावनात्मक शक्तियों को सुनियोजित ढंग से संयोजित करें। अतियों से बचकर संतुलित संयम के साज पर जीवन संगीत का आनंद लें।

हमारी संस्कृति और सभ्यता हमारे विवेकपूर्ण संयमित व्यवहार पर आधारित है। हमारी स्वस्थ चिंतन प्रक्रिया पर आधारित है। प्राकृतिक प्रवृत्तियों की पवित्रता एवं उनके विवेकपूर्ण नियंत्रण पर आधारित है। साध्य और साधना की शुचिता पर आधारित है। वर्तमान में हम इन सिद्धान्तों को भूलते जा रहे हैं। हमारी सामाजिक अराजकता महावीर और महावीर के शाश्वत सिद्धान्तों को छिन्न भिन्न कर रहीं है। जैन जीवन पद्धति को छिन्न भिन्न कर रही है। बाजार की प्रवृत्तियाँ आध्यात्मिक जगत में प्रवेश करती जा रही है। हमारी आध्यात्मिकता बाजार बनती जा रही है। हम अपनी संस्कृति के शांत प्रवाह को इन आध्यात्मिक विकृतियों से बचाएं। इन अप्राकृतिक एवं अस्वाभावित अध्यात्मिक प्रवृत्तियों को नियंत्रित करने का प्रयास करें। हम अपने आध्यात्मिक जगत में स्वतंत्र अनुसंधान की प्रवृत्ति को विकसित करें। वैज्ञानिक चिंतन को विकसित करें।

पाती–15

थोड़ी–सी गपशप करें और आनन्द प्राप्त करें

अपने कार्यालयीन समय को रोचक और आनंद दायक बनाएं। अपने सहकर्मियों से मिलें। अपनी सीट से उठकर बात करने उनकी सीट तक जाएं। उनके साथ अच्छा तालमेल बैठाएं। उनसे बात करें। मनमोहक मुस्कराहट के साथ मिलें। हार्दिक इच्छा और प्रसन्नता के साथ उनसे हाथ मिलायें। उनको आगे बढ़ने में सहयोग दें। अपनी ओर से पहल कर उन्हें मित्र बनाएं। उन्हें प्रोत्साहित करें। उन्हें समृद्ध बनाने का प्रयास करें। उनमें जीवन बदलने की सामर्थ्य विकसित करें। उन्हें सुरक्षा और संरक्षण दें। उनके प्रति कृतज्ञ बनें। उनके उपकार को चुकाने का प्रयास करें। कार्यालय के बंद कमरे में अकेले न बैठें। कभी–कभी थोड़ी सी मौज मस्ती कर लें। काम के सिलसिले में अपने जीवन में तनाव न बढ़ने दें। तनाव से पैदा होने वाली बोरियत से बचें। मानसिक और शारीरिक व्याधियों से बचें।

पर्याप्त तरल पदार्थ और पानी का सेवन करें। चाय पीने जीने से नीचे या ऊपर अथवा अपनी सीट से थोड़ा दूर चलकर जाएं। पार्किंग में अपनी गाड़ी थोड़ी दूर पार्क करें। कार्यालय में थोड़ा सा चल फिर कर अपने अंगो और मांसपेशियों की जकड़न को दूर करें। लघु शंका से लौटकर आंखों में पानी फेंके। अपनी पलके झपकाएं। अच्छे चित्र देखें। हरियाली की ओर देखें। खुलकर हँसे। स्वयं पर भी हँसे। सदैव जिज्ञासु रहें। महत्त्वाकांक्षी बनें। जीवन में आगे बढ़ने का प्रयास करें। नई चीजें सीखने के प्रति अपनी रूचि बनाएं रखें। अपने मस्तिष्क को सक्रिय रखें। नवीन उन्मेष के प्रति जिज्ञासा रखें।

हमारा समाज कभी-कभी थोड़ी सी गपशप को अच्छा मानता है। स्वीकार करता है। बड़े और लोकप्रिय व्यक्तियों की निजी दुनिया में तांकझांक कर हम आनन्द लेते हैं। गपशप अवसाद की अच्छी दवा है। गपशप कर हम बोरियत और तनाव से दूर रहते हैं। गपशप करने से मित्र बन जाते हैं। गपशप करने से कुन्ठा और ऊब जन्म नहीं ले पाती है। गपशप के समय हँसकर हम कुन्ठा मुक्त हो जाते हैं। तरोताजा हो जाते हैं। गपशप सुस्वादु ग्रेप वाईन का कार्य करती है। तकनीकी शब्दावलियों में गपशप को टॉक थैरेपी या काम्पीटीटिव बिहेबियर थैरेपी कहते हैं। किशोरो में तेजी से फैलते हुए अवसाद के स्तर को गपशप घटा देती है। युवाओं में अवसाद के कारण पनपने वाली आत्महत्या के विचारों का प्रभावी ढंग से उपचार करती है। मन में जन्म लेती आत्महत्या की भावना को तुरंत हटा देती है। नकारात्मक भावना को दूर कर देती है।

पाती–16

अपनी वाणी को संयमित करें और सुनने की शक्ति का विकास करें

बोलने की कला सीखें। अपने शब्दों पर नियंत्रण करने की कला सीखें। शब्द संतुलन की कला सीखें। वाक पटुता सीखें। वाक पटु बनें। घटना का विश्लेषण संतुलित शब्दों के माध्यम से करें। अपने संतुलित शब्दों से प्रभावी संदेश दें। हमारा प्रत्येक शब्द मस्तिष्क, मन और भाव को प्रभावित करता है। अतः सम्यक् और सटीक शब्दों का प्रयोग करें। शब्दों का प्रयोग करते समय जागरूक रहें। सकारात्मक शब्दों का प्रयोग करें। हित, मित और प्रिय शब्दों का प्रयोग करें। संस्कृत साहित्य के निम्नलिखित श्लोक का सतत रूप से पठन करें :-

प्रिय वाक्य प्रदानेन, सर्वे तुष्यन्ति मानवाः।
तस्मात् तदैव वक्तव्यं, वचने का दरिद्रता।।

हम अपने जीवन में बोलने और न बोलने के बीच सम्यक संतुलन स्थापित करें। शब्दों को साधकर बोलें। शब्द के महत्त्व का ध्यान रखें। हमारे अंतःकरण की शक्ति, हमारे संकल्प की शक्ति और हमारे दृढ़ निश्चय की शक्ति, हमारे शब्द को सर्वशक्ति सम्पन्न बनाती है। शब्द को अपार शक्ति प्रदान करती है। शब्द को प्रभावशीलता प्रदान करती है। हमारी दृढ़ आस्था शब्द को सबल बनाती है। ध्वनि को आस्था का कवच पहनाती है। शब्द को सिद्धत्व प्रदान करती है। शब्द को प्रकाश से भी अधिक गति प्रदान करती है।

अपनी बात ईमानदारी, प्रभावी ढंग एवं सकारात्मक तरीके से रखें। बोलने के पूर्व सुनिश्चित करें कि हमारा प्रत्येक शब्द महत्त्वपूर्ण हो। पूर्ण गंभीरता

और शांति से चर्चा करें। गहरी सांस लें। सभी के प्रति मित्रता का भाव रखें। सभी के प्रति सम्मान बनाएं रखें। अपने क्रोध पर नियंत्रण रखें। भगवान में पूरी आस्था रखें। सफलता का विश्वास रखें। दूसरे लोगों के समाने बात करते समय उनका ध्यान खींचे। अपने दृष्टिकोण की ओर उनका विश्वास प्राप्त करें।

बोलने की आदत डालें। अपने अनुभव सुनाएं। आत्मविश्वास पूर्वक अपने विचार व्यक्त करें। आलोचना का उत्तर सकारात्मक ढंग से दें। कभी आक्रामक न हो। अनावश्यक शब्द न बोलें। हम अपने पुराने विचारों से मुक्त हों। नए विचारों को जन्म दें। हम कभी भी हताश न हों। निराश न हों। मनोवैज्ञानिक जड़ता से मुक्त हों। अपनी भावनाओं के साथ सामंजस्य बैठाएं। अपनी भावनाओं पर पूर्ण नियंत्रण रखें। अपनी क्षमता का भरपूर उपयोग करें। पूरी इच्छापूर्वक अपनी क्षमता का उपयोग करें। दृढ़ इच्छापूर्वक अपनी क्षमता को सदैव तराशते रहें। विकसित करते रहें। प्रशिक्षित करते रहें। परिष्कृत करते रहें।

ज्यादा बोलने से, ज्यादा सुनना बेहतर होता है। धैर्यपूर्वक सुनना ऐसा अनोखा और सरल उपाय है जिससे हम सुनने का प्रभाव अपने व्यक्तित्व में उत्पन्न कर सकते हैं। यदि हम दूसरों की बात धैर्यपूर्वक सुनते हैं तो वे हमें मजेदार और खुशमिजाज व्यक्ति के रूप में स्वीकार करने लगते हैं। समझदार, गंभीर और मददगार व्यक्ति के रूप में मानने लगते हैं। समझदार व्यक्ति की यही पहचान है कि जब वह बात करता है, तो बेहद कम शब्दों में और संक्षेप में बात करता है। वो बहुत सारी बाते सुनाने से बचता है। दूसरों को बात करने के लिए प्रोत्साहित करता है लेकिन खुद केवल सुनता है। वर्तमान में हमें खूब बोलना सिखाया जाता है लेकिन सुनना नहीं सिखाया जाता है। स्पीकिंग कोर्सेस (Speaking Courses) हर जगह है लेकिन इफेक्टिव लिसनिंग (Effective listening) के लिए कोई कोर्स नहीं है।

हम सभी के अंदर अच्छे श्रोता के गुण विद्यमान है। हम अच्छे श्रोता बन सकते है। किन्तु कम लोग ही अच्छे श्रोता बनने का प्रयास करते है। सुनने वाले अच्छे और औसत श्रेणी के होते है। औसत व्यक्ति केवल 25 प्रतिशत दक्षता के साथ ही सुन पाता है। हमारे दो कान और एक मुँह है। इसका मतलब है कि हम ज्यादा सुने और कम बोले। बोलने से दो गुना अधिक सुने। यह आवश्यक

है कि हम श्रवण संस्कृति विकसित करें। अपने सहयोगियों को सुने। उन्हें सुनने से उनके साथ हमारे रिश्ते मजबूत होते है। उनके अंदर उत्साह पैदा होता है। हम अपने सहयोगियों को आश्वस्त करें कि हम उनकी बात सुनते है, सुन रहे है। इससे कार्यस्थल पर श्रवण संस्कृति विकसित होती है और हमारे उत्पादन और हमारे सहयोगियों की कार्यकुशलता में वृद्धि होती है।

यह विश्वास रखें कि आप सफल होंगे। आप सफलता प्राप्त करने के लिए सक्षम हैं। हम अपनी शारीरिक, मानसिक, भावनात्मक और आध्यात्मिक शक्ति से अपने मन और स्वभाव को विनियमित करें। अपनी भावनाओं को अपनी इच्छा के अनुरूप मोड़ें। कार की भाँति अपने स्वभाव को इच्छित दिशा में ले चलें। यह सही है कि कार के इंजिन की तुलना में हमारा मन/स्वभाव अधिक जटिल होता है। हमारी भावनाएं और अधिक जटिल होती हैं किन्तु आध्यात्मिक कौशल और निपुणता से सतत प्रयत्न कर हम अपने मन और भावनाओं के सक्षम चालक बन सकते हैं। मैत्री, प्रेम और करूणा भारतीय संस्कृति की आधारभूत एवं मूल भावनाएं हैं। इन भावनाओं को अपने व्यक्तित्व में आत्मसात करने के लिए पूरी ईमानदारी से प्रयास करें।

पाती–17

अपने सहयोगी को स्नेह, पुत्र को प्यार एवं पिता को सम्मान दें

छोटे-छोटे कार्यों को पूरा महत्त्व दें। छोटे कर्मचारियों को और उनके कार्यों को पूरा सम्मान दें। छोटे-छोटे कार्य हमारे बड़े-बड़े कार्यों में सहायक होते हैं। छोटे-छोटे कर्मचारियों की हमारे बड़े कार्यों की सफलता में महत्त्वपूर्ण योगदान होता है।

हम दूसरे व्यक्तियों के सहयोग या उपकार के बिना नहीं बढ़ पाते हैं। उनकी सुरक्षा और संरक्षण के बिना ऊपर नहीं उठ पाते हैं। हम अपने सहयोगियों के प्रति कृतज्ञ बने रहें। उनके उपकार को चुकाने का प्रयत्न करें।

जीवन को आनन्दपूर्ण ढंग से जीने के लिए काम करें। केवल काम के लिए न जिएं। कुछ समय अपने बच्चों के साथ बिताएं। उनके साथ खेलें, उनके साथ नृत्य करें। उनके बचपन को देखकर आनन्द और सुख प्राप्त करें। जब तक जिएं, हर पल का आनन्द लें। सदैव प्रसन्न रहें। हँसते हुए जिएं और अंत में हँसते हुए मरने का प्रयत्न करें।

थोड़ा-सा समय अपने वृद्ध माता-पिता के साथ बिताएं। हम अपने युवा पुत्र की भांति अपने वृद्ध पिता के साथ तालमेल बिठाएं। युवा पुत्री की भाँति अपनी वृद्ध माँ के साथ तालमेल बिठाएं। अपने शिशुओं की भाँति अपने वृद्ध माता-पिता की साज सम्हाल करें। उनका ध्यान रखें। हम पारिवारिक, सामाजिक एवं वैधानिक रूप से वृद्ध व्यक्तियों के भरण-पोषण के लिए उत्तरदायी हैं। अतः यह आवश्यक है कि हम अपने परिवार और समाज में वृद्ध जनों को मान-सम्मान और आर्थिक सहारा दें।

समाज के सभी व्यक्तियों को लगभग समान अवसर मिलने पर ही वे विकसित हो पाते हैं। अतः हम सभी को अच्छे अवसर उपलब्ध कराएं। उनके साथ आत्मीय व्यवहार करें। उन्हें यह विश्वास दिलायं कि हम सबके निकटस्थ एवं घनिष्ठ हैं। सभी के प्रति सजल एवं सघन अपनत्व एवं प्यार बनाए रखें। अपने हृदय को सहज एवं सरल बनाए रखें। भाव के सघन होते ही हमें व्यापक अनुभव होने लगते हैं। अपनी शालीनता और सरलता बनाएं रखें। अपना प्रत्येक कार्य पूरे मनोयोग से करें। छोटे-छोटे विषयों का भी सूक्ष्म विश्लेषण करें। अपने अभिमान को समर्पण में रूपांतरित करें। क्रोध को संकल्प में परिवर्तित करें। दुर्गुणों को सद्गुणों में रूपांतरित करें। निष्कलंक, निष्कपट एवं निर्मल बनें। साधना की सुगंध को फैलने दें। यह विश्वास रखें कि साधना के संस्कार सुप्त भले ही हो जाएँ, पर लुप्त कभी नहीं होते। चेहरे से अद्भुत आत्मीयता का रस टपकने दें। अपने मौन को भी अपनत्व से भरे शब्दों से अधिक मुखर होने दें। आत्मीयता के सुमधुर आस्वाद की अनुभूति करें।

पाती–18

मैत्री की सतत प्रार्थना करें और शारीरिक रूप से स्वस्थ, सशक्त एवं प्रसन्न रहें

भारतीय संस्कृति के दसवीं शताब्दि के उद्भट आचार्य अमितगति की संस्कृत भाषा में अभिलिखित एवं मैत्री पर केन्द्रित निम्नांकित पंक्तियों को बार-बार लिखें –

सत्वेषु मैत्रीं गुणिषु प्रमोदं क्लिष्टेषु जीवेषु कृपापरत्वम् ।
मध्यस्थ-भावं विपरीत वृत्तौ सदा ममात्मा विदधातु देव ।।

इन पंक्तियों को सदैव पढ़ें। पुनः पुनः स्मरण करें। इन पंक्तियों का अर्थ समझें। इन पंक्तियों को अपने अवचेतन मस्तिष्क में प्रवेश करने दें। उन्हें अपने मन का आधारभूत विचार बनने दें। यही विचार आपके मन और मस्तिष्क में शांति का संचार करेगा।

मध्यप्रदेश सरकार द्वारा प्रकाशित कक्षा सातवीं की भाषा भारती की निम्नांकित हिन्दी कविता की पंक्तियों को गुनगुनाएं –

मैत्री भाव में जगत में मेरा, सब जीवों से नित्य रहें ।
दीन-दुखी जीवों पर मेरे, उर से करूणा-स्त्रोत बहे ।।

दुर्जन-क्रूर-कुमार्गरतों पर, क्षोभ नहीं मुझको आए ।
साम्यभाव रक्खूँ मैं उन पर, ऐसी परिणिति हो जाए ।।

गुणीजनों का देख हृदय में, मेरे प्रेम उमड़ आए।
बने जहाँ तक उनकी सेवा, करके यह मन सुख पाए।।

होऊँ नहीं कृतघ्न कभी मैं, द्रोह न मेरे उर आए।
गुण ग्रहण का भाव रहे नित, दृष्टि न दोषों पर जाए।।

फैले प्रेम परस्पर जग में, औरों का उपकार करें।
अप्रिय कटुक कठोर शब्द नहीं, कोई मुख से कहा करें।।

इन पंक्तियों में से जो पंक्तियाँ अच्छी लगे उन्हें एक कार्ड पर लिख लें। यह कार्ड अपनी पाकेट डायरी में रखें। घर में सहज गोचर स्थान पर टांग दें। इन पंक्तियों को बार-बार दुहरायें।

हमारे जीवन को ऊँचा उठाने के लिए यह सर्वश्रेष्ठ कविता है। सदैव गुनगुनाने वाली प्रार्थना है। सदैव पालन करने वाली रचना है। जीवन को विकसित करने वाली उत्तम दवा है। सतत पान करने योग्य अमृत वाणी है। व्यक्तिगत कल्याण के लिए अणु जैसी लघुतम एवं सर्वोत्तम प्रार्थना है।

भावना को हाव-भाव और लय पूर्वक पढ़े। सरल और सहज प्रवाह में पढ़ते हुए हम सही ढंग से प्रार्थना करें। प्रार्थना करते समय सकारात्मक विचार रखें। हम कभी भी किसी के प्रति घृणा, नफरत और ईर्ष्या न करें। मन में असंतोष और डर न पालें। सभी से प्रेम करें। हम शुद्ध, मन, वचन और कर्म पूर्वक प्रबल प्रार्थना करें।

कुछ क्षणों के लिए अपने प्रभु की प्रार्थना करें। विश्वास भरी प्रार्थना से हमें भावनात्मक, मानसिक, शारीरिक और भौतिक शक्तियाँ प्राप्त होती हैं। हमारी व्यक्तिगत क्षमता और योग्यता बढ़ जाती है। प्रार्थना से हमारी व्यक्तिगत समस्यायें सुलझ जाती हैं। प्रार्थना हमारी महत्त्वपूर्ण सहयोगी शक्ति है। प्रार्थना से हमें शक्ति प्राप्त होने लगती है। हमें अच्छे कर्तव्यों की प्रेरणा प्राप्त होने लगती है। हमारे दैनंदिनी कृत्य हमें अच्छे परिणाम देने लगते हैं। प्रार्थना आध्यात्मिक रूप से हमें स्वस्थ बना देती है। आध्यात्मिक रूप से स्वस्थ व्यक्ति शारीरिक रूप से भी स्वस्थ एवं प्रसन्न हो जाता है।

पाती–19

क्रोध से बचें और भावनात्मक चोट का उपचार करें

क्रोध मानव की आदिकालीन प्रवृत्ति है। यह प्रवृत्ति हमारे अनुशासन को कम करते-करते समाप्त कर देती है। यह प्रवृत्ति मानव की शारीरिक, मानिसक एवं भावनात्मक नियंत्रण शक्ति को कम करते-करते समाप्त कर देती है। अतः क्रोध से बचें। क्रोध उत्पन्न होते ही यह प्रश्न उपस्थित करें कि क्या उत्पन्न परिस्थिति में या उत्पन्न समस्या के समाधान के लिए मुझे क्रोध करना आवश्यक है? क्या क्रोध करने से मुझे लाभ होगा? क्या क्रोध करने से मुझे हानि होगी? क्या एक रूपये के लाभ के लिए एक हजार रूपयों का दुरूपयोग करना उपयुक्त होगा? क्या क्रोध करना उपयुक्त होगा? यदि हाँ, तो कितना क्रोध करना उपयुक्त होगा।

इसी प्रकार यह स्वीकार करें कि तर्क/कुतर्क अंतहीन प्रक्रिया है। अतः अनावश्यक तर्क न करें। अनावश्यक तर्क को टालें। निरर्थक बहस न करें। नपी-तुली बाते करें। तर्क संगत बाते करें। अपना जीवन सदभावना, सोच और समझ पूर्वक जिएं। छोटी-छोटी समस्याओं में कभी भी न उलझे। उन्हें सुलझाएं और आगे बढ़ें।

हम धीरे-धीरे अनेकांत दृष्टिकोण अपनाते चलें। एकांत दृष्टिकोण छोड़ते चलें। अनेकांत से स्वयं को प्रकाशित करते चलें। अनेकांत का प्रयोग करते हुए सभी को संतुष्ट कर आगे बढ़ते चलें। दूसरे व्यक्तियों की बातों को ध्यान से सुनें और समझें। बीच में उबले नहीं। उनकी बातों पर चिंतन करें। हम यह स्वीकार करें कि हम पूर्ण ज्ञानी नहीं हैं। अपनी इस अपूर्णता को सदैव ध्यान में रखें। अहंकार और आवेश से दूर रहें। अनेकांत के द्वारा अहंकार का विसर्जन करें।

किसी भावनात्मक चोट के कारण दुखी न हो। चिड़चिड़ायें नहीं। झुंझलायें नहीं। अपनी भावनात्मक चोट का उपचार तुरंत ही वैज्ञानिक पद्धति और समुचित ढंग से करें/करायें। इसका उपचार अपने पैर था हाथ में लगी चोट की भाँति करें/करायें। जितनी बड़ी चोट हो उतना बड़ा उपचार करायें। दोषी व्यक्ति के प्रति क्रोधित न हों। दोषी व्यक्ति के प्रति उत्पन्न द्वेष को कम करने के लिए भगवान से प्रार्थना करें। द्वेष अपने व्यक्तित्व से यथाशीघ्र पूर्ण रूप से निकाल दें। भगवान से प्रार्थना कर अपने हृदय को प्रेम से भर लें और यह प्रेम दोषी व्यक्ति के ऊपर उड़ेल दें। इस प्रकार उपचार कर ऐसी चोट से पूरी राहत प्राप्त करें।

पाती–20

अपने परिवेश को अच्छा बनाऐं

अपने मस्तक पर कभी झुर्रियाँ न पड़ने दें। अपनी आँखों को कभी गहरे सोच में न डूबने दें। अपने होंठो पर मुस्कान लाएं और बनाए रखें। अपने चेहरे पर सहज मुस्कान लाएं और बनाए रखें। होठों ओर चेहरे पर आकर्षक मुस्कान लाएं। सहज मुस्कान हमें अन्य व्यक्तियों से जोड़ देती है। हमारी मुस्कराहट हमारी छोटी, मोटी झुर्रियों को ढंक लेती है। अपने चेहरे पर तनाव न आने दें। क्रोध न आने दें। अहंकार न आने दें।

अपनी ऊर्जा, उत्साह और जोश को कम न होने दें। इन शक्तियों को सदैव बढ़ाने का प्रयत्न करें। अपने कार्य, व्यवहार और प्रकृति के बीच अधिक से अधिक संतुलन बनाएं। प्रकृति के साथ अच्छा तादात्म्य स्थापित करें। मनोवैज्ञानिक और भावनात्मक संतुलन स्थापित करें। प्रतिकूल परिस्थितियों में अपनी शक्ति का क्षय न होने दें। अपनी शक्ति को सदैव संबंधित करते रहें। देवी देवताओं से शक्ति प्राप्त करें। अपने हितचिंतको से शक्ति प्राप्त करें। अपने विचारों, अपनी भावनाओं और अपनी शारीरिक क्षमता को शक्ति सम्पन्न बनाएं। वर्तमान जगत की आपाधापी में अपनी स्वाभाविक शक्तियों का अपव्यय न करें। प्रकृति की गति और लय के साथ चलें। प्रकृति की व्यवस्था के अनुरूप चलकर थकान से बचें और अपनी ऊर्जा को संरक्षित करें।

सूरज की किरणों से नई शक्ति और ऊर्जा प्राप्त करें। धूप में बैठ जाएं। लेट जाएं। अपनी ऑखें रूमाल से ढंक लें। सूरज की रोशनी का आनन्द लें। सूरज की किरणे अपने चेहरे और पूरे शरीर पर पड़ने दें। भगवान का ध्यान करें।

अपने परिवेश को अच्छा बनाएं और अपने मस्तिष्क की क्षमता को विकसित करें। अपने पारिवारिक परिवेश को अच्छा बनाऐं। अपने सामाजिक माहौल को उन्नत बनाएं। अपने ग्रामीण और नगरीय परिवेश को अच्छा बनाने का प्रयास करें। अच्छा परिवेश हमारे व्यक्तित्व को अच्छा बनाता है। हमारे मस्तिष्क को विकसित करता है। हमारी प्रवृत्तियों और आदतों को संस्कारित और परिष्कृत करता है। हमारी वैचारिक और चिंतन शक्ति को ऊँचे उठाता है। अच्छा माहौल हमारी क्षमता को वृद्धिंगत करता है। ऊँचे लक्ष्य के निर्धारण में सहयोग प्रदान करता है। सकारात्मक और सच्चरित्र व्यक्तियों की संगति हमारे परिवेश को अच्छा बनाती है। नकारात्मक व्यक्ति हमारी सोच को घटिया बना देते हैं। हमारी शारीरिक, मानसिक और भावनात्मक क्षमता को घटा देते हैं। अतः हम विशेष प्रयास कर सकारात्मक व्यक्तियों के समीप रहें और नकारात्मक व्यक्तियों के संपर्क से बचें। हमारी समृद्धि और पतन हमारी सकारात्मक सोच का ही परिणाम है। हम अपने मस्तिष्क को तनाव रहित रखें। अच्छे विचारों को संचित करें।

पाती–21

समुचित भोजन लें और अपनी पूरी क्षमता का उपयोग करें

अपने विचारों की क्षमता को बढ़ाएं। अपने विचारों पर चर्चा करें। अपने विचारों का आचमन करें। विचार मंथन से निकले नवनीत को स्वयं खाएं और अपने परिवार के सदस्यों को खिलाएं। अपने विचारों को अपने दैनिक जीवन में कार्यान्वित करें। अपने व्यक्तित्व में आत्मसात करें। सोते-जागते, उठते-बैठते, घूमते-फिरते और बातचीत करने में प्रभावशाली तरीके अपनाएं। अपने मन को स्थिर कर आत्मावलोकन करें। सीधे चलने वालों से प्रेरणा लें। परिश्रम की पूँजी उदारता से खर्च करें।

अपने लक्ष्य के प्रति अपने मन को संकल्पित करें। अपने कर्म को उपासना का स्वरूप दें। कर्म को पूजा मानकर करें। हम अपनी दृढ़ इच्छा शक्ति से असंभव को भी संभव बनाएं। जीवन में आई चुनौती को पूरी जीवटता से पार करें। अवचेतन मन में दबी आस्था को जागृत करें। अपनी आस्था और कार्यशीलता के बीच सदैव प्रभावी समन्वय स्थापित करें। सफल व्यक्ति और अच्छी पुस्तक से प्रेरणा गृहण करें। अपनी असीमित और अंतहीन क्षमता का सदुपयोग करें।

अपनी क्षमताओं पर पूर्ण विश्वास रखें। अपनी क्षमता का भरपूर उपयोग करें। पूरी इच्छापूर्वक अपनी क्षमता का उपयोग करें। दृढ़ इच्छापूर्वक अपनी क्षमता को सदैव तराशते रहें। विकसित करते रहें। प्रशिक्षित करते रहें। परिष्कृत करते रहें। यह विश्वास रखें कि आप सफल होंगे। आप सफलता प्राप्त करने के लिए सक्षम हैं।

प्रत्येक कार्य और प्रत्येक वस्तु का आंतरिक मूल्य बढ़ाने का सोचें। प्रयास करें। प्रत्येक कार्य को अधिक मूल्यवान बनाएं। प्रत्येक वस्तु को अधिक मूल्यवान बनाएं। प्रत्येक कार्य को बेहतर ढंग से करें। दूसरे व्यक्तियों के लिए अधिक

उपयोगी बनें। अपनी क्षमता को पहचानें। अपने कार्य का मूल्यांकन करें। प्राप्त वेतन से अधिक काम करें। कामचलाऊ कार्य से अधिक कार्य करें। जितना काम करने से काम चल जाऐ, उससे अधिक काम करें। हम जितना पाएं, उससे अधिक देने का प्रयास करें। अनगढ़ और अकुशल व्यक्तियों को कुशल बनाएं। अच्छी प्रतिभाओं को लंबे समय तक अपने साथ रखने का प्रयास करें। काम के दौरान प्रशिक्षण की सुविधाएं विकसित करें। दुनिया की आधुनिकतम तकनीकों की जानकारी अपने युवको को दें।

हमारा शरीर हमारे जीवन का संचालक है। मंदिर है। वाहन है। रथ है। हमारा शरीर ही हमें आगे बढ़ने में सहयोग प्रदान करता है। अतः हम अपने शरीर की समुचित ढंग से सतत रूप से देखभाल करें। स्वस्थ एवं संतुलित भोजन करें। नियमित व्यायाम, योग एवं प्राणायाम करें। यथासमय विश्राम करें। शरीर से भरपूर शक्ति, ऊर्जा, आनन्द एवं प्रसन्नता प्राप्त करें।

प्रातः राजा की भांति बहुत अच्छा भोजन करें। दोपहर में राजकुमार की भांति अच्छा भोजन करें। रात्रि में राजा के वृद्ध पिता की भाँति थोड़ा कम और हल्का भोजन करें। प्रातः काल हल्का फुल्का नहीं ठोस नाश्ता करें। भरपूर नाश्ता करें। दोपहर में समुचित भोजन करें किन्तु सायंकाल में हल्का और कम भोजन करें। सायंकालीन भोजन में खिचड़ी या दलिया लें। सब्जी लें। रायता लें। भोजन को पचाने के लिए 3-4 घण्टे लगते हैं। अतः भोजन देर रात्रि में न करें। शाम को 7 बजे तक भोजन कर लें। रात्रि में दूध पी लें।

भोजन हमें ऊर्जा प्रदान करता है। रात्रि में हमारी ऊर्जा की आवश्यकता कम हो जाती है। अतः रात्रि भोजन से शरीर को प्राप्त ऊर्जा का उपयोग नहीं हो पाता है। यह ऊर्जा वसा में परिवर्तित हो जाती है और वसा हमारे शरीर का बजन बढ़ा देता है। दिन में हम खड़े या बैठे रहते हैं। अतः भोजन अपने पाचन मार्ग पर समुचित गति से आगे बढ़ता रहता है। जब हम लेट जाते हैं। तो भोजन पाचन मार्ग पर आगे नहीं बढ़ पाता है और अधिक बिलंब से पच पाता है। परिणामतः हमें अपच हो जाती है। हम बीमार हो जाते हैं।

हम भले ही आकाश नहीं छू सकें, अपने बच्चों को आकाश दिखाएं और आकाश छूने के लिए उन्हें प्रेरित करें। उन्हे पूरा सहयोग दें। उन्हें पूरी सुविधाएं दें। उनका सामान्य ज्ञान विकसित करें। उन्हें सांस्कृतिक रूप से जाग्रत करें।

पाती–22

अपने माँ–बाप की सेवा करें

लगातार घटते संयुक्त परिवार और बढ़ते एकल परिवार के कारण वृद्ध माता पिता की कठिनाईयाँ बढ़ती जा रही हैं। एकल परिवार का चलन बढ़ जाने के कारण वृद्ध व्यक्ति अकेले और असहाय हो जाते हैं।

माता-पिता अपनी ममता और निस्वार्थ सेवा की भावना से अपने बच्चे का पालन-पोषण करते हैं। किन्तु बच्चे बड़े होकर अपने माता-पिता की सेवा अपनी इच्छा पूर्वक नहीं करना चाहते हैं। परिणामतः उन्हें कानून द्वारा माता-पिता की सेवा के लिए बाध्य किया जा रहा है। वृद्ध माता-पिता को कानून की लाठी सौंपी जा रही है।

नए कानून ने संतान का दायित्व निर्धारित कर दिया है कि वे अपने बूढ़े माँ-बाप की देखभाल करें। बूढ़े माँ-बाप को सस्ती कानूनी सहायता उपलब्ध कराई जावेगी। विरासत से संपत्ति प्राप्त करने वालों का यह वैधानिक उत्तरदायित्व होगा कि वे अपने माता-पिता की देखभाल करें। वृद्ध व्यक्तियों के उपेक्षा के दृश्य अनेक घरों में आम होते जा रहे हैं। वृद्ध व्यक्ति अपने जीवनकाल में ही अपने अंतिम क्रिया कर्म करने लगे हैं। अनेक वृद्ध व्यक्ति उपेक्षा, घृणा और निराशा सहते-सहते दुनिया से विदा ले लेते हैं। अब हमें माता-पिता को ऐनक बनवाना भी मंहगा दिखने लगा है। उनकी आँख के मोतियाबिन्द के आपरेशन के लिए हम पीछे हटने लगे हैं। अब यह आवश्यक हो गया है कि हम अपने माँ बाप की सेवा करें और अपनी संस्कृति को बचाएं।

जीवन की गति ने स्वयं ही तेज गति पकड़ ली है। अनेक आधुनिक एवं पढ़े लिखें परिवारों, किशोरों का अपने माता-पिता के साथ ही जनरेशन गैप हो

गया है। अतः दादा-दादी युवा होते अपने बच्चों की नजरों में अवांछित व्यक्ति न बनें। अनावश्यक बातों के लिए किशोरवय के पौत्र और पौत्रियों के साथ रोक टोक न करें। उनके ऊपर उतनी ही नजरें रखें जितनी जरूरी हों। केवल बहुत जरूरी सलाह ही उन्हें दें। दादी जी अच्छे कपड़े पहनें। दादा जी चुस्त और स्मार्ट दिखें। ब्राँड माइन्डेड बनें। अपने पौत्र एवं प्रपौत्रों की एवं उनके मित्रों की रूचियों का ध्यान रखे। उनकी आधुनिक सोच के अनुरूप चिंतन करें। अपनी पुरानी सोच बदलने का प्रयास करें। घड़ी की सुइयों की भांति वृद्ध व्यक्ति भी अपने युवा पुत्र-पुत्रियों और पोते-पोतियों के साथ आगे बढ़ते रहें। सभी के बीच पारस्परिक बंधुत्व की भावना विकसित करें। एक दूसरे के अनुभवों का लाभ लें। एक साथ आगे बढ़कर प्रत्येक यात्रा को सफल बनाएं।

पाती–23

अपना आंतरिक सौन्दर्य विकसित करें

अपने व्यक्तित्व में कभी भी हीन भावना को नहीं पनपने दें। अपने व्यक्तित्व के नकारात्मक तत्वों की पहचान करें। ऐसे नकारात्मक तत्वों को दृढ़तापूर्वक हटाएं। हीनभावना हमारे व्यक्तित्व की शक्ति को लकड़ी में लगे घुन की भाँति खोखला कर देती है। अतः अपने धुंधले अतीत में पुनः झाँके और अपने व्यक्तित्व में हीन भावना को जन्म ही न लेने दें। अपने व्यक्तित्व की धूमिल गलियों में हीन भावना को पनपने न दे। हीन भावना आते ही उसे शक्ति पूर्वक अपने व्यक्तित्व से बाहर हटायें। अपना आत्म विश्वास बनाएं रखें। अपने आत्म विश्वास को प्रतिदिन घनीभूत करते रहें। दृढ़ करते रहें। अपने आत्मविश्वास को कभी बिखरने न दें। अपने व्यक्तित्व के सकारात्मक गुणों को सक्रिय और शक्तिशाली बनाएं। डरे हुए व्यक्तियों से दूर रहें। घबराएं हुए व्यक्तियों से दूर रहें। संदेहास्पद व्यक्तियों से दूर रहें। उत्तरदायित्व का निर्वाह करने वाले व्यक्तियों के समीप रहें। उपलब्ध अवसर का लाभ उठाने वाले व्यक्तियों के समीप रहें। ऐसे व्यक्तियों के साथ अपने जीवंत संबंध बनाएं। जीवन के आघातों से अपनी ऊर्जा को बचाएं। अपनी ऊर्जा का संरक्षण करें। कभी थकान और हताशा का अनुभव न करें। सदैव उत्साहित रहें। दूसरों को उत्साहित करें।

हम निराशा से बचें। निराशा हमारे आंतरिक और बाह्य जीवन को नष्ट कर देती है। निराशा हमारे तन, मन और धन को नष्ट कर देती है। निराशा हमें उदासीन बना देती है। निराशा के कारण हमारे चारों ओर अंधकार फैल जाता है। अपनी निराशा के कारण हम दूसरे व्यक्ति में केवल उसके दुर्गुण देखते हैं। बुराईयाँ देखते हैं। प्रत्येक बात में शंका और संदेह रखते हैं। प्रत्येक प्रयास करने के पूर्व असफलता की ओर देखते हैं। निराश व्यक्ति सदैव यहाँ

वहाँ भटकता रहता है। ऐसी भटकन से हमारी कार्यक्षमता घट जाती है। बँट जाती है। हम दुखी हो जाते हैं। निराशा के कारण हमारा मन अस्थिर हो जाता है। हमारा आत्मविश्वास कम हो जाता है। आशा हमें आगे बढ़ने के लिए प्रेरित करती है। उत्साहित करती है। प्रसन्न रखती है। आशान्वित रहकर हम जीवन के उज्जवल पक्षों को देखें। जीवन में आती प्रकाश की किरणों की ओर देखें। प्रसन्न रहें। कभी खिन्नता से प्रभावित न हों। प्रतिकूल और अप्रिय परिस्थिति निर्मित होने पर संतुलित रहें। अपनी प्रसन्नता बनाए रखें। प्रतिकूल परिस्थिति से उत्पन्न कठिनाई का प्रयत्नपूर्वक समाधान करें। प्रतिकूल परिस्थिति को अनुकूल बनाएं।

अपने जीवन में प्रत्येक क्षण का सदुपयोग करें। प्रत्येक क्षण को बहुमूल्य अवसर मानकर चलें। प्रत्येक क्षण को आनंद, सुख और शांति से भरें। अपने आत्मिक सौन्दर्य को निखारें। हम शारीरिक सौन्दर्य की ओर विशेष ध्यान देते हैं। अपने चेहरे ओर बालों को आकर्षक और मनमोहक बनाने का प्रयास करते हैं। बाह्य सौन्दर्य को निखारने के साथ-साथ हम अपने आंतरिक सौन्दर्य को निखारें। भीतर से सुन्दर बनें। अपनी भावनाओं को पवित्र रखें। हमारी पवित्र भावनाएं हमारे आंतरिक सौन्दर्य का संबर्धन करती है। हमारे आंतरिक सौन्दर्य को जगत के समक्ष प्रकट करती है। हम अपने स्वभाव को अच्छा बनाने की साधना करें। सुगंधित फूल की भाँति सुगंध बिखेरें। भारतीय संस्कृति के महान आचार्य कुन्द कुन्द, सुकरात और महात्मा गांधी आकर्षक बाह्य व्यक्तित्व के धनी नहीं थे किन्तु आत्मिक सौन्दर्य से ओतप्रोत उनका व्यक्तित्व हमें सदैव आकर्षित करता है।

अपने चित्त को निर्मल बनाएं। हम अपनी प्रकृति को सुधारने का प्रयास करें। अपने स्वभाव को शालीन बनाने की साधना करें। उत्तम स्वभाव निर्माण की ओर ध्यान दें। अच्छा स्वभाव बाह्य सौन्दर्य के अभाव की पूर्ति कर देता है। बाह्य सौन्दर्य क्षणिक होता है। आत्मिक सौन्दर्य चिरस्थायी होता है। आंतरिक व्यक्तित्व की सुगंध को बांटते चलें। वाणी का माधुर्य, पवित्र आचार और सकारात्मक विचार आंतरिक सौन्दर्य के आधारभूत तत्व हैं। सतत प्रयास कर इन तत्वों को आत्मसात कर अपने अंतरंग को निर्मल बनाएं और अपने जीवन को समृद्ध बनाएं। अपने आंतरिक सौन्दर्य से अपने बाह्य व्यक्तित्व को शीतल, शांत, सौम्य और प्रसन्नता दायक बनाएं।

पाती–24

अपने मन, वचन और शरीर को शुद्ध करें

चिंतामणि, कल्पवृक्ष और कामधेनु की शक्तियाँ हमारे भीतर विद्यमान हैं। इन शक्तियों का सदुपयोग करने के लिए हम अच्छी जीवन शैली अपनाएं। अपने जीवन में कथनी ओर करनी के अंतर को कम करें। कथनी और करनी की दूरी को कम करें। इस दूरी को मिटाने का प्रयास करें। इसी प्रकार इच्छा और उपलब्धि की दूरी को कम करें। ज्ञान और आचरण की दूरी को कम करें। अपनी इन्द्रियों, संवेदनाओं और भावनाओं की माँग को कम करें।

भौतिक जगत में हम उपाधियों, आधियों और व्याधियों से पीड़ित रहते हैं। कषाय/क्रोध के आवेग समाप्त कर उपाधियों को मिटाएं। योग से मानसिक शक्ति और संतोष प्राप्त कर आधियों अर्थात मानसिक बीमारियों को हटाएं। कषायों के न्यूनीकरण और मानसिक शक्ति के संवर्धन से व्याधियाँ अर्थात शारीरिक बीमारियाँ स्वयमेव समाप्त होने लगती हैं। अतः सर्वप्रथम उपाधि की चिकित्सा करें। क्रोध को शांत करें। उपाधि मिटने पर आधि मिटेगी और व्याधि जन्म ही नहीं लेगी। प्रणायाम करें। गहरी श्वास लें। श्वास को मंद करें। हृदय के स्पंदनों को कम करें। श्वास तंत्र को थोड़ा विश्राम दें। कुछ क्षणों के लिए निष्क्रिय बनें। अक्रियाशील बनें। अनुत्पादक बनें। इस प्रकार अपनी क्रोधादिक उपाधियों को धीरे-धीरे कम करते हुए समाप्त करें और अपने जीवन को आनन्द से भरने का प्रयास करें।

सक्रियता और व्यस्तता शरीर और मन को बोझिल बनाती है। अतः ध्यान करें। शरीर की प्रत्येक कोशिका को विश्राम दें। श्वास को विश्राम दें। हृदय को विश्राम दें। मौन रखें। हम अपनी वाणी को शांत करें। श्वास को शांत करें।

मन शांत करें। शरीर की प्रत्येक कोशिका को शांत करें। इस प्रकार के विश्राम की सघन स्थिति में हमारे मस्तिष्क में अल्फा तरंगो का संवर्धन होता है। अल्फा तरंगे हमें आनंदित करती है और हमारे आत्म विश्वास को संबंर्द्धित करती है।

हम अपने मन को शुद्ध बनाएं। वचन को शुद्ध बनाएं और शरीर को शुद्ध बनाएं। मन, वचन ओर शरीर को शुद्ध कर अपने जीवन को सफल बनाएं। अपने जीवन में सक्रियता ओर निष्क्रियता का आदर्श संतुलन स्थापित करें। आनन्दपूर्वक अपना जीवन यापन करें।

अपनी भावनाओं को पवित्र करें। निर्मल करें। सकारात्मक भावनाओं का चिंतन करें। हमारी भावनाएं ही हमारे मन और शरीर को संचालित करती हैं। हमारे शरीर की विभिन्न ग्रन्थियों से निकलने वाले रसायनों की मात्रा को प्रभावित करती है। रसायनों के निस्सरण को असंतुलित कर देती हैं। हमें तनावग्रस्त एवं अस्वस्थ बना देती हैं। हमारी भावनात्मक विकृति से हम क्रोधित हो जाते हैं। हमारे हृदय की धड़कन तेज हो जाती है। हमारी श्वास फूलने लगती है। हमारे रक्त का प्रवाह तेज हो जाता हे। हमारा ब्लड प्रेशर बढ़ जाता है। हम तनाव ग्रस्त हो जाते हैं। हमारे शरीर और मन में पीड़ा उत्पन्न हो जाती है। शरीर अस्वस्थ और मन अशांत हो जाता है। अतः सदैव तनाव के कारणों की खोज करें। उनसे मुक्त रहने का संकल्प पूर्वक अभ्यास करें।

हम सभी पारिस्परिक मैत्री विकसित करें। सबके साथ मैत्री करें। मैत्री से हम स्वस्थ रहेंगे। सुखी रहेंगे। प्रसन्न रहेंगे। शांत रहेंगे। मैत्री हमारे जीवन की बहूमूल्य एवं स्थायी संपत्ति है। मैत्री हमारी प्रतिरोधात्मक शक्ति को प्रबल करती है। मैत्री भाव हमारे मनोबल का संरक्षण एवं संबर्द्धन करता है। शत्रुता का भाव हमारे मनोबल को क्षीण कर देता है। हम अपने परिवार के प्रत्येक सदस्य में मैत्री भाव का विकास करें। मैत्री भाव के विकास से उसका मनोबल बढ़ाएं। उसका आत्मविश्वास बढ़ाएं। मैत्री से विनोद और करूणा का जागरण होता है और घृणा का विसर्जन होता है। मैत्री हमारी विद्युत शक्ति को बढ़ाती है। प्राण शक्ति को बढ़ाती है। अपान शक्ति को बढ़ाती है। अतः हम मैत्री की सतत साधना करें। मैत्री का विकास कर हम स्थायी सुख का अनुभव करें। शाश्वत सुख का अनुभव करें। प्रसन्नता का अनुभव करें।

पाती–25

अच्छे पारिवारिक संबंध विकसित करें

अब हमारे देश में अच्छे पारिवारिक संबंधों को भी अधिकारी एवं कर्मचारी की पदोन्नति के लिए आधार बनाया जा रहा है। अतः पारिवारिक संबंधों को सुदृढ़ बनाएं। वृद्ध व्यक्तियों की आर्थिक, सामाजिक एवं भावनात्मक आवश्यकताओं की पूर्ति करें। परिवार के प्रति सकारात्मक व्यवहार रखें। समाज के प्रति सकारात्मक व्यवहार बनाएं रखें। अपने व्यक्तित्व के श्रेष्ठ प्रदर्शन की ललक बनाएं रखें। श्रेष्ठतम देने की भावना विकसित करते रहें। अनेक व्यक्ति प्रलोभनों, परिस्थितियों के कारण मंजिल पर नहीं पहुँच पाते हैं। वही व्यक्ति मंजिल पर पहुँच पाता है जो प्रलोभनों से दूर रहते हुए परिस्थितियों पर विजय प्राप्त करते हुए निष्ठापूर्वक लगातार चलता रहता है और आगे बढ़ता रहता है। कठिन समय में प्रतीक्षा करें। काम करें। काम में जुटे रहें। धैर्य रखें। विपरीत परिस्थितियों में अपना कार्य भले ही कठिन लगे किन्तु शांति से करते रहें। काम करने में अपनी ऊर्जा का सदुपयोग करें। प्रसन्नतापूर्वक पूर्वक रहें। कभी थकान होने पर विश्राम करें किन्तु थकान का अनुभव न करें। पारिवारिक, सामाजिक एवं प्रशासनिक कार्य अथवा परिजनों की सेवा का कार्य पूरी रूचि, परिश्रम और धैर्यपूर्वक करते रहें।

यह सही है कि हम भौतिक रूप से संपन्न हो रहे हैं। अधिक से अधिक वस्तुओं का उपयोग कर रहे हैं। नई-नई वस्तुओं का उपयोग कर सुविधा भोगी बन रहे हैं। हम अपना जीवनस्तर ऊँचा उठा रहे हैं। विकास के ऊँचे-ऊँचे पायदान पर पहुँच रहे हैं। हमें यथाशीघ्र यह भी स्वीकार कर लेना चाहिए कि भौतिक वस्तुएं स्वाभाविक रूप से क्षण भंगुर होती हैं। भौतिक वस्तुएं हमें कुछ

प्रसन्नता और कुछ प्रसन्नता का भ्रम प्रदान करती हैं। अतः भौतिक पथ की दौड़ में अपने परिवार का ध्यान रखें। अपनी पारिवारिक संबंधों का ध्यान रखें। अपनी संवेदनाओं का ध्यान रखें। अपनी भावनाओं का ध्यान रखें। अपने बच्चों का लालन-पालन अधिक अच्छे ढंग से करें।

पढ़ी लिखी बहुएं अपने नए घर से भावनात्मक जुड़ाव और लगाव सहज ही विकसित कर लेती हैं। जल्दी ही ससुराल के सम्पूर्ण परिवार के प्रति समर्पित हो जाती हैं। ससुराल के सभी सदस्यों को सुखद और मधुर आनन्द से भर देती हैं। परस्पर स्नेह, सहयोग और सेवाभाव से आपूरित कर देती हैं। बहुएं अपनी सासू जी तथा ससुर जी का आदर और सम्मान करती हैं। उनके साथ आत्मीय और संवेगात्मक निकटता अनुभव करती हैं। अपने व्यवहार में सदैव विनम्रता, सहनशीलता और स्पष्टता प्रगट करती हैं। उनकी आंतरिक भावनाएं और संवेदनाएं सुखद होती हैं। ननद और देवर के साथ मिल-जुल कर सुख और आनन्द पूर्वक रहती हैं। सभी से सार्थक एवं सहृदय संवाद करती है। अतः हम उनके व्यवहार से भी सीख लेने में संकोच न करें। उन्हें पूरा स्नेह और सम्मान दें।

हम अपने परिवार के प्रत्येक सदस्य के कार्यों की सराहना करें। सराहना हमारी बुनियादी आवश्यकता है। मानसिक एवं भावनात्मक जरूरत है। प्रशंसा हमारे तन-मन में ऊर्जा का संचार कर देती है। अच्छे प्रदर्शन से जुड़ी प्रशंसा हमें उत्साहित करती है। आगे बढ़ने के लिए प्रेरित करती है। हम अपने घर को बुहारने और साफ सुथरा रखने वालों की सराहना करें। पारिवारिक, प्रशासनिक और सामाजिक संबंधों को सुदृढ़ करने में प्रशंसा के सीमेन्ट का उपयोग करें। अनावश्यक आलोचना से बचें। असाधारण परिस्थिति में अत्यंत आवश्यक होने पर प्रशंसा की दो परतों के बीच रखकर अच्छे शब्दों में आलोचना करें। आलोचना करते समय पैने और नुकीले शब्दों का प्रयोग न करें।

पाती–26

सम्यक् जीवन शैली अपनाएं

आधुनिक युग की आपधापी से बचे। अपनी शक्ति ओर सामर्थ्य के अनुरूप कार्य करें। किसी भी क्षेत्र में अतिवाद से बचें। अनावश्यक सक्रियता से बचें। अति महत्त्वाकांक्षा से बचें। बहुत कुछ पाने की इच्छा न रखें। कुंठा, हताशा और निराशा से बचें। अपनी जीवनशैली को सम्यक बनाएं। अपनी शारीरिक और मानसिक सामर्थ्य को ध्यान में रखते हुए कार्य करें। कार्य की अधिकता से बचें। कार्य की थकान से अपने तन और मन को बचाएं। कार्य के दबाव से अपने तन और मन को बचाएं। संयमित और नियमित जीवन शैली अपनाएं। अपने वर्तमान पारिवारिक जीवन को ही छोटा सा तपोवन बनाएं। अपने जीवन में संयम और सहिष्णुता को अपनाएं। प्रतिदिन सेवा और परोपकार के लिए कुछ क्षण निकालें। अत्यधिक सक्रियता से और अत्यधिक निष्क्रियता से बचे। अतिवाद से बचते हुए संतुलित ढंग से मनोयोग पूर्वक कार्य करें। कार्य करते समय भी अपनी शारीरिक और मानसिक शक्तियों का सरंक्षण एवं संबर्द्धन करें। उनका गुणात्मक विकास करें।

प्रायः मनचाहा कार्य ही करें। कभी अनचाहा कार्य आ पड़ने पर उसे मनोनुकूल बनाएं। ऐसे कार्य को खेल मानकर सम्पन्न करें। अपना काम योजनाबद्ध ओर संतुलित ढंग से यथासमय करें। अपना काम करें। अपना काम पूरा करें।

भारतीय महर्षियों ने हित, मित एवं ऋत भोजन का प्रावधान किया है। अतः हम हित, मित एवं ऋत भोजी बनें। स्वास्थ्य के अनुकूल उपयोगी पदार्थ ग्रहण करें। आवश्यकतानुसार और सीमित भोजन करें। पवित्र भावनाओं के साथ भोजन करें। हित, मित एवं ऋत भोजन से अपने स्वास्थ्य को सरंक्षित

करें। संबंर्धित करें। अपनी चेतना को परिष्कृत करें और चतुर्मुखी विकास के पथ पर आगे बढ़ें। हम सम्यक जीवन दृष्टि अपनाएं।

पूर्णतः स्वस्थ रहने का प्रयास करें। स्वास्थ्य की समग्रता की ओर ध्यान दें। अपनी सेहत का ध्यान रखें। उत्तम स्वास्थ्य से ही विद्या, धन ओर बल प्राप्त किया जा सकता है। मनचाहा पाने के लोभ में अधिक उतावले न हों। अपने स्वास्थ्य की अनदेखी न करें। स्वास्थ्य की उपेक्षा और अवहेलना न करें। आध्यात्मिकता की राह पर बढ़ने की चाह रखने वाले भी अपने स्वास्थ्य को अनदेखा न करें। तपश्चर्या के नाम पर अपने स्वास्थ्य की अनदेखी न करें। उग्र एवं कठिन तप के नाम पर भी अपने स्वास्थ्य को अनदेखा न करें। दुस्साहस पूर्वक कठोर तप के नाम पर असाध्य बीमारियों के चक्रव्यूह में प्रवेश न करें।

साधना के नाम पर बीमारियों को आमंत्रित न करें। धर्म के नाम पर अपने शारीरिक स्वास्थ्य पर अत्याचार न करें। धार्मिक आडंबरों से अपने शरीर को बचाएं। अनियमित खानपान एवं मनचाहे तरीके से भूखे रहना उपवास नहीं है। तप नहीं हैं। संतुलित ढंग से तार कसकर ही वीणा से सुन्दर संगीत प्राप्त किया जा सकता है। अधिक ढीले और अधिक कसे गए तार वाली वीणा से अच्छे संगीत की सृष्टि नहीं हो सकती है। जीवन साधना भी विवेकपूर्ण संतुलन पर निर्भर है। अति विलासिता और उग्र कठोरता में जीवन संगीत मधुर ध्वनि प्रदान नहीं कर पाता है। अति की स्थिति में बीमारियाँ ही पनपती है। अतः हम अपनी दिनचर्या को संवारें। व्यवस्थित दिनचर्या अपनाएं। अपने शारीरिक मानसिक एवं भावनात्मक शक्तियों को सुनियोजित ढंग से संयोजित करें। अतियों से बचकर संतुलित संयम के साज पर जीवन संगीत का आनंद लें। सम्यक विवेक से समग्र जीवन को संतुलित बनाएं। अपने जीवन में विवेकपूर्ण एवं संतुलित जीवनशैली अपनाएं।

पाती–27

अपने शरीर और मस्तिष्क को स्वस्थ रखें

अपने मस्तिष्क को रचनात्मक बनाएं। रचनात्मक कार्य करें। रचनात्मक कार्यों से हम स्वस्थ रहते हैं। हमें सुख एवं संतोष प्राप्त होता है। रचनात्मक बनें रहने के लिए ऐसा श्रम भी करें जिससे हमें कोई भौतिक या मौद्रिक लाभ प्राप्त नहीं होता है। हम प्रायः उत्पादक श्रम करते हैं। कभी-कभी अनुत्पादक श्रम भी करें। बच्चों के साथ खेलें। पौधों को पानी दें। अच्छे गीत गुनगुनाएं। चित्र बनाएं। हम प्रायः अच्छे परिणामों की अपेक्षा करते हुए कार्य करते हैं। कभी कभी परिणाम की चिंता किए बिना भी कुछ कार्य करें।

अपने शरीर को स्वस्थ रखने के लिए फिजिकल एक्सरसाईज करें। जॉगिंग करें। अपने मस्तिष्क को क्रियाशील बनाएं। अपने मस्तिष्क को प्रयोगधर्मी बनाएं। अपने मस्तिष्क को स्वस्थ रखने के लिए उसके न्यूट्रान्स को क्रियाशील बनाएं। कम्प्यूटर के माउस को कभी कभी दाएं हाथ के स्थान पर बाँएं हाथ से आपरेट करें। इसी प्रकार दाएं हाथ के स्थान पर बांऐ हाथ से ब्रश करें। इसी प्रकार दंत मंजन करें। कभी-कभी आंख बंद कर कपड़े पहने। मौन रहकर भोजन करें।

अपनी भावनाओं को शुद्ध रखने के लिए सकारात्मक विचारों को आमंत्रित करें। नकारात्मक विचारों को अपने मस्तिष्क से बल पूर्वक हटाएं। करूणा, स्नेह ओर सहयोग जैसी सकारात्मक भावनाओं को आत्मसात करें। उनका सतत अभ्यास करें। इन भावनाओं के संबंध में अपने निकटस्थ व्यक्तियों से चर्चा करें। ऊँचे लक्ष्य प्राप्त करने के लिए कुछ क्षण ध्यान करें। कुछ क्षण आत्म

निरीक्षण करें। प्रतिदिन कम से कम 20 मिनिट तक घरेलू काम करें।

अपने करीबी व्यक्तियों से सतत रूप से मिलते रहें। अपने हितचिंतकों से मिलते रहें। अपने संबंधियों से मिलते रहें। जीवन में कभी दुःखद घटना घटने पर सावधान रहें। दुख और अवसाद से बचें। अपने दुख ओर अवसाद को अपने मित्रों से शेयर करें। अपने मन को खराब न होने दें। मन को प्रसन्न रखें। काम करने की इच्छा न होने पर भगवान की प्रार्थना करें। किसी पर्यटन स्थल की सैर करें। किसी संबंधी के घर जाएं। नींद या भूख कम होने पर एवं तनाव का अनुभव होने पर यदि रोने को जी चाहे तो थोड़ी देर अश्रुपात कर लें। अपने मन को हल्का कर लें। अच्छी पुस्तकें पढ़े। कहानी पढ़ें। अच्छे गीत सुनें। अवसाद से उबरने में मित्रों का सहयोग प्राप्त करें। सामाजिक एवं धार्मिक आयोजनों में भाग लें। साधु संतो के दर्शन करें। तीर्थयात्रा करें।

पाती–28

विपरीत परिस्थितियों में भी अपने विवेक को जागृत रखें

घोर निराशा में भी जीवित रही आशा की किरण हमें ऊपर उठाती है। निराशा के अंधकूप में गिरकर भी हम सफलता पूर्वक कूप से बाहर निकल सकते हैं। अपने ऊपर गिरती दुखों की धूल मिट्टी को हम साहस पूर्वक अपने शरीर से बाहर छिटक सकते हैं। पचास वर्ष से अधिक पुरानी घटना है। हमारे ग्राम नैनागिरि में विद्यालय के छात्र प्रातः कुँआ खोद रहे थे। इस कुँए के समीप ही दो बैल आपस में लड़ रहे थे। आपस में लड़ते-लड़ते एक बैल कुँए में गिर गया। सभी छात्र उसे बाहर निकालने के लिए सोच विचार करने लगे। किसी को कोई उपाय नहीं सूझ रहा था। इसी बीच क्षेत्र के तत्कालीन प्रबंधक श्री सतीशचन्द्र जैन वहाँ आए। उन्होंने बैठकर भगवान का ध्यान किया। ओमकार मंत्र का जाप किया और उन्होंने यह सुझाव दिया कि कुँए की मिट्टी को धीरे धीरे फिर से कुँए में डाल दिया जाए। समीप में बने तालाब की मिट्टी को भी खोदकर धीरे-धीरे कुँए में डाल दिया जाए। उन्होंने ग्राम के सभी निवासियों को बुलाया और इस कार्य में उनका सहयोग प्राप्त किया। सभी ग्रामीणों और छात्रों ने कुँए को धीरे-धीरे मिट्टी से भरना चालू किया।

अपने ऊपर मिट्टी गिरते देखकर बैल चिल्लाने लगा। उछल कूँद करने लगा। सभी को चिंता हुई। किन्तु श्री सतीशचन्द्र जैन, सभी छात्रों और ग्रामीणों की प्रार्थना से बैल कुछ ही क्षणों में शांत हो गया। उसके ऊपर जब भी मिट्टी गिरती वह झटक कर उसे नीचे गिरा देता और वह मिट्टी के ऊपर आकर खड़ा हो जाता। इस प्रकार से सभी व्यक्ति कुँए में मिट्टी भरते रहे। बैल अपने पीठ पर गिरी मिट्टी को अपनी पीठ हिलाकर नीचे गिराता रहा

और धीरे-धीरे कुँएं से ऊपर आता रहा। सभी छात्रों और ग्रामीणों के सहयोग से शाम तक बैल कुँए के ऊपर आ गया। सभी को प्रसन्नता हुई। सभी ने मिलकर भगवान की आरती की और पूर्णिमा की रात्रि में उगते हुए पूर्ण चन्द्र को देखकर हार्दिक प्रसन्नता और शांति प्राप्त की।

इस घटना से हम यह शिक्षा प्राप्त करें कि विपरीत परिस्थितियों में भी अपने विवेक को जाग्रत रखें। कभी हार स्वीकार न करें। हार के स्थान पर विजय प्राप्त करने के लिए पूरे साहस एवं कौशल के साथ प्रयास करें।

पाती–29

नैनागिरि पधारें

मध्यप्रदेश के छतरपुर जिले के दक्षिण में स्थित ग्राम नैनागिरि में पहुँचते ही हमारी भागदौड़ रूक जाती है। सोचने के लिए ठहराव मिल जाता है। उछल-कूँद थम जाती है। हमारे मन के आवेग कम होने लगते हैं। हमारी मनोग्रन्थियाँ खुलने लगती हैं। भगवान के दर्शन करने का उत्साह बढ़ने लगता है। वसंत पंचमी और शरद पूर्णिमा के दिन नैनागरि में हमें अपार शांति प्राप्त होती है। पूर्णिमा का चांद अपनी शीतल किरणों के माध्यम से सरोवर के शीतल जल को और शीतल कर देता है। सरोवर पूरे चांद को ही अपने व्यक्तित्व में आत्मसात कर प्रकाशित हो उठता है। इस प्रकाश को हम भी अपने व्यक्तित्व में आत्मसात करें। इस प्रकाश में अपने अंतर्मन की सभी गांठों को खोल दें।

पर्युषण पर्व के दिनों में जल मंदिर में बैठकर अनंत आनंद प्राप्त होता है। अतः हम नगरीय यंत्रों और यंत्रणाओं से बहुत दूर जल मंदिर में बैठकर सुकून प्राप्त करें। इन पलों में अपनी रूचियों को सांस लेने दें। अपने मस्तिष्क को तरोताजा करें। संवेदनशील बनाएं। कुछ अच्छा पढ़े। कुछ अच्छा देखें। कुछ अच्छा सुने। कुछ अच्छा गुनें। कुछ अच्छा अपनों के बीच बाँटे। कुछ नहीं तो अलाव जलाकर अच्छी बातें करें। बांस की पोंगी की गांठे निकालकर बनी हुई और बजती हुई बांसुरी की भाँति अपने जीवन के संगीत को सुनें। नैना-सरोवर में फूल रहे कमल के फूलों की सुगंध लें। तालाब में कूदकर डुबकी लगाएं। ताल में तैरने का आनन्द लें। नैनागिरि के इस सरोवर को अपने हृदय में आत्मसात करें।

नैनागिरि में अपने बंधु-बांधवों के साथ भगवान का दर्शन करें। अभिषेक करें। पूजन करें। भगवान पार्श्वनाथ और भगवान महावीर की मूर्ति को अपने

मन में बसाएं। ध्यान केन्द्र में बैठकर सामायिक करें। थोड़ी सी साधना करें। नीलगगन में उड़ती हुई चिड़ियों को देखें। उनसे मिलें। उनकी चहचहाहट सुनें। उनसे वार्तालाप करें। आकाश में उमड़ते, घुमड़ते और बरसते बादलों की सुन्दरता देखें।

सुबह उठकर थोड़ी सी सैर कर लें। उगते सूरज का दर्शन कर लें। शाम को ढलते सूरज की लालिमा को निहारें। थोड़ा सा टहल लें। लोकगीतों को सुनें। लोक संगीत का आनंद लें। स्थानीय व्यक्तियों से बातचीत करें और उन्हें आगे बढ़ने के लिए प्रोत्साहित करें। ग्रामीण गतिविधियों में रूचि पूर्वक भाग लें।

सिद्धशिला पर बैठकर कभी उफनती और कभी शांति से बहती समीपस्थ नदी के पवित्र जल में स्नान करें। इसके किनारे बैठकर हमारे अनेक साथी अनोखी अनुभूति प्राप्त कर संत बन गए। आध्यात्मिक पथ पर आगे बढ़ गए। इस मनोरम नदी के समीप अपने गीतों को गुन-गुनाते हुए आचार्य विद्यासागर जी ने हिन्दी में मूकमाटी की रचना पूर्ण की।

अपने घर में रहकर आपने खूब काम कर लिया। तीन पीढ़ियों के लिए पर्याप्त पूँजी एकत्रित कर ली। अब अपनी थोड़ी सी पूँजी अपने अच्छे स्वास्थ्य एवं अपनी प्रसन्नता के लिए खर्च करें। प्रकृति की गोद में आराम करें। प्रातःकाल भ्रमण करें।

सादा ग्रामीण भोजन करें। दोपहर में आराम करें। नैनागिरि में रहकर नगरों की उफनती गर्मी से बचें। हिल स्टेशनों की कड़कड़ाती ठण्डक से बचें। अच्छे मौसम और माहौल का आनन्द लें।

नैनागिरि मेरा जन्म स्थान है। अपने युवाकाल में मैं नैनागिरि में प्रत्येक तिमाही में एक-दो दिन नियमित रूप से रहा हूँ। अब रिटायरमेन्ट के बाद यहीं रहना चाहता हूँ। अब नैनागिरि को मैं अपना रिटायरमेंट विलेज बना रहा हूँ। नैनागिरि में अपने मित्रों के साथ समय समय पर कुछ दिनों रहकर शानदार जीवन व्यतीत करता हूँ। अतः नैनागिरि में अपना शेष जीवन व्यतीत करने के लिए मैं आप सभी को आमंत्रित कर रहा हूँ।

शासकीय अधिकारी और कर्मचारी 60 वर्ष की आयु पूर्ण होने पर रिटायर हो जाते हैं। विदेशों में व्यापार और व्यवसाय करने वाले भी 60 वर्ष में रिटायरमेन्ट ले लेते हैं। अतः प्रत्येक कृषक, व्यापारी और व्यवसायी को

भी 60 वर्ष में अपनी खेती, अपने व्यापार और व्यवसाय से रिटायरमेन्ट ले लेना चाहिए और नैनागिरि में, कुछ दिनों के लिए ही सही, रहने का विचार करना चाहिए। हमने नैनागिरि में शिशु, किशोर, युवा और वृद्ध व्यक्तियों की विशेष जरूरतों के अनुरूप आधारभूत सभी सुविधाएं विकसित की है। गुणवत्तापूर्ण आवास बनाए हैं। संतोषजनक स्वास्थ्य सुविधाएं उपलब्ध कराई है। सुरक्षा की व्यवस्था की है। नैनागिरि अब सभी प्रकार से विकसित होकर हम सभी के लिए रिटायरमेन्ट विलेज बन गया है। नैनागिरि का प्रबंधन कुशल व्यक्तियों द्वारा किया जा रहा है। नैनागिरि को हम आपकी अपेक्षाओं के अनुरूप विकसित कर रहे हैं। आपको यहाँ रहने के लिए आमंत्रित और प्रोत्साहित कर रहे हैं। शांति और संतोषपूर्वक जीवन व्यतीत करने के लिए न्यौता भेज रहे हैं।

भारतीय संस्कृति के संवाहक इस तीर्थ पर अवश्य पधारें। सपरिवार पधारें। पुनः पुनः पधारें। पारसधाम की पवित्र मूकमाटी को प्रणाम करें। इस माटी का अपने माथे पर तिलक लगाएं और अपने जीवन को पवित्र एवं सफल बनाएं।

पाती–30

हम अपने क्रोध, विद्वेष और चिड़चिड़ेपन को क्षमा और सद्भावना से उपचारित करें

हम किसी से क्रोध न करें। किसी से चिढ़े नहीं। किसी के प्रति बौखलाएं नहीं। अपने मन में किसी भी व्यक्ति के प्रति द्वेष एवं घृणा की गांठ को न पलने दें। जाने-अनजाने में हमारे मन में बैठी और कसकती हुई द्वेष की यह गांठ हमारे हृदय में ही घृणा का शाश्वत स्त्रोत बन जाती है। सर्वप्रथम यह गांठ हमें ही दुखित करती है। हमें बीमार बना देती है। हमारे पारस्परिक स्नेहपूर्ण संबंधों पर विपरीत प्रभाव डालती है। क्रोध से हमारी अंगुलियाँ जुड़ जाती हैं। हम मुट्ठी बना लेते हैं। अपनी आवाज तेज कर लेते हैं। अपने शरीर में अकड़न पैदा कर लेते हैं। अतः हम पूर्ण प्रयास कर क्रोध को उत्पन्न ही न होने दें। क्रोध उत्पन्न होने पर अपनी अंगुलियों को सीधा रखें। धीमी से धीमी आवाज में चर्चा करें। कुर्सी पर लुढ़क जाएं। पलंग पर लेट जाएं। एक गिलास पानी पिएं। दस तक गिनती गिनें। पिताजी या माताजी से चर्चा कर उनका आशीर्वाद प्राप्त करें। भगवान से प्रार्थना करें।

क्रोध एक प्रकार का ज्वर है। जब ज्वर हमारे शरीर में प्रवेश करता है तब वह हमारे शरीर को तोड़ देता है। हमारी शक्तियों को क्षीण कर देता है। क्रोध मस्तिष्क का ज्वर है, हृदय का ज्वर है और एड्रीनल ग्रन्थि का ज्वर है। जब मनुष्य क्रोध करता है तब क्रोध का सर्वप्रथम प्रहार मस्तिष्क पर होता है। मस्तिष्क ज्वर से पीड़ित हो जाता है। क्रोध के समय उत्पन्न हुई उत्तेजना में अतिरिक्त ऊर्जा व्यय हो जाती है। परिणामतः हमें बड़ी बेचेनी होने लगती है। हमारे सम्पूर्ण अंग और प्रत्यंग प्रतप्त हो जाते हैं। क्रोध का दूसरा प्रहार हृदय पर होता है। क्रोध आते ही हृदय की धड़कन बढ़ जाती है। हृदय की गति तेज

हो जाती है। हृदय को अस्वाभाविक ढंग से काम करना पड़ता है। क्रोध का तीसरा प्रहार एड्रीनल ग्रन्थि पर होता है। क्रोध के आते ही एड्रीनल ग्रन्थि से अतिरिक्त स्त्राव होने लगता है और हमारी शक्तियाँ क्षीण होने लगती है। अब यह वैज्ञानिक रूप से सिद्ध हो गया है कि क्रोध से मस्तिष्क की शक्ति क्षीण होती है, हृदय की शक्ति क्षीण होती है और एड्रीनल ग्रन्थि की शक्ति क्षीण होती है। मस्तिष्क, हृदय और एड्रीनल ग्रन्थि जीवन के महत्त्वपूर्ण अंग हैं। अतः हम क्रोध से बचें और इन अंगो को शक्ति सम्पन्न, सक्षम एवं कुशल बनाएं।

किसी के प्रति द्वेष के कारण हम भावनात्मक रूप से असंतुलित हो जाते हैं। हमें सर्दी हो जाती है। हमें एक्जीमा हो जाता है। भावनात्मक असंतुलन से संक्रामक बीमारियों के कीटाणु सरलता से हमारे शरीर में प्रवेश कर जाते हैं। हमें शीघ्र ही बीमार बना देते हैं। परीक्षा के समय डर के कारण छात्रों को सर्दी हो जाती है। सासु जी के आने पर बहू को सर्दी हो जाती है। सासू जी के घर से जाने पर बहू की सर्दी दवा के बिना ही ठीक हो जाती है। गुस्से के आवेग के कारण सर्दी हो जाती है। शांत जीवन जीना प्रारंभ करने से सर्दी दूर हो जाती है। क्रोध नहीं करने की सलाह पूर्णतः वैज्ञानिक एवं व्यावहारिक है। अतः इस सलाह को स्वीकार करें। हम अपने क्रोध, विद्वेष और चिड़चिड़ेपन को क्षमा और सद्भावना से उपचारित करें। आस्था, प्रेम और शांतिभाव से क्रोध एवं क्रोध की प्रवृत्तियों को सफलता पूर्वक दूर करें।

पानी की छोटी-छोटी बूंदों और पतली-पतली धाराओं से पानी का घड़ा भरता है। इसी प्रकार क्रोध का घड़ा छोटी-छोटी घटनाओं से भरता है। छोटी-छोटी चिढ़न और कुढ़न से भरता है। छोटी-छोटी महत्त्वहीन और मूर्खता पूर्ण बातों से भरता है। छोटी-छोटी लकड़ियाँ चूल्हें में आग को जलाती है। कोयले के छोटे छोटे कण मिलकर आग जलाते हैं। हम क्रोध के इन छोटे छोटे कारकों की सूची बनाएं। भगवान से प्रार्थना कर प्रतिदिन क्रोध के एक-एक कण की पहचान करें और ऐसे प्रत्येक कण को धीरे-धीरे अपने व्यक्तित्व से दूर हटायें। इसी प्रकार सतत रूप से क्रोध को धीरे धीरे कम करते हुए सम्पूर्ण शांति धारण करें।

शांति पाने के लिए हम शांतिपूर्ण शब्द का सतत रूप से प्रयोग करें। ऐसे शब्दों को दोहराएं। सुख एवं शांति प्रदायक विचारों का स्मरण करें।

शांतिपूर्ण शब्दों को ऊँची आवाज में बोलें। जोर से बोलें। शांतिपूर्ण शब्दों को बोलने से आपको शांति प्राप्त होगी। शांतिदायक शब्दों के दोहराने से आपको शांति प्राप्त होगी। शांति पाठ पढ़ने से आपको शांति प्राप्त होगी। शांति पूर्वक अपना चतुर्मुखी विकास करें। शांति प्राप्त करने के लिए प्रसन्नता दायक एवं शांतिपूर्ण स्थलों का भ्रमण करें। शांति से भरी सुन्दर घाटी का भ्रमण करें। चांदनी रात में ताजमहल को देखें। पूर्णिमा की रात्रि में गंगा और नर्मदा नदी के कलकल बहते पानी को देखें। समुद्र की लहरों को किनारे से टकराते हुए देखें। मुझे विश्वास है कि आप निश्चित ही कुछ ही दिनों में पूर्ण शांति प्राप्त कर अपना एवं अपने परिवार का चतुर्मुखी विकास कर सकेंगे।

पाती–31

अपनी स्मरण शक्ति को प्रखर बनाऐं

अपने मस्तिष्क की स्मरण शक्ति को बढ़ाएं। अपनी स्मरण शक्ति को प्रखर बनाएं। विलक्षण बनाएं। एक श्रुतिधर बने। आचार्य अकलंक एक श्रुतिधर थे। वे एक बार में पढ़कर या सुनकर किसी भी विषय को याद कर लेते थे। अकलंक बनें। हम अपनी शारीरिक क्षमता बढ़ाने के लिए खेलते हैं। एक्सरसाईज करते हैं। प्रातः भ्रमण करते हैं। इसी प्रकार से विशेष प्रयत्न कर अपनी स्मरण शक्ति को बढ़ाएं। अपनी स्मरण शक्ति पर विशेष ध्यान दें। अपनी स्मरण शक्ति को सतत रूप से विकसित करें। तन्मयता और एकाग्रता पूर्वक पढ़ें। अच्छी बातों को बार-बार पढ़ें और याद रखें।

हम अपनी स्वाभाविक स्मरण शक्ति के दशमांश का ही प्रयोग करते हैं। शेष स्मरण शक्ति अस्त-व्यस्त मूर्च्छित स्थिति में ही पड़ी रहती है। हम अपनी पूरी स्मरण शक्ति का उपयोग नहीं करते हैं। और मंदबुद्धि कहलाने लगते हैं। अतः नियमित अभ्यास द्वारा अपनी स्मरण शक्ति को पैना बनाएं। अध्ययन करते समय उपेक्षा भाव न रखें। अध्ययन करते समय अपने मन को भटकने न दें। अध्ययन के किसी भी बिन्दु को महत्त्वहीन और निरर्थक न समझें। महत्त्वपूर्ण बिन्दुओं को मनोयोगपूर्वक समझें। गहन रूचिपूर्वक पढ़ें। गंभीरता पूर्वक पढ़े। मौन पूर्वक एवं वाणी से ऐसे बिन्दुओं को कई-कई बार दोहराएं। उनके अर्थ, भावार्थ और फलितार्थ को ध्यान में रखें। मानसपटल पर जमाएं। टिकाऊ बनाएं। ठोस इच्छापूर्वक उन्हें स्मरण करने का प्रयास करें। स्मरण के लाभों और विस्मरण की हानियों पर विचार करें।

हम अपनी भूतकालीन बुरी बातों को भुला दें। भूतकालीन घटनाओं की शिकायतें करना छोड़ दें। नकारात्मक बातों की चर्चा करना छोड़ दें। कष्टप्रद बातों को मस्तिष्क से निकाल दें। अपने मस्तिष्क का कूड़ा करकट बाहर फेंक दें। अपने मस्तिष्क के बुरे विचारों को निकालकर बाहर फेंक दें। बीते कल का दरवाजा बंद कर दें। उसमें ताला लगाकर तालाब में चाबी फेंक दें। खोये समय को भुला दें। शेष रहे समय का उपयोग करें। वर्तमान क्षणों से प्रसन्नता प्राप्त करें। आने वाले कल का मुस्कराते हुए स्वागत करें।

यह मंत्र प्रतिक्षण जपते रहे कि यू केन आलवेज डू मोर। यू केन आलवेज डू बेटर। देयरफोर यू मस्ट आलवेज स्ट्राईव टू डू मोर एन्ड बेटर।

(You can always do more. You can always do better. Therefore, you must always strive to do more and better).

पाती–32

स्वस्थ रहते हुए अपने पारिवारिक और सामाजिक जीवन को सुखद बनाएं

अपने व्यक्तित्व को चुम्बकीय बनाएं। अपने व्यक्तित्व में रचनात्मकता, आत्मनिर्भरता, आशा और आत्मविश्वास कूट-कूट कर भरे। लक्ष्य को प्राप्त करने की ऊर्जा उत्पन्न करें। सर्वोच्च सफलता में आस्था बनाएं रखें। श्रेष्ठतम उपलब्धि प्राप्त करने में विश्वास बनाऐ रखें। मस्तिष्क में आप आस्था और विश्वास रखेंगे तो आपका आस्था और विश्वास सदैव बढ़ता रहेगा। आस्था और विश्वास पर अपना ध्यान केन्द्रित रखें। सफलता की कल्पना करें। सफलता के लिए प्रभु से प्रार्थना करें। अपनी छुपी और सोई हुई शक्तियों को जागृत करें। गुड आइडियाज इन, गुड आइडियाज आउट।

हम अपने मन को शुद्ध रखें। अपने विचारों पर विशेष ध्यान दें। अपने विचारों को अच्छा ओर शुद्ध बनाएं। अपने शब्दों पर निगरानी रखें। मीठे और अच्छे शब्द बोलें। अपनी क्रियाओं की जाँच करें। अच्छे कार्य करें। अच्छी क्रियाएं करें। अपने व्यक्तित्व में अच्छी प्रवृत्तियाँ और आदतें विकसित करें। अपनी प्रवृत्तियों और आदतों को सदैव परखते रहें। भावनाओं के आवेश में बढ़ने से बचें। अच्छे विचारों, अच्छे शब्दों, अच्छे कार्यों, अच्छी प्रवृत्तियों और अच्छी आदतों से हम अपने तनाव को भी पूरी तरह से नियंत्रित कर सकते हैं। कम्प्यूटर जगत में अनेक गारवेज इन, गारबेज आउट प्रचलित है। इसका अर्थ यह है कि यदि कम्प्यूटर में कचरा डालेंगे तो कम्प्यूटर से कचरा ही निकलेगा। कम्प्यूटर में गलत शब्द उपयोग करेंगे तो गलत शब्द ही प्रिन्ट होकर हमें प्राप्त होगा। इसी प्रकार यदि हम अपने मस्तिष्क में अच्छे विचारों को प्रवेश देंगे तो

हमारे अच्छे विचार ही दूसरों के समक्ष प्रकट होंगे। अच्छे विचार अंदर और अच्छे विचार बाहर। जैसे बीज हम बोयेंगे वैसे ही फल हमे प्राप्त होंगे। गुड आइडियाज इन, गुड आइडियाज आउट।

हम अपने कामकाजी जीवन के लिए कुछ नियम बनाएं। अपने कामकाजी जीवन को प्रभावी, गौरवपूर्ण एवं श्रेष्ठतम बनाएं। प्रोफशनली आगे बढ़े। अपने परिवार और मित्रों के साथ कुछ समय बिताएं। कभी कभी सिनेमा देखने जाएं। पिकनिक पर जाएं। कभी कभी रेस्तरां में भोजन करने जाएं। काम के साथ साथ आराम भी करें। आराम के समय कामकाज से मुक्त रहें। सदैव काम करते हुए पीठ दर्द और सिरदर्द को आमंत्रित न करें। निर्धारित समय में ही काम करें। न सारी रात काम करें। न सारे दिन काम करें। स्वस्थ सार्थक एवं सफल जीवन जिए। व्यावसायिक और घरेलू जीवन के बीच संतुलन स्थापित करें। नित नई ऊँचाईयों को छूने के लिए अंधी दौड़ से बचें। अस्त व्यस्त जीवन से बचें। अत्यधिक तनाव से बचें। जीवनशैली को विकृत न होने दें। मानवीय क्षमताओं की सीमाओं में बने रहें। अपनी क्षमताओं का अधिकतर उपयोग करें। उनमें निरंतर बढ़ोत्तरी करते रहें। अपनी कार्य क्षमता को कभी घटने न दें। अपने खान-पान, श्रम-विश्राम और संतुलित जीवन शैली पर ध्यान दें। स्वस्थ रहते हुए पारिवारिक और सामाजिक जीवन को सुखद बनाएं।

पाती–33

वृद्धावस्था में भी अपनी शारीरिक एवं मानसिक शक्तियों को बढ़ाते रहें

किसी विषय पर ध्यान केन्द्रित करने की हमारी क्षमता हमारी बढ़ती आयु के साथ कम नहीं होती है। 65 से 90 वर्ष के स्वस्थ वृद्धों और 40 वर्ष से कम आयु के युवाओं के मस्तिष्क की क्षमता प्रायः समान होती है। वृद्ध व्यक्ति एक साथ अनेक कार्यों को और एक कार्य को बीच में ही छोड़कर दूसरे कार्य को अधिक सफलता पूर्वक कर लेते हैं। एक साथ विभिन्न इन्द्रियों के कार्य करने की मस्तिष्क की क्षमता आयु बढ़ने पर भी बनी रहती है। वृद्ध मस्तिष्क की बौद्धिक शक्ति अधिक होती है। वृद्ध व्यक्ति का फोकस विस्तृत हो जाता है। वह एक ही बात पर नहीं टिक पाता है। एक ही विचार पर केन्द्रित नहीं हो पाता है। वह एक बात के साथ-साथ अनेक बातों की ओर ध्यान देता है। वृद्ध व्यक्ति विस्तृत जानकारी और अधिक डेटा पर विचार करता है। अधिक जानकारी और अधिक डेटा विचार क्षेत्र में लेकर निर्णय करता है। अतः उसके निर्णय सही और लंबे समय तक लाभप्रद होते हैं।

यह सही है कि वृद्ध व्यक्ति कभी किसी व्यक्ति का नाम भूल जाते हैं। कभी उसका टेलीफोन नम्बर भूल जाते हैं। कभी घर की चाबी घर के अंदर ही छोड़ देते हैं। कभी कार की चाबी कहीं भूल जाते हैं। पार्टी में मिले किसी व्यक्ति का नाम भूल जाते हैं। इससे हमें यह निष्कर्ष नहीं निकालना चाहिए कि वृद्ध व्यक्ति की स्मृति कमजोर हो गई है। यह भी सही है कि आयु वृद्धि के साथ साथ मस्तिष्क की कुछ क्षमता कम होने लगती है किन्तु अधिकांश वृद्ध व्यक्तियों के मस्तिष्क अधिक बुद्धिमत्तापूर्ण रहते हैं। उनका विचार एवं

चिंतन क्षेत्र विस्तृत हो जाता है। वे अचानक ही मूल बिन्दु से हटकर कुछ अन्य बिन्दुओं पर विचार करने लगते हैं।

वृद्ध व्यक्ति की तुलना में युवा छात्र लगातार तीव्र गति से लेख या पुस्तक पढ़ लेते हैं। वृद्ध व्यक्ति लेख या पुस्तक पढ़ने में कुछ अधिक समय लेते हैं। वे बीच-बीच में कुछ शब्दों और विषयों पर रूक जाते हैं। वे कुछ विशेष शब्द पढ़कर उनका अर्थ खोजने लगते हैं। अर्थ पर विचार करते हैं। वृद्ध व्यक्तियों का विचार क्षेत्र, जानकारी, डेटा और घटनाओं का अनुभव अधिक होता है। वे एक परिस्थिति में एकत्रित जानकारी को दूसरी परिस्थिति में उपयोग करने में सक्षम होते हैं। अतः वृद्ध व्यक्ति समस्या का बेहतर समाधान करने में अधिक सफल होते हैं।

वृद्ध व्यक्ति अपने जीवन के संध्या काल में भी भोर जैसा सृजन करने का प्रयास करें। बढ़ती आयु में भी प्रातःकालीन सूर्य की प्रथम किरण से प्रेरणा लें। योग, आसन और प्राणायाम से नई ऊर्जा प्राप्त करें। नियमित व्यायाम से शारीरिक शक्ति बनाए रखें। सतत स्वाध्याय से मानसिक शक्ति प्राप्त करते रहें। इन शक्तियों से अपने सम्पूर्ण व्यक्तित्व को स्वस्थ, प्रसन्न और शांत बनाएं रखें। एकांत में बैठकर अध्ययन करते रहें। कुछ लिखते रहें।

पाती–34

विशाल हृदय और विस्तृत मस्तिष्क से कार्य करें

हम अपने हृदय को विशाल बनाएं। छोटा न करें। अपने चिंतन को नए आयाम दें। तंग मस्तिष्क से न सोंचे। निजी हित के साथ-साथ सामाजिक और राष्ट्रीय हित पर ध्यान दें। अपने क्षितिज को अपने और अपने परिवार तक ही सिकुड़ने न दें। क्षितिज को विस्तार दें। हम कभी भी छोटेपन या तंग दिमाग का परिचय न दें। तुच्छ वस्तुओं की ओर ध्यान न दें। तुच्छ विचारों से बचें। तंग दिमागी से जन्मी जड़ता से बचें। विशाल हदयता से प्रत्येक कार्य करें। जनकल्याण की भावना से प्रत्येक कार्य करे। अपने विचारों और अपने कार्यों पर छोटेपन की छाप न पड़ने दें। छोटेपन के चश्मे को उतारें। विशाल हुदय ओर विस्तृत मस्तिष्क से कार्य करना प्रारंभ करें।

क्रोध, घृणा और प्रतिशोध को भले ही हम साधारण मानवीय व्यवहार के रूप में स्वीकार कर लें किन्तु ऐसा व्यवहार हमारी शांति को भंगकर देता है। संतोष को छीन लेता है। हम प्रेम करने वालो से मिलें। अपने शत्रु को अपने मस्तिष्क में विराजमान न करें। हम अपने मस्तिष्क की पर्तों पर क्रोध और घृणा को जमने न दें। अपनी ऊर्जा और अपने समय को दूसरों को परेशान करने में व्यय न करें। अपने समय ओर ऊर्जा को स्वयं के विकास में विनियोजित करें। क्रोध और घृणा जैसे नकारात्मक भावों से बचें। क्रोध एक धीमा जहर है। क्रोध धीरे-धीरे हमारे सम्पूर्ण जीवन को लील जाता है। अतः आवश्यक है कि हम क्षमा करना सीखें। क्षमा करने की शक्ति हमारे आत्म विश्वास को बढ़ाती है।

हम अपनी पीड़ा को अपने व्यक्तित्व में घुलने दें। अपने दुख को अपने व्यक्तित्व में एकाकार होने दें। अपने दुख से क्रोध और प्रतिशोध को जन्म न

दें। ऐसे दुख का अनुभव करें। दुःख की शल्य चिकित्सा करें। उसकी पर्तों को उधाड़े। आँखों से दुःख को बहने दें। इससे आपको गहरी शांति प्राप्ति होगी। संतोष प्राप्त होगा।

अपने जीवन मे गहरी परिपक्वता विकसित करें। आत्म नियंत्रण विकसित करें चोट सहन करने की क्षमता विकसित करें। अधिक मानवीय और संवेदनशील बनें। दूसरों के कटु व्यवहार को उदारता पूर्वक सहन करें। यदि चोट सहन न हो तो वन में विहार करने जाएं। बहती नदी में स्नान करने जाएं और अपने क्रोध, अवसाद और दुख को नदी के पानी में बहा दें। क्षमा हमें नकारात्मक भावनाओं से उन्मुक्त करती है। क्षमा हमारे व्यक्तित्व में सहनशीलता ओर उदारता विकसित करती है।

अच्छे श्रोता बने। सभी की बाते ध्यानपूर्वक सुनें। सभी की बातों पर ध्यान दें। सभी बातों को समझें। उनके निहितार्थ को समझें। ऐसी बातों में छिपी भावनाओं और आंतरिक भय को समझें। सुनते हुए वक्ता की आँखों में देखें। शांति के साथ सुनें।

पाती–35

छोटे–छोटे अच्छे कार्य करें और अपने समूह में ऊँचे उठें

हम अपने समूह में सामान्य व्यक्ति की भाँति रहकर संतुष्ट न रहें। हम औसत व्यक्ति की भाँति न रहें। हम विशेष गुण संपन्न बनें। ऊँचा उठने के लिए कुछ सरल उपाय करें। कुछ समय निकालकर अच्छे-अच्छे छोटे-छोटे उपयोगी कार्य करें। छोटे-छोटे कार्य सही ढंग से करें। हम वृद्ध व्यक्तियों को सम्मान दें। बच्चों को स्नेह दें। स्वेच्छा एवं रूचि पूर्वक छोटे-छोटे सामाजिक कार्य करें। अन्य व्यक्तियों को सहयोग दे। ऐसे कार्य कुछ अधिक परिश्रम निष्ठा पूर्वक करते हुए समूह से कुछ ऊपर उठें। समूह में कुछ अधिक चमक दिखाएं। समूह से कुछ अलग दिखें।

कुछ नए कार्य करें। नए व्यक्तियों से मिलें। अपरिचित व्यक्तियों से मिले। हम पूर्व निर्धारित धारणा या विचार से कार्य न करें। पुस्तकालय में जाकर पुस्तक या समाचार पत्र पढ़ें और उन्हें यथास्थान रखें। वाहन चलाते समय छोटे-छोटे नियमों का पालन करें। वाहन सही स्थान पर पार्क करे। वृद्ध, बच्चों और अंधे व्यक्तियों को सड़क पार करने में प्राथमिकता दे। बहुत तेज और अनावश्यक हार्न न बजाएं। कभी-कभी किसी हाथ देने वाले व्यक्ति को गाड़ी में बिठाकर गंतव्य स्थान तक पहुँचाएं। कभी-कभी किसी प्यासे व्यक्ति को स्वयं उठकर पानी पिलाएं। कभी किसी व्यक्ति को अस्पताल ले जाएं। समय निकालकर ऐसे छोटे-छोटे कार्य करें और सही ढंग से करें। नैतिक मूल्यों, स्थानीय रीतिरिवाज, धार्मिक, सामाजिक एवं राजनीतिक क्षेत्र की सुस्थापित परंपराओं का सम्मान करें। हम किसी की अनावश्यक आलोचना न करे। इस प्रकार के छोटे- छोटे कार्य करने से ही हम विशेष व्यक्ति बन जाते हैं। क्योंकि

सामान्य व्यक्ति ऐसे कार्य नहीं करता है। वह ऐसे कार्यों को उपयोगी नहीं मानता है। वह ऐसे कार्य से दूर भागता है। अतः वह औसत और सामान्य स्तर से ऊँचे नहीं उठ पाता है।

लेट अस स्टेण्ड आउट एन्ड मेक ए मार्क। (Let us stand out And make a mark) हम ऐसी महत्त्वपूर्ण घटनाओं और तथ्यों को स्मरण रखें जो सामान्य व्यक्ति भूल जाते हैं। हम ऐसी बातों को भी स्मरण रखें जो सीधे-सीधे हमें प्रभावित नहीं करती हैं। हमें ऐसी बातों को स्मरण रखने के लिए अधिक प्रखर स्मरण शक्ति की आवश्यकता नहीं होती है। थोड़ा सा प्रयत्न कर हम अनेक चीजों को अपनी स्मृति में रख सकते हैं। स्मरण योग्य बातों को अपनी डायरी में नोट कर लें। उन्हें पुनः पुनः पढें। अपनी आय से कम खर्च करें। अपनी आय में से बचत करें। अपने बिलों का समय पर भुगतान करे। हम पूर्व निर्धारित धारणा या विचार से कार्य न करें। खुले मस्तिष्क, विवेक, ठोस तथ्य, साक्ष्य एवं सभी संबंधित पक्षों एवं उपयुक्त कारणों के आधार पर निर्णय लें। राजनीतिक एवं व्यक्तिगत मान्यताओं के आधार पर निर्णय लेने से बचे। भावनात्मक या सैद्धांतिक निर्णयों से बचें। छोटी-छोटी घटनाओं पर तीव्र प्रतिक्रिया से बचें। सोच विचार कर प्रतिक्रिया दें।

हम अपने भीतर छुपी हुई अपनी अदृश्य इच्छा शक्ति को जागृत करें। अपनी इच्छा शक्ति को प्रबल बनाएं अपनी इच्छा शक्ति से अपने आवेगों और विचारों को नियमित करें। बड़े कार्यो को सम्पन्न करने में शारीरिक क्षमता से अधिक अदम्य इच्छा शक्ति की भूमिका होती है। हमारे मन के भीतरी कोषों में छिपी अंतप्रेरणा ही हमारी इच्छा शक्ति को संवाहित और प्रवाहित करती है। यह शक्ति हमारे प्रत्येक कार्य की संचालिका है। इस विश्व को हमारी मांसपेशियाँ नहीं चलाती हैं किन्तु हमारी मानसिक शक्तियाँ चलाती है। हमारी बलवती इच्छा शक्तियाँ चलाती हैं। इच्छा शक्ति संकल्प को जन्म देती है। दृढ़ इच्छा शक्ति हमारे चित्त को दृढ़ता, मन को आत्मिक बल और स्थिरता एवं लक्ष्य को आस्था प्रदान करती है।

हम अपने व्यक्तित्व में अपरिमित आत्मिक शक्ति को कूट-कूट कर भरें। हम जितनी अधिक इच्छा शक्ति से सफलता की कामना करते हैं, उतनी ही सफलता हमें प्राप्त होती है। अतः हम अपनी इच्छा शक्ति को सतत रूप से

बढ़ाने का ठोस प्रयत्न करें। परिश्रम करें। प्रातः काल जल्दी बिस्तर से उठने की इच्छा नहीं होती है। अधिक मिठाई खाने की इच्छा होती है। बार-बार चाय पीने की इच्छा होती है। पढ़ने की इच्छा नहीं होती है। काम टालने की इच्छा होती है। क्रोध करने की इच्छा होती है। गलत रास्ते से आगे चलने की इच्छा होती है। अप्रिय व्यक्ति से मिलने की इच्छा नहीं होती है। प्रिय व्यक्ति से दूर जाने की इच्छा नहीं होती है। हम अपनी आपत्तिजनक इच्छाओं को नियमित और नियंत्रित करें। अच्छी इच्छाओं को यथाशीघ्र पूरा करें।

हम अपनी इच्छा शक्ति को प्रबल बनाएं। हम जैसा सोचें, निष्ठा एवं परिश्रम पूर्वक वैसा बननें का प्रयास करें। अपने को, अपने परिवार को अपने समाज को और अपने राष्ट्र को सर्वोच्च ऊँचाई पर स्थापित करें। हम अपने प्रबल पुरूषार्थ से अपनी दृढ़ इच्छा शक्ति को कार्यान्वित करें और अपने लक्ष्य को प्राप्त करें।

पाती–36

हमारे युवक एवं युवतियाँ अच्छी कार्य संस्कृति विकसित करें

हमारे युवक एवं युवतियाँ अच्छी कार्य संस्कृति का विकास करें। कुछ अच्छी पहल करें। अच्छे ढंग से प्रत्येक कार्य करें। नए विचार दें। नए हुनर सीखें। अपने कार्य को बेहतर से बेहतर ढंग से करें। नैतिक मूल्यों को आत्मसात करें। सदैव वेतन वृद्धि की चिंता न करें। पदोन्नति की चिंता न करें। विवेकपूर्ण महत्त्वाकांक्षा रखें। प्रत्येक कार्य में अपना सर्वोत्तम योगदान दें। अपनी अपेक्षाएं पूरी करें। अपनी कंपनी के पदाधिकारियों के समक्ष अपनी उपयोगिता सिद्ध करें। अपना कौशल बढ़ाएँ। पूरी औपचारिक शिक्षा या व्यावसायिक शिक्षा लेकर भी युवक एवं युवतियों को बहुत कुछ सीखना आवश्यक है जिससे कि वे बड़े-बड़े सपने देख सकें और ऐसे अधिकांश सपनों को साकार कर सकें।

अपनी मातृ-भाषा में अपनी बात सहज, सरल स्पष्ट और प्रभावी तरीके से व्यक्त करना सीखें। अँग्रेजी भाषा की योग्यता बढ़ाएँ और अँग्रेजी में प्रभावी ढंग से बातचीत करना सीखें। भाषा-ज्ञान और अभिव्यक्ति कौशल के संबर्द्धन का सतत प्रयास करते रहें। संशोधित करते रहें। इस विषय में जीवन भर जागरूक रहें। अपने सोचने की शक्ति विकसित करते रहें।

हमारे अधिकांश युवक और युवतियाँ समस्याओं को हल करने में कुशल एवं सक्षम नहीं हैं। उन्हें बंधे-बंधाएं ढांचे से बाहर निकलकर सोचने का अभ्यास नहीं है। वे चीजों को नए तरीके से करने के बारे में नहीं सोचते हैं। यह आवश्यक है कि वे समस्याओं को हल करने और व्यावहारिक उपाय खोजने पर ध्यान दें। व्यावहारिक बुद्धिमत्ता का विकास करें। समस्याओं को हल करने के लिए नए तरीकों की खोज करें। व्यावहारिक प्रयोग करें। हमारे देश में जुगाड़

की विलक्षण प्रतिभा उपलब्ध है। अतः हमारे युवक एवं युवतियाँ समस्याओं के समाधान के अभिनव तरीके खोजें।

हमारे सांस्कृतिक परिवेश में बड़ों के लिए और बड़े पदो पर बैठे व्यक्तियों के लिए अत्यधिक सम्मान दिया जाता है। अतः हमारे युवक एवं युवतियाँ बड़े व्यक्तियों से शीघ्र ही प्रभावित हो जाते हैं। और बिना सोचे-समझे तुरंत ही उनके आदेश का कार्यान्वयन करने लगते हैं। यह समुचित प्रतीत होता है कि हम अपने से वरिष्ठ अनुभवी व्यक्तियों, गुरूजनों और अपने माता-पिता के आदेशों का गुण-दोष के आधार पर परीक्षण कर पालन करें। हम अनुभवी व्यक्तियों का सम्मान अवश्य करें। उनकी सलाह अवश्य लें। उनसे मार्गदर्शन अवश्य प्राप्त करें तदपि प्रत्येक युवक/यवती से हमारा आग्रह है कि वे अपनी मौलिक कार्य संस्कृति को विकसित करें। सिरमौर बनने के लिए अच्छी कार्य संस्कृति विकसित करें। रेल का इंजन बनें।

सहृदयता प्रदर्शित करने के अवसर खोजते रहें। अवसर उपलब्ध होने पर किसी की सहायता करने से कभी न चूकें। सहयात्री को देखकर मुस्कराएं। किसी को ठण्डा पानी पिलाएँ। हमारी हल्की सी मुस्कराहट और मीठे बोल दूसरे की बड़ी सहायता करते हैं। उनकी शुभकामनाएं, हमारे प्रगति पथ को सुगम बनाती हैं।

पाती–37

बच्चों को दादा–दादी एवं नाना–नानी के बीच संवेदनात्मक संबंध सुदृढ़ करने के लिए प्रेरित करें

हम अपने बच्चों को साल भर उनकी पढ़ाई में व्यस्त रखते हैं। अपनी व्यस्तता के कारण उन्हें पर्याप्त समय नहीं दे पाते हैं। उनके साथ खेल नहीं पाते हैं। अतः यह आवश्यक है कि प्रत्येक सप्ताह में अवकाश के दिन दूरभाष पर उनकी चर्चा दादा-दादी और नाना-नानी से अवश्य कराएं। उनके स्कूल की छुट्टी होते ही उन्हें अपने दादा-दादी और नाना-नानी के घर ले जाएं। बच्चों के माता-पिता इसे अपने महत्त्वपूर्ण कर्तव्य और उत्तरदायित्व की भाँति करें।

दादा-दादी, नाना-नानी अपने पौत्र और पौत्रियों के बीच स्थित पीढ़ियों के अंतर को भुलाएं। उनके साथ प्यार की डोर बांधे। इस डोर को प्रतिदिन मजबूती प्रदान करें। अपने पौत्र और पौत्रियों को अपनी परंपराओं और पुरातन संबंधों की जानकारी दें। उनके साथ मंदिर जाएं। उनके साथ पूजा पाठ एवं भजन पूजन करें। उनके साथ पुराने खेल खेलें। उन्हें पुरानी वस्तुएं दिखाएं। कभी-कभी ऐसी वस्तुएं उन्हें भेट करें। उनकी शरारतों का आनन्द लें। उनसे भावनात्मक जुड़ाव स्थापित करें। उन्हें घर के सभी काम सिखाएं। उन्हें रोटी ओर पूड़ी बेलना सिखाएं। सब्जी शोधना और पकाना सिखाएं। उन्हें खेत पर ले जाएं। कृषि एवं बागवानी सिखाएं। उन्हें गाय और भैस से दूध दुहना सिखाएं। उनसे छोटे छोटे सेवा कार्य कराएं। उन्हें पारिवारिक, सामाजिक एवं धार्मिक आयोजनों में ले जाएं। तकनीकी ज्ञान के विस्फोट और आधुनिक जानकारी के धमाकों के बीच भी उन्हें ग्रामीण जीवन की जानकारी दें। उन्हें पीढ़ियों से वंचित ज्ञान एवं विवेक दें। अपनी विरासत के सकारात्मक गुणों की जानकारी दें।

हम अपने बच्चों को अहंकारी प्रवृत्तियों से बचाएं। उन्हें आत्मकेन्दित होने से बचाएं। उन्हें परिवार के वृद्ध व्यक्तियों का सम्मान करने और उनका

आशीर्वाद लेने के लिए प्रेरित करें। उन्हें समझाएं कि आशीर्वाद के साथ-साथ उन्हें वृद्ध जनों की बुद्धि और प्रतिष्ठा प्राप्त होती है। उन्हें अपने परिवार के मूल तत्वों की जानकारी दें। उन्हें अपने परिवार, ग्राम एवं नगर का इतिहास बताएं उन्हें अपने परिवार एवं समाज के सुप्रसिद्ध व्यक्तियों का नाम बताएं। उनकी जीवटता और उपलब्धियाँ गिनाएं। उनके आर्थिक और शारीरिक संघर्षो की जानकारी दें। उन्हें अपना माता-पिता या भाई-बहिन तक ही सीमित, संकीर्ण और संकुचित न होने दे। उन्हें अपने विस्तृत परिवार के सदस्यों से परिचित कराएं। उन्हें अहंकार और गर्व के बीच स्थित बारीक सा अंतर समझाएं।

हम अपने परिवार के छोटे बच्चों को वृद्धजनों के साथ कुछ क्षण बिताने के लिए प्रेरित करें। उनके साथ जुड़ने के लिए कहें। बच्चे सुबह शाम आसपास के वृद्धजनों के साथ कुछ समय बिताएं। उनसे बात करें। उनके साथ आत्मीयता पूर्वक चहलकदमी करें। उनके जीवन के संध्याकाल में उन्हें सहयोग दें। प्रसन्नता दें। उनकी समस्यायें सुनें। उनकी समस्याएं अपने माता पिता को बताएं जिससे कि वे इन समस्याओं का यथासंभव समाधान कर सकें।

यह सही है कि हम महानगरों की आपाधापी और भागदौड़ में फँसे रहते हैं। अपने माता-पिता को पर्याप्त समय नहीं दे पाते हैं। हम यह जानकारी नहीं ले पाते हैं। कि उन्हें किस वस्तु की आवश्यकता है। ऐसी परिस्थिति में हम अपने बच्चों को सलाह दें जिससे कि वे कुछ समय अपने दादा-दादी और नाना-नानी के साथ व्यतीत करें। अपनी सुविधा को देखते हुए अपने परिवार से परे जाकर अपने आसपास के वृद्धजनों को कुछ समय दें। वृद्ध दंपत्तियों से बात करें। उन्हें छोटी-छोटी सी सैर कराएं। उन्हें बाजार ले जाएं। उन्हें भीड़-भाड़ भरे रास्ते पार कराएं। उनके घर के छोटे-मोटे कार्य करने में सहयोग दें। उन्हें थोड़ा सा प्याद दें। सहानुभूति दें। उनकी ओर थोड़ा ध्यान दें।

यदि हम सभी मिलकर अपने बच्चों में इस प्रकार की समझ विकसित करेंगे तो छोटे बच्चे निश्चित ही अपने आसपास के वृद्धजनों को प्रसन्नतापूर्वक स्वीकार करेंगे। उनकी प्रवृत्तियों और आदतों का सहजतापूर्वक सम्मान करते हुए उन्हें सहयोग प्रदान करेंगे। हमें विश्वास है कि ऐसे बच्चे अपने यौवन काल में इस देश के उत्तरदायी नागरिक बनेंगे।

पाती–38

परोपकार की प्रवृत्ति हमारे शारीरिक, मानसिक एवं भावनात्मक स्वास्थ्य के लिए आवश्यक है

हम सभी के साथ वैसा ही व्यवहार करें जिस प्रकार के व्यवहार की अपेक्षा हम उनसे करें। इस स्वर्णिम नियम को अपने और अपने परिवार के प्रत्येक सदस्य के व्यक्तित्व और जीवन में उतारें। परहित की भावना केवल नैतिक उपदेश नहीं है। यह केवल आध्यात्मिक विकास के लिए आवश्यक नहीं है अपितु हमारे शारीरिक, मानसिक एवं भावनात्मक स्वास्थ्य के लिए आवश्यक है। दूसरों को सहयोग प्रदान करने से हमें निश्चित ही सुख और संतोष की प्राप्ति होती है। अनेक अवसरों पर आर्थिक लाभ प्राप्त होता है।

सामान्यतः यह कहा जाता है कि आर्थिक सिद्धांतों का पालन करते हुए हमें परोपकार की भावना बनाए रखना संभव नहीं हो पाता है। हम परोपकार करने की क्रिया को अनार्थिक क्रिया के रूप में स्वीकारते हैं। हम सहजता से परोपकार नहीं कर पाते हैं। यह भी सही है कि अधिकांश व्यक्ति अधिकांश समय तक स्वार्थ की सोची समझी नीति के अनुरूप व्यक्तिगत हित में ही कार्य करते हैं। क्योंकि जीव विज्ञान में भी सेलफिश जीन की धारणा बड़ी प्रभावी है। सामान्यतः यह स्वीकार किया जाता है कि विकास की दिशा और गति निर्धारित करने में स्वार्थ की भावना महत्त्वपूर्ण भूमिका का निर्वाह करती है। किन्तु यह पूर्णतः सही है कि अनार्थिक क्रिया भी आर्थिक क्रिया को जन्म देती है और कभी-कभी स्वयमेव ही आर्थिक क्रिया में परिवर्तित हो जाती है। अनार्थिक कार्य आर्थिक कार्यो में बदल जाते हैं। परोपकार की भावना ही सच्ची आध्यात्मिकता को जन्म देती है और विकास की गति को तीव्रता प्रदान करती है। परोपकार हमारी आत्म संतुष्टि की संपूर्ति का महत्त्वूपर्ण सहयोगी ही नहीं किन्तु महत्त्वपूर्ण साधन है। हमारे आत्म सम्मान का संवर्धक है। परोपकार से हमें

अनेक शारीरिक एवं मनोवैज्ञानिक लाभ प्राप्त होते हैं। परोपकार से हम शारीरिक रूप से स्वस्थ एवं प्रसन्न रहते हैं।

हमें यह समझना आवश्यक है कि सभी जीवों के प्रति जीवंत अपनत्व की भावना विकसित किए बिना प्रार्थना, व्रत और उपवास पूर्णतः फलदायी नहीं हो पाते हैं। मनोवैज्ञानिकों ने यह सिद्ध कर दिया है कि हम अपनी पत्नि, बच्चों, संबंधियों और मित्रों को सहयोग प्रदान करने से अधिक आयु प्राप्त करते हैं। लेने के दर्शन से देने का दर्शन श्रेष्ठ है। अच्छे और परोपकारी कार्यों, सद्प्रवृत्तियों और स्वस्थ चिंतन मनन से हमें अनेक लाभ प्राप्त होते हैं। उनका प्रभाव हमारे बहुमुखी जीवन की अनेक सफलताओं पर पड़ता है। हम दिल के दौरे से बच जाते हैं। एस्प्रिन की गोली की तुलना में परोपकार के कार्यों से पाँच गुना अधिक लाभ प्राप्त होता है। सहानुभूतिपूर्वक दूसरों की बात सुनने से ही हमें दो गुना लाभ प्राप्त होता है।

सामाजिक न्यूरोसाइंस में किए गए अध्ययन से यह ज्ञात होता है कि हमारे मस्तिष्क के तंत्र से ही परोपकार की भावना और परोपकार की प्रवृत्ति और क्रिया जुड़ी रहती है। दूसरों का दुख देखकर हमारे मस्तिष्क में विद्यमान दुख का नेटवर्क सक्रिय हो जाता है। दूसरे शब्दों में हमारे मस्तिष्क में स्थित मिरर न्यूरोन्स सक्रिय हो जाते हैं। परोपकारी व्यवहार देखकर हमारे मस्तिष्क में एक विशेष हार्मोन का स्त्राव होता है जिससे हमारे मन में प्रसन्नता की भावना जन्म लेती है। हमारा व्यक्तित्व पूरी तरह से खिल जाता है।

हमारे शिशुओं में भी परोपकार की भावना पाई जाती है। अपने बच्चों में परोपकार की भावना विकसित करने के लिए उनको परोपकारी व्यवहार से संबंधित चित्र दिखाएं। उन्हें परोपकार से ओतप्रोत कहानी सुनाएं। अच्छी पुस्तके पढ़ाएं। परोपकार की गतिविधियों में भाग लेने के लिए प्रेरित करें।

परोपकार की भावना और परोपकार की क्रिया हमारे शारीरिक, मानसिक, बौद्धिक एवं आध्यात्मिक विकास के लिए आधारभूत भावना है। परहित की भावना हमारे शारीरिक स्वास्थ्य और मानसिक संतोष के लिए महत्त्वपूर्ण योगदान प्रदान करती है। इसमें अनुभव की आंच में ढली सच्चाई भी है। दूसरों की मदद करने से हमें सुख की प्राप्ति होती है। सेवा से प्रेरित कार्य ही सर्वाधिक महत्त्वपूर्ण कार्य होते हैं। परहित ही सबसे बड़ा धर्म है। अतः हम परहित के कार्यों में रूचि लेकर संतोष और शांति प्राप्त करें।

पाती–39

अपने सहयोगियों और सहकर्मियों के साथ अपने संबंधों को सृदृढ़ करें

अपने सहयोगियों और सहकर्मियों के साथ स्थापित अपने संबंधों को सदैव सिंचित, पल्लवित और पुष्पित करें। इन संबंधों को सदैव सहेजने का प्रयास करें। वेतन और वित्तीय सहयोग से उनकी सामान्य आवश्यकताओं - भोजन, कपड़ा, मकान, शिक्षा और स्वास्थ्य की पूर्ति अवश्य हो जाती है किन्तु इतने भर में उन्हें पूर्ण संतोष प्राप्त नहीं हो पाता है। दुनिया की आवश्यकताओं की पूर्ति होने पर प्रत्येक व्यक्ति को अपनी मनोवैज्ञानिक भावनाओं को पूर्ण करने की इच्छा होती है।

प्रत्येक व्यक्ति को वेतन के साथ-साथ अपने वरिष्ठ व्यक्ति के स्नेह और प्यार की आवश्यकता होती है। अपने वरिष्ठ से मिलने जुलने की इच्छा होती है। अपने सामाजिक और पारिवारिक कार्यों में उनकी सहभागिता और उनके हार्दिक सहयोग की अपेक्षा होती है। उनके साथ बैठकर कभी-कभार भोजन करने और चाय पीने की इच्छा होती है।

कठोर शब्दों में आदेश देकर अपने सहकर्मी से कार्य कराना सरल है किन्तु यह नेतृत्व के शालीन व्यक्तित्व, विशाल हृदय और बड़प्पन का प्रतीक नहीं है। तानाशाह की भाँति कठोर शब्दों में आदेश देकर हम लंबे समय तक गुणवत्ता भरे कार्य कराने में सफल नहीं हो पाते हैं। श्रेष्ठ नेतृत्व के लिए श्रेष्ठ व्यक्ति होना आवश्यक है। यह आवश्यक है कि नेतृत्व अपने सहयोगियों को ध्यान से सुने। कभी भी उनके विचारों को अनसुना न करें। उन्हें समुचित उत्तर दें। उनकी शिकायतों का यथाशीघ्र समाधान करें। आवश्यक होने पर उन्हें अच्छी सलाह दें। अच्छे सहकर्मी की सराहना करें। उन्हें नए-नए कौशल सीखने और

अपने व्यक्तित्व का विकास करने का अवसर दें। आत्म विश्वास उत्पन्न करें। उनमें अपने प्रति समर्पण उत्पन्न करें। अति आवश्यक होने पर अपवादात्मक स्थिति में ही उनकी आलोचना करें। आलोचना करते समय सकारात्मक और रचनात्मक बने रहें। दण्डित करते समय भी उनके और उनके परिवार के हितचिंतक और सहयोगी बने रहें। उनके साथ संवेदना से ओतप्रोत व्यवहार करें। संवेदनशील, सकारात्मक एवं सहयोग मिश्रित व्यवहार हमारी गुडविल में सतत संबर्द्धन करता है। हमारी गुडविल हमारी बेलेंस शीट में भले ही न झलक सकें, तदपि यह हमारे व्यक्तित्व की सबसे बड़ी पूंजी बन जाती है।

पाती–40

वृद्धावस्था में स्वस्थ और प्रसन्न रहें

वृद्धावस्था में कभी मन की हार स्वीकार न करें। युवा की भाँति मन की जीत का अनुभव करें। अपने जीवन के प्रति उत्साह बनाएं रखें। सकारात्मक सोच बनाए रखें। अपनी इच्छाशक्ति जागृत रखें। नवीनता लाने का प्रयास करें। अपनी सामाजिक और पारिवारिक उपयोगिता बनाएं रखें। शारीरिक सुन्दरता बनाए रखें। कुछ नया सीखने और करने का प्रयास करते रहें। आने वाली समस्याओं को गंभीरता और गहराई से समझें और दूर करें। आयु बढ़ने के साथ हमारा शरीर भले कमजोर हो जाए। हमारी इन्द्रियाँ भले शिथिल हो जाए तदपि हमारा शरीर और इन्द्रियाँ कार्य करती रहती हैं। यह सही है कि हम शारीरिक और मानसिक रूप से अपने शरीर को कुछ अधिक कमजोर कर देते हैं। अथवा कमजोर मानने लगते हैं। किन्तु हमारा शरीर स्वाभाविक रूप से उतना कमजोर नहीं हो पाता है। अतः थोड़ा बहुत कमजोर होते शरीर को हम सबल बनाएं। उसकी अधिक देखभाल करें। अपनी आयु के अनुरूप भोजन, योग और व्यायाम को अपनी जीवन शैली में सम्मिलित करें। शिथिलता और कमजोरी को चुपचाप अपनी नियति के रूप में स्वीकार न करें। अपने यौवन में हम स्वतंत्र रूप से जीते हैं। नियमों के पालन की अधिक चिंता नहीं करते हैं। किन्तु वृद्धावस्था में अराजकता की जीवन नहीं जीना चाहिए। स्वस्थ जीवन शैली, पारिवारिकता और सामाजिकता के सुस्थापित नियमों का हमें पालन करना चाहिए। कठोर अनुशासन को पालन करना चाहिए। जीवन के अंतिम क्षण तक परिवार और समाज के प्रति हम अपनी उपयोगिता बनाए रखें। गहन आंतरिक साहस बनाए रखें। शिशुओं जैसे जिज्ञासा बनाए रखें। प्रत्येक क्षण नए कार्य करने और नए उत्तरदायित्व लेने का जीवंत उत्साह बनाए रखें।

अपने पारिवारिक जीवन को सफल और सुखी बनाएं। अपने साथी के साथ कुछ पल चर्चा करें। अति व्यस्त क्षणों में और समय की कमी होते हुए भी अपने साथी से स्नेहपूर्वक मिलें। कुछ समय के लिए साथ मिल जुलकर कहीं जाएं। साथ भोजन करें। दैनिक जीवन में थोड़ा सा सकारात्मक परिवर्तन करें और अपने पारिवारिक जीवन को और अधिक खुशनुमा बनाएं। बीते हुए अच्छे दिनों को स्मरण करें। सुखद स्मृतियों की चर्चा करें। पुराने पारिवारिक चित्रों को देखें। अपने जीवन के अच्छे पलो को पुनः पुनः जिएं। अपने साथी के साथ छोटी छोटी बातों की चर्चा करें। एक दूसरे को अपनी छोटी छोटी घटनाएं और बातें बताएं।

अपने साथी के समक्ष बिना किसी झिझक के अपनी भावनाएं प्रदर्शित करें। साथी की बातों को ध्यानपूर्वक सुनें। उसकी भावनाओं का अनुभव करें। उसे यह विश्वास दिलाएं कि वह सदैव उसके साथ है। प्रत्येक परिस्थिति में सहयोगी बने रहें। अपने बीच कभी मतभेद न होने दें। कभी मतभेद होने पर पारस्परिक झड़प न होने दें। मन भेद से बचें। एक दूसरे पर आरोप न लगाएं। आपवादिक रूप से कभी झड़प होने पर पारस्परिक संबंधों पर विपरीत प्रभाव न पड़ने दें। मैं के स्थान पर हम का प्रयोग करें। एक वचन में संबोधित न करें। प्रायः बहुवचन में ही संबोधित करें। दोंनो साथ-साथ घूमने जाएं। साइकिल चलाएं। इन कार्यो के लिए एक दूसरे को प्रेरित करें। घर लौटने पर अपने जीवन साथी का मुस्कराहट के साथ स्वागत करें। छोटी मोटी परेशानी होने पर भी मुस्कराहट बनाएं रखें। अपनी छोटी सी सफलताओं और उपलब्धियों को एक दूसरे के साथ बाँटते रहें। अपने जीवनसाथी के मित्रों से जान पहचान और मेलजोल बढ़ाएं। ऐसे संबंधों को महत्त्व दें।

पाती–41

सुख प्राप्त करने के लिए सकारात्मक सोच का विकास करें

सुख की अवधारणा को प्रमुखता दें। सुख का चिंतन करें। सुख पर दृष्टि को टिकाएं। सकारात्मक दृष्टि रखें। जिस व्यक्ति से सुख मिलता हो उसी से मिलें। उसी के साथ रहें। उसी से जुड़ें। उसी के साथ कार्य करें। जिस वस्तु से सुख मिलता हो वही अपने पास रखें। उसी वस्तु का उपयोग करें। जिस कार्य से प्रसन्नता मिलती हो वही करें। जिस कार्य से दुख की अनुभूति होती हो, उस कार्य से बचें।

मैं सुखी रहना चाहता हूँ, मै दुखी नहीं होना चाहता हूँ। विकास मेरा पुत्र है और मैं विकास का पिता हूँ। दोनो वाक्य युगलो में से प्रथम वाक्य का प्रयोग करें। यही वाक्य हमारी सकारात्मक दृष्टि का सूचक है। अपनी दृष्टि सकारात्मक चिंतन एवं सुख पर केन्द्रित करें। दुख पर से दृष्टि को बलपूर्वक हटाएं। अहंकार, आवेश और आवेग जैसे दुर्गुणों से अपनी दृष्टि को दूर रखें। अपनी आवश्यकताएं और अपेक्षाएं घटाएं। सहिष्णुता बढ़ाएं। तर्क-कुतर्क से बचे। किसी का उपहास न करें। कभी चिढ़े नहीं। अपनी शारीरिक और बौद्धिक शक्तियों को संरक्षित करें। उनका क्षरण न होने दें।

सकारात्मक चिंतन करें। अदम्य साहस रखें। अच्छे विचार रखें। अच्छी चर्चा करें। अच्छे कर्म करें। सकारात्मक सोच का विकास करें। बुरे विचार को अपने मस्तिष्क में प्रवेश ही न करने दें। बुरा विचार आते ही अच्छे विचार पर अपनी सोच और ध्यान केन्द्रित करें, ऐसे कर्म करें जिससे सबका भला हो। कभी-कभी दूसरों के लिए भी जिएं। अपने स्वार्थ, अहंकार और आसक्ति का विसर्जन कर आत्मसंतोष के लिए कुछ कार्य करें। अनासक्ति हमें प्रवाहमान

बना देती है। मोह से ऊपर उठाती है। हमारी जड़ता को तोड़ देती है। हमारी ऊर्जा बढ़ा देती है। सभी के हित में किए गए कार्यों से ही हमें सफलता और सद्गति प्राप्त होती है।

यदि हम ऊँचाई पर पहुँचना चाहते हैं। और प्रसन्न चित्त रहना चाहते हैं। तो सदैव दूसरों को प्रसन्न रखें। उनकी सहायता करें। नकारात्मक व्यक्तियों का साथ छोड़ दें। प्रेरणा के स्त्रोत को ऊँचा रखें। ऐसे स्त्रोत की भी ऊँचाई बढ़ाते रहें। सफलता के राह की बाधाओं को पार करते चलें। यात्रा को पूरी करें। किसी भी परिस्थिति में यात्रा को अधूरी न छोड़े। शांत और सहज रहें। बीते दिन की बुरी स्मृतियाँ भुलाएं। कल की चिंता न करें। किसी चिंता से अपने मस्तिष्क को बोझिल न करें।

अपने प्रत्येक कार्य में प्रतिदिन कुछ नयापन लाएं। किन्तु यह अवश्य सुनिश्चित करें कि इस प्रक्रिया में हम अपने जीवन को व्यवस्थित बनाए रखें। किसी प्रकार की उलट पलट न करें। जिन कार्यो में हमें निराशा होने लगी है या हमारी रूचि कम होती जा रही है, ऐसे कार्यो को कुछ नए ढंग से करे। कुछ ऐसे ढंग से करें कि उन्हें करते हुए जीवन में उत्साह और उमंग का संचार होने लगे। नयेपन से ही आर्थिक उन्नति होती है। नये कार्यो एवं नये ढंग से कार्य करते हुए ही व्यक्ति आगे बढ़ता है। यह सही है कि सब कुछ नये ढंग से करना आसान नहीं होता है। तदपि अपने जीवन में कुछ नया करने और नए रंगों का आनन्द लेने का प्रयास कभी नहीं छोड़ना चाहिए।

सम्पूर्ण जीवन में और उत्थान और पतन के बीच हमें अपनी भावनाओं - भय, क्रोध, निराशा एवं हताशा आदि - के प्रति सावधान रहना चाहिए। इन भावनाओं को अपने जीवन के किसी भी क्षेत्र में प्रवेश न करने दें। यदि कभी ऐसी भावना उत्पन्न होती है तो उसके स्त्रोत की खोज करें। ऐसे स्त्रोत से स्वयं को दूर रखें। उत्साह और आशा से समन्वित व्यक्तियों के साथ जुड़ाव रखें। आशान्वित एवं प्रोत्साहित करने वाले शब्दों का प्रयोग करें। अपने साथ-साथ अपने साथियों को भी प्रोत्साहित करें। दुख के पलों को यथाशीघ्र भूल जाएं किन्तु दुख में प्राप्त सीख को सदैव स्मरण रखें।

अपने निजी जीवन, अपने परिवार, समाज और राष्ट्र की गतिविधियों में सक्रिय रहें। अपने अस्तित्व को जीवंत कार्यशील बनाए रखें। सहयोग देने की

इच्छा शक्ति विकसित करें। आलस्य और कार्य न करने की प्रवृत्ति भ्रष्टाचार जैसा ही अपराध है। अपने सामाजिक योगदान की भूमिका निर्धारित करें। ऐसी भूमिका पूजा जैसी पवित्रता से ओतप्रोत रहती है। अपने कार्य के प्रति पूरी भक्ति और अटूट आस्था पूजा जैसी ही सदैव फलदायी होती है।

अपने प्रत्येक कार्य में ध्यान केन्द्रित करें जिससे कि वह कार्य सफल हो सके। अपना कार्य अपने चेतन मन से करें। ध्यान और साधना भगवान की भक्ति के लिए अवश्य उपयोगी होती है किन्तु ध्यान और साधना के माध्यम से हम अपने लौकिक एवं दैनिक कार्य भी आसानी से पूर्ण कर सकते हैं। एकाग्रता, निष्ठा और वचनबद्धता सबसे आवश्यक एवं महत्त्वपूर्ण प्रवृत्ति है। प्रत्येक कार्य में इस प्रवृत्ति को बनाए रखें।

अपने कार्यों में नकारात्मक सोच को प्रभावी न होने दें। अपना प्रत्येक कार्य अंत तक पूरे उत्साहपूर्वक करते रहें। जीवन में ऊँचाई पर पहुँचने के लिए अपने कम्फर्ट जोन को विस्तृत करें। प्रत्येक समस्या का समाधान करने के लिए अपनी पूरी क्षमता एवं कौशल का प्रयोग करें।

पाती–42

धन के अर्जन और विसर्जन में जैन संस्कृति के अनुरूप संतुलन बनाए रखें

जैन संस्कृति जीवन के सभी आयामों एवं सभी अंगो को समान ढंग से विकसित एवं पोषित करने की सुन्दरतम एवं ठोस व्यवस्था उपलब्ध कराती है और इस व्यवस्था को क्रियान्वित करने के लिए महत्त्वपूर्ण उपादान सद्गृहस्थों को सौंपती है। सैद्धांतिक और व्यावहारिक दृष्टि से धन का अर्जन सरल है किन्तु उसका सदुपयोग कठिन है। अतः जिस गति से हमारी आय में वृद्धि हो हम उससे अधिक गति से अपने धन को समाज को लौटाने का प्रयास करें। अर्जन के साथ-साथ विसर्जन में अपने समय, बुद्धि, चातुर्य और कौशल का विनियोग करें।

हम जैन संस्कृति को उद्योग एवं व्यवसाय का स्वरूप प्रदान करने से बचें। जैन संस्कृति मानव जीवन को गढ़ने हेतु मूल्य निर्धारित करती हैं परन्तु उद्योग एवं व्यवसाय वस्तु के क्रय विक्रय से उदित आर्थिक बिन्दुओं - लाभ एवं हानि - पर ध्यान देता है। उद्योग एवं व्यवसाय में हानि एवं लाभ पर अधिक विचार किया जाता है। उद्योग एवं व्यवसाय अपेक्षित रूप से जीवन मूल्यों की ओर पर्याप्त ध्यान नहीं देते हैं। निजी पूँजी का प्रमुख उद्देश्य अधिकतम लाभ अर्जित करना होता है। इस दृष्टि से पूँजीपति अपने उत्पादों की लागत घटाने तथा मांग बढ़ाने का अथक प्रयास करता है। यह दुखद है कि आध्यात्मिक एवं सांस्कृतिक क्षेत्रों में भी अब विधेयात्मकता, सर्जनात्मकता या समस्या के समाधानपरक दृश्य या पठन सामग्री उपलब्ध नहीं हो पा रही है। हम त्याग के साथ भोग करने की बात भूलते जा रहे हैं। केवल भोग और भोग करने की प्रवृत्ति हमें खोखला बनाती जा रही है। हम शाश्वत जीवन मूल्य भूलते जा रहे

हैं। मानवीय संस्कृति के विकास के लिए यह आवश्यक है कि हम एक दूसरे के प्रति सहयोग एवं सहकार की भावना रखें। संवेदनशील रहें। एक दूसरे के सुख दुख का अनुभव करें।

आध्यात्मिक जीवन स्वस्थ शरीर पर ही आधारित है। आध्यात्मिक जीवन शैली अच्छे स्वास्थ्य की अपेक्षा करती है। आध्यात्मिक जीवन का लक्ष्य शारीरिक, मानसिक एवं भावनात्मक रूप से पूर्ण स्वस्थ होना है। आध्यात्मिक जीवन शैली से हम अपने विचारों, संस्कारों और भावनाओं का परिमार्जन, परिवर्तन एवं रूपांतरण करते हैं। आंतरिक एवं बाह्य परिवर्तन के लिए अपनी सोच और जीवन शैली बदलते हैं।

आध्यात्मिक पथ के पथिक को शारीरिक एवं मानसिक नियंत्रण आवश्यक होता है किन्तु इसके साथ ही साथ शरीर को स्वस्थ एवं सुन्दर रखना भी आवश्यक है। शरीर को अधिक से अधिक भूखा रखना और सताना आवश्यक नहीं है। शारीरिक दमन और असौन्दर्य की साधना वास्तविक साधना नहीं है। यह आवश्यक है कि शरीर को भोगी और रोगी न बनाएं अपितु योगी बनाने की दिशा में समुचित, सतत एवं ठोस प्रयास करें।

हम संवेदनशील एवं संतुलित विकास के सहभागी बने। अधिक आत्मकेन्द्रित और भोगवादी न बनें। असंतुलन, संवेदनहीनता, अशांति, अतृप्ति और बैचेनी से बचे। भोग की बढ़ती इच्छा और ऐसी इच्छा की पूर्ति से जीवन सार्थक नहीं होता है। कम से कम समय में किसी भी कीमत पर अधिक से अधिक आय अर्जित करना उपयुक्त नहीं है। प्रत्येक वस्तु को पैसे की तराजू पर तौलना उपयुक्त नहीं है। पैसे की चमक में आत्ममुग्ध होकर जीवन जीना सही नहीं है।

पाती–43

देने की कला और विज्ञान

अनेकांत दृष्टि और समग्रता से विचार करें तो यह मिथक सही नहीं है कि लालच से ही सफलता प्राप्त होती है। अपितु यह सही है कि देना ही सफलता का नुस्खा है। अतः परोपकारी और उदार लोग अपने जीवन के पथ पर कभी पिछड़ते नहीं है। वे परोपकार के शाश्वत जीवन मूल्यों को अपनाते हुए चतुर्मुखी सफलता प्राप्त कर लेते हैं। सामान्य जन से प्रभावी संवाद करके भी उन्हें खुशी प्राप्त होती है। देने की कला और विज्ञान के व्यावहारिक सिद्धांत उन्हें सफलता की सर्वोच्च ऊँचाई पर पहुँचा देते हैं।

दूसरों को कुछ देना ही आगे बढ़ने का मूल मंत्र है। दूसरों के प्रति उदारता हमारी व्यक्तित्व को परखने की क्षमता में वृद्धि करती है। सच्ची मदद बड़ी अच्छी होती है। ऐसी मदद करने वाले और पाने वाले दोनों यह सोचकर हैरान हो जाते हैं। कि वास्तव में सच्ची मदद किसने किसकी की है? हम सबकी सहायता करते हुए विविध प्रकार की अच्छी सफलताएं प्राप्त कर सकते हैं। अतः हम देने की क्षमता बढ़ाएं। अपना समय, ज्ञान और धन उदारतापूर्वक बाँटते रहें। "पहले मैं" की मानसिकता छोड़ कर "पहले आप" की मानसिकता विकसित करें। लोगों को कुछ देने के लिए सदैव तत्पर और जागरूक रहें।

देने की प्रक्रिया सामाजिक विज्ञान की आधार भूमि और भौतिक सफलता की पृष्ठभूमि है। दूसरों को सहयोग देने से दोनों पक्षों को पारस्परिक लाभ प्राप्त होता है। अतः दूसरे लोगों की मदद करते हुए अपनी मेहनत, तकदीर और प्रतिभा के साथ हम बड़ी से बड़ी कामयाबी हासिल कर लेते हैं।

ऐडम ग्रांट, जो चालीस वर्ष से कम उम्र के सर्वश्रेष्ठ बिजनेस प्रोफेसर है, द्वारा अँग्रेजी में लिखित मूल पुस्तक "गिव एण्ड टेक" का हिन्दी संस्करण "आदान प्रदान की कला" हम अवश्य पढ़ें और उनकी सीख अपने जीवन में

उतारें। न्यूयार्क टाइम्स के इस बेस्ट सेलर “गिव एण्ड टेक” को पढ़कर हमें बहुत कुछ सीखने को मिला है। सफलता की कहानियों से ओतप्रोत यह पुस्तक ही नहीं जन-जन के जीवन का वर्तमान समयोचित प्रकाश स्तंभ है। यह पुस्तक हमें उत्कृष्टता और बुद्धिमत्ता पूर्वक सफलता प्राप्त करने के अच्छे पाठ पढ़ाती है। स्वार्थ और परोपकार की मूलभूत समझ विकसित करती है। हमारे समक्ष आदर्श व्यवहार के प्रकृष्ट प्रतिमान प्रस्तुत करती है। सर्वोच्च सफलता की मनमोहक कहानियाँ सुनाती है। हिमालय की यात्रा पर जाते समय अन्य लोगों को अपने साथ ले जाने के लिए प्रेरित करती है। इसे पढ़ने से हमें अनुपम आनन्द की अनुभूति होती है।

यह पुस्तक हमें आगे बढ़ने के लिए बहुत उपयोगी जानकारी प्रदान करती है। यह पुस्तक हमें सिखाती है कि अपनी जिंदगी बेहतर बनाने, अपना काम बेहतर तरीके से करने, ज्यादा सशक्त और सार्थक जीवन जीने के इच्छुक व्यक्ति अन्य लोगों की मदद कर सरलता से बड़ी-बड़ी सफलताएं प्राप्त कर लेते हैं। यह पुस्तक सार्थक और सतत बदलाव करने के आकांक्षी और पुरूषार्थी व्यक्तियों के सम्यक् ज्ञान का संवर्ध्दन करती है। उनका मनोरंजन करती है। युवा उद्योगपतियों की क्षमता को उभारती है।

इस पुस्तक के पढ़ने से युवाओं में छिपी हुई उद्यमशीलता स्वयमेव ऊपर आकर छलकने लगती है। अतः अपने व्यक्तित्व को बेहतर बनाने के इच्छुक व्यक्तियों को यह किताब अवश्य पढ़ना चाहिए। अपने निहित स्वार्थो से ऊपर उठकर काम करने के अभिलाषियों को यह पुस्तक पढ़ना चाहिए। ऐसा प्रतीत होता है कि विदेशी लेखक ने भारतीय शाश्वत जीवन मूल्यों की व्यावहारिकता और सामाजिक वैज्ञानिकता के तत्वों को आधुनिक उच्चस्तरीय भाषा में भलीभाँति मिश्रित कर इसे प्रभावी एवं आकर्षक स्वरूप प्रदान किया है।

जो व्यक्ति अपने घर, परिवार, समाज और कार्यालय में अधिक उत्पादक, अधिक खुश और प्रसन्न रहना चाहते हैं, उन्हें देने की कला सीखना चाहिए। देने की कला सीखकर हम अधिक अच्छे व्यक्ति बन सकते हैं। और अपने समीपस्थ व्यक्तियों को अच्छा बनाकर खुशी प्राप्त कर सकते हैं। जो लोग दूसरों से बिना कुछ अपेक्षा किए उन्हें कुछ देते रहते हैं, वे निश्चित ही ऐसा करके चतुर्मुखी विकास के पथ पर आगे बढ़ सकते हैं।

लेन, देन की दुनिया में हम स्वार्थ रहित लेन देन करें। यदि हम अपना कोई सपना पूरा न कर सकें तो दूसरों के अपने जैसे सपने पूरा करने में मदद करें। ऐसा कर हम हार कर भी जीत जाते हैं। जो कुछ अच्छा आपके पास है, उसे बाँट दें। श्रावण और भाद्रपद के दो महीनों में नैनागिरि में फैल रही प्राकृतिक सुषमा हमें सब कुछ प्रदान करती है। रक्षाबंधन एवं पयुर्षण पर्व के अवसर पर सर्वत्र खुशी बिखरी रहती है, इसे समेटकर अपनी झोली में भर लीजिए। प्रकृति जो हमें दे रही है उसे स्वीकार कर लीजिए।

परोपकार करते समय लुट जाने का भी अपना ही आनन्द है। यह दुःखद है कि हमारी भौतिकता की वृद्धि की गति के अनुरूप हमारी सहनशीलता और धैर्य में वृद्धि नहीं हुई है। परिणामस्वरूप प्रत्येक व्यक्ति अपेक्षित मात्रा में संतोष और शांति प्राप्त नहीं कर पा रहा है। सच्चे दान से सच्चे और अच्छे पुण्य प्राप्त होते हैं। दान के प्रसंग में हम महादानी रहीम और तुलसीदास का संवाद स्मरण रखें। रहीम जब भी किसी को कुछ देते थे तो उनकी नजर जमीन पर जमी रहती थी। वे बड़ी विनम्रता के साथ दान देते थे और कभी दान लेने वाले की ओर देखते भी नहीं थे।

तुलसीदास जी ने रहीम को आँखे नीची कर दान देते हुए देखकर उन्हें निम्नांकित दोहा लिखकर भेजा था

"ऐसी देनी दैन ज्यूँ, कित सीखे हो सैन।
ज्यों-ज्यों कर ऊँच्यो करो, त्यों-त्यों नीचे नैन।।

इसका सामान्य शब्दों में अर्थ यह है कि हे महामानव आपने दान का यह अद्‌भुत तरीक़ा कहाँ से सीखा? दान दाता को देने के लिए हाथ ऊपर उठते ही आपकी आँखे नीचे की ओर झुक जाती है। रहीम ने इसका पूरी विनम्रतापूर्वक उत्तर देते हुए लिखा था कि

"देनहार कोउ और है, भेजत सो दिन रैन।
लोग भरम हम पे करें, तासों नीचे नैन।।"

देने वाला कोई और है जो दिन रात देता ही रहता है। यह तो दुनिया वालों का भ्रम है कि दानदाता रहीम हैं। इसलिए शर्म के मारे हम अपनी नजरें नीची कर लेते हैं।

हम अनावश्यक संचय न करें। आदर्श जीवन जिएं। हम जब भी किसी का भला कर सकें तो जरूर करें। सम्मान और प्रशंसा की इच्छा के बिना दूसरों की मदद करें। शुद्धतम भावना से दान देकर असीम आनन्द प्राप्त करें। ऐसे दान देने वाले सोचते हैं। कि उन्हें दान देने का अच्छा अवसर मिला। उन्हें दान देने का सौभाग्य प्राप्त हुआ। ऐसे दान देने वालों से पूरा समाज गौरवान्वित होता है।

जो लोग दूसरों पर खर्च करते हैं। वे उन लोगों से कहीं ज्यादा खुश रहते हैं। जो कमाई का मोटा हिस्सा खुद पर लुटा देते हैं। पूरी दुनिया में दान कर आनन्द प्राप्त करने की अनुभूति सभी को होती है। यह ऐसी खासियत है जो प्रत्येक मानव स्वभाव में मौजूद रहती है। घी और शक्कर खाने की सामान्य आदत की भाँति ही दूसरों की मदद करने की हमारी प्रवृत्ति होती है। हमारे समाज में रोज दान देने की सुखद परंपरा रही है। हम रोज दान देने की इस प्रवृत्ति को बढ़ावा दें। गैर परिचितों की ऐसी मदद हमें बड़ी प्रसन्नता प्रदान करती है। प्रभु से प्रार्थना है कि यह परंपरा सदैव जीवंत रहे। हम अपनी संस्कृति की समन्वयात्मक परंपरा की पहचान बनाए रखें। मैत्री और करूणा की आधारभूमि को सिंचित, पल्लवित और पुष्पित करते रहें।

हम कभी भी दूसरों के बारे में बुरी और घृणित बातों की चर्चा न करें। अनजाने में अपने भीतर द्वेष और घृणा को पनाह न दें। किसी का तिरस्कार न करें। उससे नफरत न करें। एक दूसरे के साथ गाली-गलौज न करें।

यह स्वाभाविक है कि हम सबसे पहले अपना समय और पैसों का दान अपने परिचितों को, जो हमारी तरह है, जिन पर हमें भरोसा है, को ही प्रदान करते हैं। हम सबने कभी न कभी अनजान व्यक्ति के दयालु और परोपकारी व्यवहार को महसूस किया है। अतः हम अनजानों की भी भलाई करें। मुश्किलों में फँसे अनजानों की मदद करें। उनके साथ रहें। जैन दर्शन अनजानों की मदद के उदाहरणों से भरा पड़ा है। नैनागिरि तीर्थ सहस्त्रों यात्रियों को नियमित रूप से भोजन उपलब्ध कराता है। नैनागिरि में बस स्टेण्ड से गुजरने वाले सभी यात्रियों को ग्रीष्म ऋतु में मिट्टी के मटकों का ठण्डा पानी पिलाता है।

हमारे समाज में दान देने वाले बहुत अधिक है। नौकरी में छोटे-छोटे पदों पर रहते हुए हमने जो समय और पैसा दूसरों को दिया वह वृद्धावस्था में दिए जा रहे बड़े-बड़े दान से कहीं ज्यादा महत्त्वपूर्ण है। हर दिन छोटी-छोटी मदद करने वाले लोग बेहद अमीर और परोपकारियों से ज्यादा ताकतवर हैं। कुल मिलाकर उनका दान अधिक है। इस विषय में किए गए अध्ययन से पता चला है कि वर्ष 2017 के एक वर्ष में आम लोगों ने 34,000 करोड़ रूपये दान किए हैं। यह दान देश के सभी अरबपतियों द्वारा दिए गए दान से बहुत अधिक है। नैनागिरि में रखे दानपात्रों की जैन तीर्थ के समग्र विकास में बड़ी भूमिका है। छोटा-छोटा दान देने वालों की इच्छा और दान देने की प्रवृत्ति अधिक शक्तिशाली होती है। हर रोज दान देने की आदत हमारे अकेलेपन को दूर करती है। हम एक दूसरों से जुड़ते हैं। जैन समाज की सफलता का यही एक महत्त्वपूर्ण राज है।

मध्यम वर्ग के दान के सहारे ही अनेक सामाजिक, धार्मिक और राजनीतिक कार्य संपन्न हो पाते हैं। हमारी अधिकांश समाज धीरे-धीरे मध्यम वर्ग में शामिल होती जा रही है। मध्यम वर्ग अपनी दम पर जीवन जीते हैं। वे किसी सरकारी मदद पर निर्भर नहीं रहते हैं। मध्यम वर्ग कम संसाधनों में कड़ी मेहनत कर अपने जीवन स्तर को ऊपर उठाते हैं। वे अपनी छोटी-सी छोटी उपलब्धियों पर गर्व करते हैं। मध्यम वर्गीय समाज का सभी प्रकार से सशक्तिकरण करना आवश्यक है।

दुनिया के सबसे अमीर बिल गेट्स, वारन बफे और अजीम प्रेमजी सबसे बड़े दानदाता बनकर उभर रहे हैं। हमारे देश में परोपकार के क्षेत्र में महिला दानदाता पुरूष दानदाताओं से आगे आ रही हैं। इनमें रोशनी नाडर, रोहिणी नीलेकणी, किरण मजूमदार शा और डॉ. सुधा मूर्ति सम्मिलित हैं। ये महिलाएं बड़ी मात्रा में अपने धन का दान कर रहीं है। उनकी परोपकार में भागीदारी बढ़ रही है। उनमें दान देने की बड़ी अच्छी आदत विकसित हो रही है। वे दुनिया में पुरूषों की तुलना में दोगुनी राशि स्वास्थ्य और शिक्षा के क्षेत्र में दान कर रही है। ऐसा प्रतीत होता है कि अगली पीढ़ी में दानदाताओं में सबसे अधिक संख्या महिलाओं की होगी। महिलाएं ही दानदाताओं की अगली पीढ़ी का नेतृत्व करेंगी।

हम चुपचाप बैठकर चमत्कार होने की अपेक्षा नहीं कर सकते हैं। हमारा भविष्य बहुत कुछ हमारे हाथों में ही होता है। परोपकार और करूणा से हमारा आत्मविश्वास बढ़ता है। हमें शांति प्राप्त होती है। हमारी बुद्धि बेरोकटोक काम करती है। हम ऐसा कार्य करें, जो नैतिक और उपयुक्त हों। हम सार्थक और सहयोगी व्यक्ति का जीवन जिएं। अपने व्यक्तित्व के बेहतर पहलुओं को प्रभावी बनाएं। अपने साथियों की सेवा करें। जब भी संभव हो अन्य लोगो की मदद करें। यह सदैव प्रयास करें कि हमारे किसी कार्य से किसी को कोई नुकसान न पहुँचे। किसी के प्रति दुर्भावना पूर्ण व्यवहार न करें। प्रत्येक व्यक्ति से प्रेम और करूणा पूर्वक व्यवहार करें। सभी के साथ हमदर्दी रखें। सभी से गर्मजोशी के साथ मिलें। हमारे जीन्स में हमदर्दी गुथी हुई है। इसका सदुपयोग करें। हमदर्दी सच्चे अर्थो में हमें मानव बनाती है। हम अधिक प्रसन्न रहें। दूसरों को प्रसन्न रखें। हमारे सिर पर छत है। पेट में भोजन है। अतः हम सबको सहयोग दें। शांत मन से वर्तमान परिस्थितियों का सामना करें।

सत्कर्म और परोपकार ऐसा विज्ञान है जिसकी व्याख्या करना संभव नहीं हो पाता है।

परोपकार की प्रवृत्ति व्यक्तिगत और व्यावसायिक संबंधों को सुदृढ़ करती है। हमारे पारस्परिक संबंध और क्रियाएं हमें सफलता और आनन्द की अनुभूति प्रदान करते हैं। हमारी शाश्वत सफलता के मूल बिन्दु अपने समीपस्थ सभी व्यक्तियों को सफल बनाने की हमारी प्रवृत्तियों में छिपे रहते हैं। 'सत्वेषु मैत्री' सभी से मित्रता और सभी को सहयोग देने की प्रवृत्ति बेहतर मानव बनाती है। सहयोग करने की हमारी क्षमता में वृद्धि करती है और हम सफलता के पथ पर तेजी से आगे बढ़ते हैं। अतः परोपकार करने की प्रवृत्ति हम अपने व्यक्तित्व में उतारें। थोडी सी दूसरों की मदद करें और अधिक खुश रहें।

हम यह स्मरण रखें कि अहिंसा दिवस 2 अक्टूबर से एक सप्ताह तक दान उत्सव मनाया जाता है। इस अवसर पर हम परोपकार कर खुशी एवं प्रसन्नता प्राप्त करते हैं। दूसरों को सहयोग देकर खुशी बटोरते हैं। दान देकर अपने हाथ पवित्र करते हैं। अपनी आत्मा के लिए शांति प्राप्त करते हैं। भारत में अमीर और गरीब के बीच खाई गहरी और चौड़ी होती जा रही है। अतः यह आवश्यक है कि अमीर व्यक्ति अपने गरीब साथियों की अधिक से अधिक

मदद करें। अब वैज्ञानिक यह स्वीकार करने लगे हैं कि अधिक धन आने से उतनी प्रसन्नता नही होती है जितनी कि अपना धन गरीबों पर खर्च करने पर होती है। छोटी सी रकम खर्च करने पर कई गुनी प्रसन्नता प्राप्त होती है। स्वयं पर खर्च करने के बजाए दूसरों पर खर्च करने से अधिक प्रसन्नता होती है। अधिक खुशी महसूस होती है। खुशी हमें एक सार्थक दिशा प्रदान करती है। खुश रहने के लिए आवश्यक है कि हम दूसरों को अपनी खुशियां बांटे और एक-दूसरे के सुख-दुख में शामिल हों। प्रार्थना के लिए सौ बार हाथ जोडने के बजाए हाथ खोलकर एक बार दान देना अधिक महत्त्वपूर्ण है। One hand opened in charity is worth a hundred in prayer. भगवान राम की घोषणा "परहित-सरिस धर्म नही भाई" को स्वीकार करें और अपने जीवन में आत्मसात करें। अपने दैनिक व्यवहार में रूपांतरित करें। अपने धन को सेवा की खेती में लगाकर पुण्य की फसल पैदा करें।

दान देने और सेवा करने से हाथों में अदभुत शक्ति पैदा होती है। हाथ स्वयं ही पवित्र होकर कल्पवृक्ष बन जाते हैं। पुष्प एकत्रित करने वाले माली के हाथ सदैव सुगंधित रहते हैं। दूसरों की जिंदगी रोशन करने से हमारी जिंदगी खुद रोशन हो जाती है। बादलों की भांति सज्जन भी देने के लिए ही लेते हैं। अतः देने के लिए अपने मन को उदार बनायें। मंदिर और विद्यालय को कभी व्यवसाय न बनायें। किसी साधु का अपने स्वार्थों के लिए दुरूपयोग न करें।

यह स्मरण करें कि भगवान शिव ने धरती पर उतारते समय गंगा को अपनी जटाओं में धारण किया। समुद्र मंथन से निकले हुए विष को अपने कंठ में रख लिया। महर्षि दधीचि ने अस्त्र बनाने के लिए अपनी अस्थियों का दान कर दिया। जटायु ने सीता की रक्षा के लिए अपने प्राणों की आहुति दे दी। हम यह संकल्प करें कि हम केवल अपने लिए ही न जियें। कुछ दूसरों के लिए भी कार्य करें। दूसरों के माथे पर परोपकार का चंदन लगाने से हमारी अंगुलियां अपने आप महक उठती हैं।

पाती–44

महान पराक्रमी अभिनन्दन को जन–जन का वंदन

भारतीय वायुसेना के विंग कमाण्डर अभिनन्दन वर्द्धमान पर हमें गर्व है। 58 घण्टे बाद 1 मार्च, 2019 को पाक की गिरफ्त से छूटकर पाक को आँखे दिखाते हुए वे अपना सीना तानकर भारत लौट आए बाघा अटारी बार्डर पर रात 9.20 बजे उनका स्वागत किया गया। उन्होंने गर्व भरी मुस्कान के साथ भारत में कदम रखा। अपने देश लौटकर उन्हें अनमोल खुशी हुई। साइकिल के हैडिंल बार की भाँति उनकी मूँछ युवकों के लिए बड़ी स्टाइल बन गई है। उनकी मूँछ उनकी शारीरिक और मानसिक शक्ति का प्रतिबिम्ब बन गई है।

बालाकोट में आतंकियों के प्रशिक्षण केन्द्रों पर भारतीय वायुसेना द्वारा की गई कार्यवाही से पाकिस्तान के रोंगटे खड़े हो गए हैं। उसके छक्के छूट गए हैं। आतंकवाद के कारण पाकिस्तान पूरी दुनिया में बदनाम हो चुका है। आतंकवाद के कारण वह गुण्डा राज्य (रोग स्टेट) के नाम से जाना जाने लगा है। आतंकवादी गतिविधियों के कारण पाकिस्तान की जनता भी बड़ी त्रस्त और दुखी हो गई है। भूतकाल में पाक के चरमपंथी और अतिरूढ़िवादी आतंकवादी हमारे सैनिकों के सिर काटते रहे हैं। अब पुलवामा हमले के कारण हमारे देश की आत्मा आहत हुई है। जन-जन दुखी हो गया है और आतंक के विरोध में पूरा देश एकजुट हो गया है।

अभिनन्दन के पिता और कारगिल युद्ध के हीरो एयर मार्शल (सेवानिवृत्त) सिंहकुट्टी (सिंह शावक) बर्द्धमान और माता शोभा वर्द्धमान का वायुयान में गर्मजोशी से स्वागत किया गया। अभिनन्दन का विवाह श्रीमती तन्वी मारवाह

से हुआ है। वे भी वायुसेना में रही हैं। उनके दादा जी भी वायुसेना में थे। भारतीय वायुसेना के विंग कमाण्डर अभिनन्दन वर्द्धमान तीनों पीढ़ियों के सबसे बड़े हीरो बनकर निकले हैं। वे चेन्नई में अपने वर्तमान निवास माडम्बाक्कम में रहते हैं। तमिलनाडू राज्य के कांचीपुरम से 15 किलोमीटर दूर स्थित ग्राम तिरूपणमूर तहसील चैरपार जिला तिरूवण्णमलै उनका पैतृक ग्राम है। उनका जन्म 21 जून, 1983 को हुआ था। उन्होंने अपनी प्रारंभिक शिक्षा जोधपुर में ली थी।

हमारे प्रधानमंत्री नरेन्द्र मोदी जी ने कहा कि अभिनन्दन के अदम्य साहस पर राष्ट्र को गर्व है। अभिनन्दन जी भारत की भावना के प्रतीक और भारत की पहचान के तिलस्म है। उन्हें पूरे देश का इतना प्यार मिला जिसे शब्दों में वर्णन करना कठिन है। अभिनन्दन की पाक से शीघ्र वापसी पर पूरी दुनिया ने भारत का अभिनन्दन किया। भारत की बड़ी और कड़ी कार्यवाही के भय से विंग कमाण्डर अभिनन्दन को पाक ने 28 घण्टे में ही रिहा कर दिया। वे 1 मार्च 2019 को बाघा वार्डर से भारत लौट आए। वायुसेना ने उनके सम्मान में विपिन इलाहाबादी की कविता शेयर करते हुए 10 मार्च, 2019 को लिखा है

"जो किया तुमने अभिनंदन, वह सबके बस की बात नहीं।
आखेटक का किया आखेट, यह सबके बस की बात नही।।"

यह उल्लेखनीय है कि अभिनन्दन के सम्मान में विपिन इलाहाबादी ने हद सरहद की शीर्षक से कुछ दिन पूर्व कविता लिखी थी।

बालाकोट एयर स्ट्राइक और अभिनन्दन की दिलेरी पर फिल्म बनाने के लिए बालीवुड में होड़ मची हुई है। अभिनन्दन के प्रति पूरे देश में सहानुभूति की लहर उठी हुई है। उनके नाम से संबंधित अनेक टाईटिल्स को फिल्म बनाने के लिए प्रोड्यूसर्स एसोसियेशन में रजिस्टर कराया जा रहा है जिससे उनके वीरता भरे कदम की जानकारी दुनिया को दी जा सके।

अभिनन्दन ने 27 फरवरी, 2019 बुधवार की सुबह पाकिस्तानी हवाई हमले का जवाब देने के लिए अपने विमान मिग-21 से उड़ान भरी थी। उन्होंने अपनी जान पर खेलकर पाकिस्तान के एफ-16 जेट के काफी नजदीक पहुँचकर उसे मार गिराया किन्तु इसी कार्यवाही के दौरान उनका विमान भी गिर गया

और उनका पैराशूट पाक अधिकृत काश्मीर में उतर गया। यह पता चलते ही कि वे पाक अधिकृत काश्मीर में हैं, वे आधा किलोमीटर पीछे दौड़े, पीछा कर रहे युवकों को डराने के लिए अपनी पिस्टल से उन्होंने हवाई फायर किए। इसी बीच उन्होंने पानी के छोटे से तालाब में छलांग लगा दी। अपनी जेब से आवश्यक दस्तावेज और नक्शे निकालकर पानी में भिगोकर नष्ट कर दिए। पानी में उतरते ही अभिनन्दन के पैर में एक पाकिस्तानी युवक ने गोली मार दी और उन्हें पकड़ कर पाक सेना को सौंप दिया। अभिनन्दन ने पाक सेना को भारत की कुछ भी जानकारी देने से स्पष्ट मना कर दिया।

पाक द्वारा गोपनीय जानकारी उगलवाने के लिए अभिनन्दन को शारीरिक ओर मानसिक यातनाएं दी गई। प्रताड़ित किया गया। उन्हें सोने नहीं दिया गया। बंद कमरे में रखा गया। पीटा गया। कई घण्टों तक खड़ा रखा गया। उन्हें परेशान करने के लिए तेज गाने चलाए गए पर, अभिनन्दन टूटे नहीं।

पाक मीडिया के अनुसार बंदी बनाए जाने के पहले अभिनन्दन की बहादुरी काबिले तारीफ थी। अभिनन्दन के शौर्य और हवाई रणकौशल से सैन्य दुनिया अचंभित है। विश्व की विमानन कंपनियाँ तनाव में हैं। अभिनन्दन ने असाधारण समझ, साहस तथा सामयिक सूझबूझ का अनुपम उदाहरण प्रस्तुत किया है।

यहा यह उल्लेखनीय है कि नरसिंहपुर में जन्में और भारतीय प्रशासनिक सेवा में रहे हमारे वरिष्ठ साथी श्री परमानन्द जी पेठिया के सुपुत्र और वीरचक्र से सम्मानित एयर मार्शल विक्रम पेठिया के वर्ष 1971 के भारत-पाक युद्ध में पकड़े जाने पर पाकिस्तान ने उनको बेइंतहा यातनाएं दी थी किन्तु वर्तमान में भारत के पूरे विश्व में बढ़ रहे प्रभाव के कारण अभिनन्दन जी सौभाग्यशाली रहे और भीषण यातनाओं से बच गए। पेठिया परिवार के लिए यह सराहनीय है कि विक्रम पेठिया के सुपुत्र आनन्द विक्रम तथा उनकी पत्नि गीता के तीन भाई भी वायुसेना में ही हैं।

अभिनन्दन जी के अदम्य शौर्य और असाधारण साहस की सर्वत्र सराहना की जा रही है। उन्होंने कुछ ही समय में जन-जन में देशप्रेम की भावनाओं की अलख जगा दी है। राष्ट्र की सुरक्षा करना प्रत्येक व्यक्ति का परम कर्तव्य है। राष्ट्रधर्म है। सैनिक वतन के लिए काम करते हैं। अतः सैनिक परिवारों के लिए

जो भी सहायता बन सके, हम सबको प्राथमिकता पूर्वक करना चाहिए। विंग कमाण्डर अभिनन्दन वर्द्धमान ने अपनी बहादुरी से हर भारतवासी का मस्तक गर्व से ऊँचा उठाया है। उन्होंने ऐतिहासिक काम किया है। उन्होंने देशवासियों के हौसले बुलंद किए हैं। विश्व में भारत की प्रतिष्ठा बढ़ाई है। अभिनन्दन वर्द्धमान हमारे राष्ट्र के गौरव हैं। हमारे आदर्श हैं। जन-जन के अभिनन्दक हैं। वर्द्धमान तो वे हैं ही, तदपि उनके चतुर्मुखी विकास और सर्वोच्च ऊँचाई पर पहुँचने के लिए हम सबकी हार्दिक बधाई। उनके माता-पिता, पत्नी ओर पुत्र को हार्दिक साधुवाद। उन सबको शत-शत शुभकामनाएं। उनके सभी साथी सैनिकों को मंगलकामनाएं।

पाती–45

अच्छी प्रवृत्तियों और अच्छे कार्यों से ही हमें जीवन में अच्छी सफलताएं मिलती है

अच्छी प्रवृत्तियों से ही हमें जीवन में सफलता मिलती है। यदि हम अपने जीवन में सफल होना चाहते हैं। तो हमें अपने रवैये को सुधारना होगा। हमें हर चुनौती का खुलकर सामना करना होगा। बाक्सिंग के खेल में हमारी हार जमीन पर गिर जाने से नही होती, हमारी हार तब घोषित होती है जब हम वापस उठकर लड़ने से इनकार कर देते हैं। किसी भी व्यक्ति की असली क्षमता तब पता चलती है, जब वह किसी मुश्किल का सामना करता है। विपरीत परिस्थितियों में हमारा रवैया ही तय करता है कि हम अपने जीवन में असाधारण उपलब्धियां हासिल करेंगे या नहीं। प्रतिभा एक स्तर तक हमें ऊपर ले जा सकती है, उसके बाद सिर्फ हमारा रवैया ही हमारा भविष्य तय करता है। हमें अपना एटीट्यूड पॉजिटिव रखना चाहिए, तभी हमें सफलता मिल सकती है।

वर्ष 1985 में कॉर्पोरेट राजनीति के चलते स्टीव जॉब्स को एप्पल से निकाल दिया गया। कितना अपमानजनक होता है उस कंपनी से निकाल दिया जाना, जिसके वे सह-संस्थापक थे। पर स्टीव जॉब्स की रचनात्मक यात्रा इससे अप्रभावित रही। वर्ष 1986 में उन्होने नेक्स्ट नाम की कम्प्यूटर प्लेटफॉर्म कंपनी बनाई। वे लगातार मेहनत करते रहें 1997 में एप्पल की हालत खराब हो गई। एप्पल और नेक्स्ट का मर्जर हुआ और स्टीव जॉब्स फिर से एप्पल के सीईओ बने।

इसी तरह से प्रसिद्ध सुपरमैन फिल्मों की श्रंखला में पहली छह फिल्मों में सुपरमैन का रोल क्रिस्टोफर रीव ने किया। वे बेहद खूबसूरत और लोकप्रिय अभिनेता थे। वर्ष 1995 में घुड़सवारी करते हुए वे दुर्घटना का शिकार हो गए। परिणामस्वरूप वे व्हीलचेयर पर आ गए। गहरे अवसाद में जाने के लिए ये सब काफी था। लेकिन असल जिंदगी के नायक क्रिस्टोफर रीव ने हार नहीं मानी।

उन्होंने लेखन शुरू किया। एक किताब 'स्टिल मी' लिखी। यह बेहद लोकप्रिय हुई। उन्हें व्याख्यान के लिए सब जगह बुलाया जाने लगा।

ठोस और दृढ़ संकल्पों से ही कठिनाईयाँ दूर होती हैं। अगर जीवन है तो मुश्किलें हैं, चुनौतियाँ हैं, विपत्तियाँ हैं, दुर्घटनाएँ हैं। साथ ही जीवन में हमारे पास विश्वास, धैर्य, मनोबल और साहस भी तो है। अगर जीवन है तो कुछ व्यक्ति हमसे ईर्ष्या करेंगे। हमारे साथ राजनीति करेंगे, पक्षपात करेंगे, भेदभाव करेंगे। ऐसी प्रतिकूल परिस्थितियों में हमारा भावनात्मक संतुलन, जुझारू रवैया तथा मनोबल ही हमारे व्यक्तित्व की सही पहचान है। हम अपने हौसले से ही परिस्थितियों पर विजय प्राप्त करते हैं।

हम अपने लोगों से ऐसी बातें न करें जो उन्हें आगे बढने से रोकें और बडा कदम उठाते समय डरा। हम लोगो से उनके भले की बातें करे। उनके प्रेरक बनें। जनप्रिय व्यक्तित्व विकसित करें। पंसदीदा इंसान बनने के लिए अपने व्यक्तित्व में अच्छे गुणों का समावेश करें। कुछ खास बातों को जीवन में उतारें। अपनी मानसिक प्रवृतियां सकारात्मक बनाएं। अपने साथियों को दुनिया की सकारात्मक बातें बताएं। उन्हें नई चीजें और नए काम सिखाएं। बातचीत में मुस्कराएं। अपने साथियों से आत्म विश्वास के साथ अच्छी शारीरिक भाषा में चर्चा करें। जरूरत से ज्यादा प्रतिक्रिया न दे। विफलता के बीच भी सफलता के रास्ते की खोज करते रहें। सही समय पर थोड़े और अच्छे शब्दों का उपयोग करें। किसी की भी बुराई न करें। कठोर शब्दों के स्थान पर सौम्य शब्दों का उपयोग करें। कभी-कभी अपने मौन से ही उत्तर दें। लोगों की तारीफ प्रसन्नता पूर्वक सुनें। लोगों की तारीफ करने में कंजूसी न करें। सभी का दिल जीतने का प्रयास करें। आगे बढ़ने के लिए दिमाग को खुला रखें। हर तरह के विचारों का स्वागत करें। धैर्य रखें। बिना किसी स्वार्थ के लोगों की मदद करें। हर रोज कम से कम परोपकार का एक कार्य करें। दूसरों की मदद करने का आनंद लें। दूसरों को सुख देकर प्रसन्नता प्राप्त करें। हम सब के लिए रास्ता बनाएं किन्तु किसी के रास्ते के बीच में न आएं।

बढ़ती उम्र में चलने फिरने और टहलने की हमारी इच्छा कम होने लगती है। इस प्रवृत्ति से बचें। वृद्धावस्था में चलते फिरते रहने से हमारी पिण्डलियों को हृदय की ओर रक्त वापिस भेजने में सहायता मिलती है। अतः सदैव

क्रियाशील बने रहें। अहंकार के शिखरों से कुछ नीचे उतरकर अपने कार्य स्वयं करें।

हम अपने लक्ष्य को प्राप्त करने के लिए सतत संघर्ष करें। संघर्ष से कभी पीछे न हटें। संघर्ष से कभी हार न मानें। संघर्ष से ही नए इतिहास का सृजन होता है। संघर्ष से ही अधिकांश व्यक्ति बडी-बडी सफलताएं प्राप्त करते हैं। हम संघर्ष से ही अपने व्यक्तित्व की ऊँचाई और गहराई प्राप्त कर पाते हैं। अपने जैसे ही लक्ष्य को पाने के लिए प्रयत्नशील लोगों के साथ मिले जुलें। आपस में मिलजुलकर ही न थम जाएं। उनसे जान पहचान बढ़ाएं। उनके साथ अपने अनुभव साझा करें। उनके साथ घनिष्ट संबंध बनाते रहें। अपने साथियों की मदद करें, हम उतनी ही मदद करें जितनी संभव है किन्तु थकाने वाली मदद करने से बचें। मदद नहीं कर पाने के कारण स्वयं के मन में अपराध भाव नहीं आने दें।

एक समय में अनेक कार्य करने से काम की गुणवत्ता घट जाती है। कार्य का स्तर घट जाता है और कार्य की गति कम हो जाती है। हमारा आई क्यू घटने लगता है। हमारा सामाजिक व्यवहार विपरीत रूप से प्रभावित होने लगता है। नकारात्मक होने लगता है। मस्तिष्क को क्षति पहुंचने लगती है। अतः एक साथ अनेक कार्य न करें। एक काम पूरा मन लगाकर करें। इससे प्रत्येक कार्य की गुणवत्ता बनी रहती है। जो लोग एक साथ कई साधनों से अनेक सूचनाएं ग्रहण करते रहते हैं, वे किसी एक सूचना पर पूरा ध्यान केन्द्रित नहीं कर पाते हैं। हमारी सफलता हमारे स्वस्थ शरीर और मन से जुड़ी होती है। अच्छे भौतिक और मानसिक स्वास्थ्य से ही हमे सफलता मिलती है। हम मन चाहा प्रयास कर सकते हैं। किन्तु मनचाहा परिणाम प्राप्त करना हमारे हाथ में नहीं है। धारणाओं को तथ्यों और तर्कों पर तौलते रहें, जिससे नए विचार आते रहें और हम प्रगति के पथ पर आगे बढ़ते रहें।

सही फैसले लेने के लिए सही भौतिक और मानसिक स्थिति जरूरी है। फिजिकल और मेंटल फिटनेस से ही हमे रचनात्मक और बौद्धिक ऊर्जा प्राप्त होती है। यह भी ध्यान रखें कि कभी-कभी सफलता की अत्यधिक चाहत भी तनाव पैदा करती है। ऊर्जा के सतत प्रवाह को रोक देती है। अत्यधिक सफलता की ऐसी चाहत से बचें। क्रोध, मान, माया और लोभ के विकारों को दूर करते हुए हम कर्म करते रहें। इससे हमारी आत्मा और बुद्धि परिष्कृत होती रहेगी। अपने कर्म को ही प्रभु की पूजा मानते हुए जीवन को सफल बनाएं।

पाती–46

अहिंसा और अच्छे चिंतन से करें आकर्षक व्यक्तित्व का निर्माण

आज संपूर्ण विश्व दो परस्पर विरोधी ध्रुवों पर खड़ा हुआ है। एक ओर अहिंसा का ध्रुव है तो दूसरी ओर हिंसा का। एक ध्रुव भगवान महावीर, गौतम बुद्ध एवं महात्मा गांधी की अहिंसा और शांति का केंद्र है तो दूसर ध्रुव हिंसा का नग्न नाट्य मंच है। हम एक ओर संयुक्त राष्ट्र संघ द्वारा घोषित अहिंसा दिवस को विश्व स्तर पर समारोहित कर रहे हैं, तो दूसरी और शांति के पुरोधा भगवान गौतम बुद्ध की विश्व प्रसिद्ध प्रतिमा को बारूद का अर्ध समर्पित कर रहे हैं। हिंसा परिग्रह पर आधारित है। परिग्रह सत्ता तथा विश्व व्यापार के खेल पर आधारित है। भगवान महावीर और बुद्ध ने परिग्रह और सत्ता के चरित्र को जान लिया था। अतः वे दोनों को छोड़कर, अहिंसा के मंगलपथ पर आगे बढ़ गए। अफगानिस्तान के बामियान क्षेत्र में स्थित बुद्ध की प्रतिमा शांति, विवेक और मानव शक्ति की जीवंत और सजग प्रहरी रही है। वह उस गौरवशाली अफगान परंपरा की प्रतीक रही है, जिस परंपरा का पालन करते हुए अफगान सरकारों ने काबुल के संग्रहालय में हजारों मूर्तियों और मुद्राएं सुरक्षित रखी हैं। वेदकालीन और बौद्धकालीन अवशेषों को सहेजकर रखा है, किंतु तालिबान सरकार ने अपनी सत्ता के उन्माद में आकर शांति के प्रतीक बुद्ध को तोपों से नष्ट कर स्वयं के विनाश का श्री गणेश कर दिया और अब इसका अंतिम परिणाम हमारे सामने है। अतः आज आवश्यक है कि हम अपने देश और प्रदेश में अहिंसक और हिंसक प्रवृत्तियों के बीच शांतिपूर्ण और प्रभावी समन्वय स्थापित करें।

मानव कल्याण और राष्ट्र निर्माण के लिए संयम और संयमित व्यक्तियों को सर्वोच्च प्रतिष्ठा देनी होगी। धन एक महात्त्वपूर्ण साधन अवश्य है, किंतु आज वह साध्य बन गया है। हमने धन को अत्यधिक महत्त्व दिया है। धन के प्रभाव, मूल्य एवं महत्त्व ने समाज में अनेकानेक विकृतियों को पैदा किया है। आवश्यक है कि हम सत्ता और धन के प्रभाव को कम करें और भगवान महावीर के अपरिग्रहवाद, भगवान बुद्ध की करूणा और महात्मा गाँधी की अहिंसा को स्वीकार कर शांति के मंगलपथ पर आगे बढ़ें।

शांति और अपरिग्रह का मार्ग प्रतिस्त्रोत का मार्ग है। दुनिया के सामान्य मार्ग से प्रतिकूल चलने का मार्ग है। प्रतिस्त्रोत का मार्ग अनुस्त्रोत के मार्ग की तुलना में कठिन है। भगवान महावीर, भगवान बुद्ध और महात्मा गाँधी का मार्ग प्रतिस्त्रोत का मार्ग है। प्रतिस्त्रोत का मार्ग ही सच्चा एवं सही मार्ग है।

हम यह स्मरण रखें कि हम सभी अहिंसक व्यक्ति एक दूसरे से जुड़े हुए हैं, जो आप करते हैं, उसका असर मुझ पर पड़ता है और जो मैं करता हूँ, उसका असर आप पर पड़ता है। हमें सदैव यह अहसास करना चाहिए कि हम सभी एक समाज के कार्यशील भागीदार हैं। हम समाज को जो जैसा देते हैं, वो वैसा ही प्राप्त करते हैं, किंतु कई बार जितना देते हैं, उससे अधिक प्राप्त करते हैं। देते समय पाने की इच्छा न रखते हुए भी प्राप्त करते हैं।

हमारी चेतना और विवेक मस्तिष्क के दो गेयरों से चलता है। एक है हेवी गेयर या भौतिक गेयर जो भौतिक सुख सुविधाओं से पूर्ण है, किंतु इसकी स्पीड बहुत कम होती है। दूसरा है लाइट गेयर या आध्यात्मिक गेयर जो मैत्री, करूणा, त्याग और शाश्वत जीवन मूल्यों पर आधारित है। इसकी स्पीड बहुत अधिक होती है। हमें सदैव यह प्रयास करना चाहिए कि हम अधिकांश समय लाइट गियर का ही उपयोग करें और अपने विकास की स्पीड बढ़ाते रहें। यही हमारे वास्तविक जीवन की कला है और यही वास्तविक जीवन जीकर हम विश्व विजेता बन सकते हैं। ऐसा जीवन जीने के लिए आवश्यक है दृढ़ संकल्प शक्ति। भौतिक जगत में चट्टान से अधिक शक्तिशाली लोहा है। लोहे से अधिक शक्तिशाली आग है। आग से अधिक शक्तिशाली पानी है, किंतु संकल्पशक्ति सर्वशक्तिमान होती है। अहिंसा और मानवता पर आधारित प्रत्येक धर्म हमें सदैव यही संकल्प शक्ति प्रदान करता है। इसी संकल्प शक्ति

के आधार पर हम ठोस उपलब्धियों के लिए सतत रूप से प्रयत्नशील रहें। सफलता और विजय प्राप्त करने के लिए सदैव सकारात्मक नज़रिया रखें। सकारात्मक शिक्षण और प्रशिक्षण हमें सकारात्मक सोच प्रदान करता है। अतः हम सदैव सकारात्मक विचार और अच्छा नज़रिया विकसित करें। सकारात्मक विचारों और अच्छे नज़रियों का विशाल भंडार बनाएं। हम सही ज्ञान और सही समझ विकसित करें। हम रोजी रोटी अवश्य कमाएं किंतु अच्छा जीवन जिएं। हम अपने आध्यात्मिक मूल्यों, सभी साधनों, अपने सामाजिक, राजनीतिक एवं वित्तीय प्रभाव का सदुपयोग कर यह सुनिश्चित करें कि हमारी सामाजिक एकता अखंडित हो। हमारी समाज सदैव सुदृढ़ हो।

मंदिर निर्माण में संलग्न शिल्पियों की चार प्रकार की भूमिका रहती है। प्रत्येक शिल्पी का एक ही लक्ष्य और प्रायः एक जैसी ही भूमिका होती है, किंतु यदि उसके कार्य के संबंध में पूछा जाए तो वह अपने व्यक्तित्व और सोच के आधार पर अलग-अलग उत्तर देता है। उदाहरण स्वरूप चारों शिल्पियों के उत्तर निम्नांकित हो सकते हैं। :-

प्रथम शिल्पी : आप नहीं देख रहे हैं कि मैं पत्थर तोड़ रहा हूँ।

द्वितीय शिल्पी : प्रसन्नता से बोला कि मंदिर के खंभे का निर्माण कर रहा हूँ।

तृतीय शिल्पी : उत्साह एवं प्रसन्नता से उत्तर दिया कि मंदिर का निर्माण कर रहा हूँ।

चतुर्थ शिल्पी : जोश, उत्साह, प्रसन्नता, आत्मविश्वास व संकल्प पूर्वक कहा कि समाज के सर्वतोमुखी विकास एवं आत्मिक शांति के लिए विशाल मंदिर का निर्माण कर रहा हूँ।

हम चतुर्थ शिल्पी की भांति चिंतन करें। हमारे महर्षियों का यही चिंतन था। आज भी हमारे संतो का यही चिंतन है।

हमारा सर्वोच्च लक्ष्य अच्छे कार्यों के माध्यम से प्रत्येक व्यक्ति के व्यक्तित्व का सर्वतोमुखी विकास कर उसकी आत्मिक शांति में वृद्धि करना है। हम भले

ही छोटा सा कार्य कर रहे हों, किंतु उसके सर्वोच्च एवं अंतिम लक्ष्य का ध्यान रखें। हम अपने कार्य को छोटा न समझें। छोटे से छोटा कार्य भी हम पूर्ण रूचि एवं आत्म-सम्मान पूर्वक करें। छोटे से छोटा व्यक्ति भी अपने छोटे से छोटे कार्य करते समय ऐसे कार्य के विराट लक्ष्य, उसके अंतनिर्हित सिद्धांतों एवं आधारभूत पहलुओं का ध्यान रखे। अपने छोटे से कार्य को विशाल परिदृश्य दें। ओछी मानसिकता और घटिया सोच से दूर रहें।

हम अपने परिजनों मित्रों के व्यक्तिगत, भावनात्मक, सामाजिक व्यावसायिक एवं आध्यात्मिक प्रगति में पूर्ण सहयोग करें। हम उन्हें भय विहीन एवं साहसी बनाएं। उन्हें सुरक्षा तंत्र एवं सुरक्षा कवच उपलब्ध कराएं। हम उनके ज्ञान की धार को सदैव तेज करते रहें।

पाती–47

अपने चतुर्मुखी विकास के लिए अच्छी आदतों को अपनाएं

अपने लक्ष्य छोटे बनाऐं। छोटे लक्ष्य हासिल करना ज्यादा आसान और मजेदार होता है। अपने लक्ष्य के प्रति गहरी चाहत रखे। अपने दिमागी घोड़ों को फुर्ती से दौड़ने के लिए प्रेरित करें। दिमाग को सक्रिय करें। सक्रिय दिमाग नए-नए विचारों की झड़ी लगा देता है। हम अंदर से मजबूत ओर लचीले बनें। खुद को जानने की कोशिश करें। किसी की निंदा न करें। यह विचार करें कि आप किसकी निंदा कर रहे है और क्यों कर रहे है ? उसकी अच्छी बाते याद करें और निंदा करने से बचें। दयालु बने दूसरों के प्रति सहानुभूमि और संवेदनाऐं बनाए रखे। अपने को अपने मूल्यों के आधार तौलते रहे। अच्दी नियत, पूरी लगन और बुद्धिमत्ता से अपने काम में गुणवत्ता लाऐं। इस प्रकार अपनी जिन्दगी को आसान और कामयाब बनाऐं।

वर्तमान के पल तेजी से गुजरते है। अतः शीघ्र निर्णय लें। बीते कल में न अटके। किसी के कहे गए ओर न कहे गए शब्दों की कटुता का स्मरण न करें किसी के द्वारा किए गए और नहीं किए गए कामों की कड़वाहट अपने मन में न आने दें। अपने जीवन को ऐसी नकारात्मक कारणों से ठहरने न दें। भूतकाल के गुलाम न बनें। नए फैसले शीघ्रता पूर्वक लें ओर अपने जीवन को आगे बढ़ाऐं।

रचनात्मक बने रहने के लिए अपनी भावनाओं में न बहें। भावनाओं से ऊपर उठे। अपनी भावनाओं को नियंत्रित करें। फ्रस्टेशन, चिढ़, गुस्सा और निराशा को अपने ऊपर हावी न होने दें। अपने प्रति ईमानदार रहें। अपनी

कमियाँ स्वीकार करें। उन्हें दूर करने की ईमानदारी से कोशिश करें। अपना पहनावा अच्छा रखें। अच्छे पहनावे से हमारी उत्पादकता में वृद्धि हो जाती है।

अपने किसी साथी की उपलब्धि सुनकर उदास न हो। उसे अपनी उपलब्धि के ट्रिगर्स के खोजने का अवसर मानें। अपने लक्ष्य छोटे-छोटे रखे। दोगुनी क्षमता के साथ कार्य करे। अपनी छोटी उपलब्धियाँ सबको बताऐं। अपने को लचीला बनाऐं। अपना आत्मविश्वास बढ़ाऐं। तुलना करने का अपना दायरा बढ़ाऐं। अपनी सफलता का बेहतर मूल्यांकन करें। हानिकारक मानसिकता से बचे। ईर्ष्या को पेाषित न करें। जलन की भावना न रखें। अपनी कोशिशों ने सुन्दर चीजें हासिल करें। जरूरत से ज्यादा सफलता हासिल करने के तरीके सीखें। हम अपने लोगों को उनकी उदारता के लिए धन्यवाद दें हम छोटी से छोटी चीज देने वाले ओर मदद करने वाले को धन्यवाद दें। इससे वह देने की प्रवृत्ति को दोहराता है। हमारे लिए बड़ी-बड़ी चीजें देने लगता है। उसका आत्मविश्वास बढ़ता है। हमारे आभार से उसे अपने अच्छे व्यवहार का प्रोत्साहन मिलता है। पुरस्कार मिलता है।

मेहनत तो सब करते हैं। लेकिन हर व्यक्ति करोड़पति नहीं बन पाता है। इसका कारण है चुनिन्दा और अच्छी आदतें। दुनिया के 177 करोड़पतियों की आदतों की रिसर्च कर यह नतीजा निकाला गया है कि जो व्यक्ति टालमटोल नहीं करते हैं, वे ही धनी बनते हैं। अपने दम पर अमीर बनने वालो में टालमटोल की आदत नहीं होती है। वे पैसे का बेहतर इस्तेमाल करते हैं। वे कम से कम गुस्सा करते हैं।

बेहद प्रतिभावान लोग भी टालमटोल की आदत से जीवन में सफल नहीं हो पाते हैं। वही व्यक्ति फैसले टालता है जिसमें अपने कार्य के प्रति लगन और निष्ठा की कमी होती है। सफल व्यक्ति टालमटोल की आदत को छोड़ देते हैं। काम की सूची बनाते हैं। उन्हें पूरा करने की अंतिम तिथि तय करते हैं। हर हाल में उस पर अमल करते हैं। अपने इर्द-गिर्द ऐसे लोगो को रखते हैं, जो लक्ष्य और अंतिम तिथि का पालन करते हैं। नकारात्मक सोच या हमेशा शिकायत करने वालों को अपने निकट नहीं रखते हैं। सबसे अमीर लोग सबसे कम समय में फैसले लेते हैं। पहले दिन से ही कमाई का पंचम अंश (20 प्रतिशत) बचाते हैं। एक बार में एक ही काम करते हैं। काम के सिलसिले में जोखिम लेते हैं। असफलता की चिंता नहीं करते हैं। प्रत्येक सप्ताह में औसतन

56 घण्टे काम करते हैं। रोजाना टी वी. देखते हैं। किन्तु एक घण्टे से भी कम। आमदनी के कम से कम तीन जरिये रखते हैं। मध्यम साईज की सस्ती कार रखते हैं। सामान्य घरों में रहते हैं। विलासिता और झूठी प्रतिष्ठा से बचते हैं।

अमीर बनने के दो रास्ते हैं। पहला, कमाई से कम खर्च करे। दूसरा, खर्च से अधिक कमाएं। ज्यादा कमाने का विकल्प सबके पास नहीं होता है इसलिए अपने खर्च को कमाई से कम रखना ही बेहतर तरीका है। सफल व्यक्ति सुबह जल्दी उठते हैं, काम शुरू करने से कम से कम तीन घण्टा पहले। प्रत्येक सप्ताह में चार दिन कम से कम आधा घण्टा एक्सरसाईज करते हैं। जंक फूड नहीं खाते हैं। फास्ट फूड नहीं खाते। सिगरेट नहीं पीते और रोजना कम से कम सात घण्टे सोते हैं।

आत्मबल, धनबल, जनबल, यशबल और भगवान पर भरोसे के बल पर विश्वास रखें। ईश्वर पर भरोसा करने का स्वभाव बनाएं परम शक्ति पर विश्वास करने से निराशा जन्म नहीं लेती है। कई काम आसानी से निपट जाते हैं। अपने परिवार के सदस्यों, संबंधियों और मित्रों पर भरोसा करें। यह ध्यान रखे कि कोई भी व्यक्ति अपने केश मुड़ाकर और साधु का वेश धारण कर साधु नहीं बन पाता है। जिसने स्वयं को साध लिया, वही साधु है। अतः हम भले ही साधु बनने का प्रयास न करें किन्तु साधु के गुणों का अपने व्यक्तित्व में आत्मसात करें।

सफलता और असफलता की चिंता किए बिना अपना कार्य करते रहें। दूसरे के समक्ष अपनी बुद्धिमत्ता को प्रमाणित करना बंद कर दें। दूसरे में बदलाव लाने का प्रयास बंद कर दें। अपने आप में बदलाव लाने के लिए प्रतिबद्ध हों। यही प्रवृत्ति हमारी मानसिक परिपक्वता की पहचान है। जो व्यक्ति जैसा है, उसे वैसा ही स्वीकार करें। जिसका जैसा दृष्टिकोण है, वैसा ही ठीक है। यह सोचना सीख जाएं कि छोड़ो, जाने दो। अपने संबंधियों को कुछ न कुछ देते रहें और बदले में किसी प्रकार की अपेक्षा न करें। यह समझ लें कि हम जो कुछ भी करते है, अपने मन की शांति के लिए करते हैं। सभी व्यक्तियों की सकारात्मकता पर ही अपना ध्यान केन्द्रित करें। किसी व्यक्ति से अपनी प्रतियोगिता न करें। स्वयं तक सीमित रहें और शांति का अनुभव करें। अपनी इच्छाओं को नियंत्रित करें। सरलता और सकारात्मकता के साथ पूरी स्वतंत्रता का अनुभव करें। यह अनुभव करें कि हमें धन संपदा और भौतिक वस्तुओं

से ही सुख, शांति और खुशी प्राप्त नहीं होती है। पठन, पाठन और परोपकार के छोटे-मोटे कार्यों से संतोष और शांति प्राप्त करें।

हम कोई भी सेवा कार्य करें या व्यापार करें। उद्योगपति बनें। यह आवश्यक है कि हम अपने शरीर को स्वस्थ, मन को प्रसन्न और अपने परिवार में प्रेम बनाऐ रखें। प्रकृति के समीप रहें। डॉ. अब्दुल कलाम की छोटी-सी सीख थी कि उनके पास एक पालतू चिड़िया थी, लेकिन वह एक दिन उड़ गई। फिर उन्होंने एक गिलहरी पाली लेकिन एक दिन वह भी चली गई। तब उन्होंने एक पेड़ लगाया और दोनों वापिस आ गए।

जीवन में असफलता का अनुभव होने पर चिंता न करें। अपनी पूर्व सफलताओं का स्मरण करते हुए अपने आत्म विश्वास को बढ़ाएं। दिन प्रतिदिन घटती कुछ घटनाओं से हमें यह अनुभव होने लगता है कि हम असफल हो रहे हैं। सफलता दूर जाती दिखाई दे रही है। ऐसी परिस्थितियों में हम धैर्यपूर्वक यह विश्वास रखें कि असफलताएं तात्कालिक हैं। क्षणिक है। धीरे-धीरे सभी परिस्थितियाँ अनुकूल हो जाएंगी। सफलता शीघ्र ही प्राप्त होने लगेगी।

अपनी सफलताओं और असफलताओं के अनुभवों को लिखें। नैनागिरि जैसे निर्जन तीर्थ स्थानों के दर्शन करें। कुछ दिन वहाँ रहें। नकारात्मक विचारों से स्वयं को मुक्त कर अकेले रहें। अश्रुपात कर अपनी चिंताओं को बाहर निकाल दें। यह धारणा मन से निकाल दें कि कुछ असफलताओं के कारण आपका पूरा जीवन ही असफल होता जा रहा है। अपने वर्तमान जीवन का आनन्द लें। छोटे-मोटे प्रसन्नता दायक कार्य करें। नदी में जाकर स्नान करें। शरीर की मालिश कराएं। पिकनिक पर जाएं। अच्छी पत्रिकाएं और पुस्तकें पढ़ें। प्रेरणास्पद लेख और कहानी पढ़ें। इण्टरनेट पर जाकर अच्छे एवं उत्साहजनक चित्र देखे। अच्छे गीत सुनें। अपनी पुरानी सफलताओं का स्मरण करें। मन को सकारात्मक बनाए रखें। अपने परिवार के सदस्यों, हितचिंतको और मित्रो से मिलें। उनसे चर्चा करें। उनसे दूरभाष पर चर्चा करें। उन्हें अपने घर आमंत्रित करें। अपने व्यक्तित्व के मूल्यांकन को कभी भी कम न करें। प्रेरणा दायक विद्वानों को सुने। उनकी पुस्तके पढ़ें। यह स्मरण रखें कि उन्होंने अपने असफलता के क्षणों में ही प्रेरणादायक पुस्तकें लिखी हैं।

पाती–48

अपने व्यवसाय, व्यवहार और व्यक्तित्व का विकास करें

हमारे देश में परंपरागत रूप से बड़ा व्यवसायी समाज है। इस समाज में अनेक सफल उद्योगपति हैं। इस समाज ने उद्योग और व्यापार में अनेक सफलताएं प्राप्त की। इसका कारण यह है कि हमारे समाज के अनेक व्यक्तियों में सही निर्णय लेने की क्षमता, व्यवसाय और उद्योग करने की योग्यता, अवसरों को पहचानने और उनका मूल्यांकन करने की क्षमता है। हमारे समाज के व्यक्ति सदियों पूर्व से कुशल व्यवसायी रहे हैं, देश की वाणिज्यिक बागडोर सम्हालते रहें हैं और उनकी व्यावसायिक उपलब्धियाँ इतिहास के पन्नों में स्वर्णाक्षरों में अंकित है।

अब हमारे समाज के अनेक युवक एवं युवतियाँ उच्च एवं तकनीकी शिक्षा प्राप्त कर बड़ी-बड़ी कंपनियों और बैंक के प्रमुख हैं। भारत सरकार और राज्य सरकार के बड़े-बड़े पदों पर कार्यरत हैं। यह दुःखद है कि रोजगार प्रदान करने वाले समाज के अनेक युवक एवं युवतियाँ अब छोटी-छोटी नौकरियाँ प्राप्त करने की कतार में खड़े हो गए हैं। परिणामतः व्यवसायों का नियंत्रण धीरे-धीरे हमारे समाज के हाथों से खिसक रहा है।

भारतीय अर्थव्यवस्था को सुदृढ़ता प्रदान करने में व्यवसायी समाज के परिवारों द्वारा किए जा रहे व्यवसाय का महत्त्वपूर्ण योगदान रहा है और भारतीय अर्थतंत्र को नये आयाम प्रदान करता रहा है। नई पीढ़ी के लिए व्यापार की नई संभावनाएं उपलब्ध हैं। अब यह आवश्यक है कि हम अपने युवक युवतियों को व्यवसाय की ओर आकर्षित करें। उन्हें सफल उद्योगपतियों से मार्गदर्शन प्राप्त

करने के लिए प्रेरित करें। व्यावसायिक और व्यापारिक चुनौतियाँ शुरू में कुछ कठिनाईयाँ भले ही पैदा करें किन्तु इन चुनौतियों का सामना कर हमारे युवक और युवतियाँ कुशल, स्मार्ट और होशियार बनते हैं। अतः यह आवश्यक है कि वे रणनीतियाँ बनाएं, आराम छोड़कर परिश्रम करें। ग्राहकों के घर जाएं। उनके मिलें। उभरती परिस्थितियों के अनुरूप अपने जीवन में बदलाव करें।

अब नए-नए सामाजिक बदलाव हो रहे है। नौकरी की बजाए खुद का व्यवसाय करने का चलन बढ़ रहा है। सरकार और बैंक इस परिवर्तन को प्रोत्साहन दे रहें हैं। प्रधानमंत्री स्टार्ट अप के लिए प्रेरित कर रहे हैं। अतः अब अनेक युवा अपना उद्यम शुरू करना चाहते हैं। अपना उपक्रम स्थापित कर युवा गर्व और रोमांच का अनुभव करना चाहते हैं। यद्यपि यह सही है कि बिजनेस खड़ा करना कठिन होता है। व्यापार जोखिम भरा साहसी काम है तदपि अनेक युवक अपनी आकर्षक नौकरी छोड़कर साहस पूर्वक अपना बिजनेस खोल रहे है। डॉक्टर अस्पताल खोल रहे हैं। अभिनेता फिल्म बना रहें है। शिक्षक अपना कोचिंग तंत्र स्थापित कर रहें हैं। बड़ी होटलो के शेफ अपना रेस्टारेंट खोल रहे हैं। उद्यमशीलता बढ़ रही है। यह सही है कि बिजनेस से कभी नाकामी मिलती है। पूरी सफलता नहीं मिलती है। अतः हम सफलता और असफलता दोनो को बिजनेस के आवश्यक अंग के रूप में स्वीकार करें। कम समय में ज्यादा से ज्यादा पैसा कमाने की प्रवृत्ति को नियंत्रित करें।

ऐपल कम्पनी के स्टीव जाब्स का इतिहास देखें। कम्पनी में घाटा होने पर उन्हें नौकरी से निकाल दिया गया। कम्पनी में जब और अधिक घाटा होने लगा तो उन्हें वापिस बुला लिया गया। इसके बाद स्टीव जाब्स ने ऐपल को दुनिया की सबसे बड़ी और कीमती कम्पनी बना दिया। इस प्रकार जब कभी-कभी असफलता और नाकामी ही सफलता की पहली सीढ़ी बन जाती है।

समाज में घुलने-मिलने से हम स्वस्थ खुशहाल और प्रसन्न रहते हैं। अपने इस हुनर को निखारकर हम अधिक आकर्षक होंगे। आत्मविश्वास से भरे होंगे और सभी के साथ स्वस्थ संबंध विकसित करने में सफल होंगे। अपनी बातचीत में जमीन से जुड़े शब्दों का उपयोग करें। बातचीत को सहज और दिलचस्प बनाएं। ऐसे विचार प्रगट करें जो सीधे धरातल से जुड़े हों। भले ही हम यह स्वीकार करें कि हमारा कामनसेंस पर्याप्त है तदपि हमें अधिक से

अधिक कामनसेंस की सदा जरूरत होती है। अतः अपने कामनसेंस में वृद्धि करते रहें।

वर्तमान मंदी के दौर में हम आर्थिक कठिनाई और कभी-कभी आर्थिक बदहाली की स्थिति में होते हैं। गड्ढे में उतर जाते हैं। ऐसी स्थिति में यह विश्वास रखें कि हम अब इसके नीचे नहीं जा सकते हैं। अब केवल ऊपर जाने का ही रास्ता शेष बचता है। आर्थिक सफलता का ही विकल्प शेष बचता है।

प्रत्येक कठिनाई और समस्या से नई सीख लें। अच्छी बातों का सतत मनन करें। अपने मस्तिष्क को परिपक्व बनाएं। हमारा मस्तिष्क सीखने से नहीं अपितु मनन करने से अधिक परिपक्व बनता है। सम्पूर्ण और पूर्णतः परिपक्व व्यक्ति बनने के सपने न देखें। ऐसा व्यक्ति मिलना दुर्लभ होता है।

ब्रम्ह मुहूर्त में सोकर उठें। प्रातः कालीन क्षण पवित्र होते हैं। हाई परफारमेंस संस्कृति का निर्माण करते हैं। और हमें बेहतर इंसान, बेहतर पिता और बेहतर अधिकारी, बड़े व्यापारी और बड़े उद्योगपति बनने के लिए प्रेरित और प्रोत्साहित करते हैं। इस उद्देश्य से शाम को सात बजे तक भोजन कर लीजिए और प्रातः बिस्तर से जल्दी उठिए जिससे कि अपने पूरे दिन का पूरा लाभ ले सके। बिस्तर में पड़े रहना और आलस्य करना छोड़ दें। व्यक्तिगत, पारिवारिक और सामाजिक क्षेत्र में सर्वोच्च स्तर पर पहुँचने के लिए इच्छुक व्यक्तियों के लिए सबेरे जल्दी उठना बेहतर और जरूरी है। सूर्योदय के पूर्व हर सुबह के 60 मिनिट अपने दिमाग को पोषित करने, शरीर की देखभाल करने और चरित्र निर्माण के लिए सुरक्षित रखे। हमारा बाहरी जीवन हमारे आंतरिक जीवन का दर्पण है। प्रतिदिन सुबह जल्दी उठकर कुछ आंतरिक काम करके हम अपने जीवन को बेहतर बनाएं। अपनी सोच को विस्तार दे। शरीर को संवारे। दिन भर के लक्ष्यों की समीक्षा करें।

अंत में हमारी कामना है कि हम मार्टिन लूथर किंग जूनियर के निम्नांकित शब्दों को सदैव गुनगुनाते हुए सभी के साथ आगे बढ़ें :-

"अगर तुम उड़ नहीं सकते हो तो दौड़ो। अगर तुम दौड़ नहीं सकते हो तो पैदल चलो। अगर तुम पैदल नहीं चल सकते हो तो रेंगो। तुम कुछ भी करो, किन्तु आगे बढ़ो।"

पाती–49

बाबा दौलतराम वर्णी नैनागिरि का अद्भुत निर्णय

बाबा दौलतराम वर्णी उन्नीसवी शताब्दी के अंतिम दो दशक तथा बीसवीं शताब्दी के प्रथम दशक में अधिकांश समय तक नैनागिरि में रहे। उन्होंने सन् 1902 में नैनागिरि में पाठशाला स्थापित की। वे इस पाठशाला के छात्रों को नियमित रूप से पढ़ाते और संस्कारित करते थे। उन्होंने वर्ष 1902 में बुंदेलखण्डी मिश्रित हिन्दी में विशाल छंदोदय ग्रन्थ की रचना की। आदिसागर महाराज (खुमान ब्या जन्म सन् 1884, मुनि दीक्षा सन् 1953 नैनागिरि एवं समाधि 15 मार्च, 1960 ललितपुर) के पिता श्री गोपालदास "ब्या" वर्णी जी से मिलने बम्हौरी से नैनागिरि आएं अपने साथ एक दूध देने वाली गाय लाए और उन्होंने वर्णी जी को यह गाय भेंट कर दी।

कुछ ही दिनों बाद पन्ना महाराज के एक दीवान की मृत्यु हो गई। उनके तीन बेटे थे और उनके पास 19 गायें थी। दीवान अपनी वसीयत में लिख गया था कि इन गायों का आधा हिस्सा बड़े बेटे को, चौथाई हिस्सा मझले को और पांचवा हिस्सा सबसे छोटे को दे दिया जाए। दीवान के मरने पर उनके बेटे सामान्य गणित और अपनी बुद्धि के आधार पर वसीयत के अनुसार गायों का बँटवारा नहीं कर सके। अतः उन्होंने पन्ना महाराज से इस समस्या को सुलझाने की अपील की। पन्ना महाराज ने अपने सभी दरबारियों से सलाह ली पर उनमें से कोई भी इस समस्या का समाधान नहीं कर पाया। पन्ना महाराज के सभी सलाहकारों ने इंकार कर दिया कि यह फैसला नहीं हो सकता है।

पन्ना महाराज साल में एक दो बार नैनागिरि आते थे और सिद्धशिला के समीप घने जंगल में केम्प लगाकर रहते थे। उन्होंने ग्रामीणों से यह सुना कि

बाबा दौलतराम वर्णी बहुत बड़े तपस्वी और विद्वान है। उन्होंने बाबा जी द्वारा लिखित छंदोदय ग्रन्थ का अवलोकन किया और बड़े प्रसन्न हुए। पन्ना महाराज बाबा जी से मिलने गए और उन्हें प्रणाम कर बैठ गए। पन्ना महाराज ने बाबा जी को अपनी समस्या बताई। बाबा जी ने उनसे प्रार्थना की कि जब भी वे अगली बार नैनागिरि पधारें, अपने साथ दीवान के तीनों लड़कों और गायों को लेकर आने की कृपा करें, उन्हें विश्वास है कि वे सही ढंग से न्यायपूर्वक यह बँटवारा कर देंगे।

पन्ना महाराज अगले वर्ष दरबारी के तीनों लड़कों को अपने साथ लेकर नैनागिरि आए और उन्होंने बँटवारा करने के लिए बाबा जी से पुनः निवेदन किया। बाबा जी ने खुमान ब्या बम्हौरी वालो को बुलाया और उनसे कहा कि "वे पर्वत पर पन्ना महाराज से मिलने जा रहे है। तुम हमारी गाय को लेकर पीछे-पीछे पर्वत पर आ जाओ।" पर्वत पर पन्ना महाराज के सामने मृत दीवान के तीनों लड़कों की उन्नीस गाय खड़ी थी। पर्वत पर अपनी गाय के साथ पहुँचकर बाबा जी ने पन्ना महाराज से निवेदन किया कि नैनागिरि पधारने की खुशी में वे अपनी गाय उन्हें भेंट कर रहे हैं। पन्ना महाराज ने गाय लेने की सहमति प्रदान की और बाबा जी ने अपनी गाय भी बँटवारा के लिए खड़ी उन्नीस गायों के साथ खड़ी कर दी। बाबा जी ने पन्ना महाराज से विनती की कि अब वे उनके दीवान की गायों का बँटवारा कर रहे है। बाबा जी ने मौके पर खड़ी कुल 20 गायों का बँटवारा कर आधा हिस्सा (10 गाय) बड़े बेटे को दे दी। चौथाई हिस्सा (5 गाय) मझले़ बेटे को दे दी और पाँचवा हिस्सा (4 गाय) छोटे बेटे को दे दी।

पन्ना महाराज बाबा जी के निर्णय से खुश हुए। पन्ना महाराज ने उनका टीका किया, उन्हें वस्त्र भेंट कर सम्मान किया और उनकी गाय उन्हें वापिस कर दी। बाबा जी की बुद्धिमत्ता से प्रभावित होकर पन्ना महाराज ने नैनागिरि तीर्थ के विकास के लिए तालाब का निर्माण करा दिया।

मुनिवर आदिसागर जी अपने प्रवचनों में पन्ना महाराज और बाबा जी से संबंधित यह कहानी सुनाते थे और सभी श्रोतागण बाबा जी के बुद्धि कौशल से प्रभावित होते थे।

पाती–50

बच्चों को कोडिंग और ए.आई. सिखाएं

हम अपने बच्चों के मन को विभिन्न विषयों के विविध रंगों से भरते हैं। हम उन्हें खेल, संगीत, चित्रकला और नाट्यकला सिखाते हैं। अब बच्चे ऐसी ही कला सीखने के लिए कोचिंग क्लास के स्थान पर कोडिंग और प्रोग्रामिंग क्लास जाने लगे हैं। यह उल्लेखनीय है कि माइक्रोसाफ्ट के प्रमुख संस्थापक बिल गेट्स ने 13 साल की उम्र में ही प्रोग्रामिंग शुरू कर दी थी। इसी पथ पर आगे बढ़ते हुए अब हमारे शिशु और किशोरों की नई पीढ़ी भी कलरिंग की भाँति कोडिंग से रंग भर रही है। अधिकांश बच्चे क्रेयान्स से कागज पर चित्र बनाते हैं। अब कुछ बच्चे ड्राईंग की तरह अपनी रचनाओं को खूबसूरत बनाने के लिए कोडिंग और प्रोग्रामिंग का उपयोग करने लगे हैं। ए.बी.सी. अल्फाबेट के साथ ही प्रोग्रामिंग की ए.बी.सी. सीखने लगे हैं। कंप्यूटरिंग की आधारभूत प्रक्रियाओं - 1. समस्या को पहचानना 2. समस्या को छोटे-छोटे चरणों में बाँटना और 3. उनका समाधान करना - को रूचिपूर्वक समझकर सीख रहे हैं।

गणित की पाठ्यपुस्तक की तुलना में कोडिंग से गणित सीखना बेहतर तरीका है। बच्चों की इच्छा सहज रूप से कोडिंग सीखने की अधिक होती है। परिणामतः कोडिंग अब नई गणित बनती बनती जा रही है। बैंगलुरू, कोटा और हिसार जैसे बड़े और छोटे नगरों में अनेक कोडिंग क्लासेस - फिजिकल और ऑनलाईन - चालू हो गई हैं। ये सभी कोडिंग क्लासेस कम से कम उम्र के बच्चों को कोडिंग का कौशल सिखा रहे हैं। कोडिंग का कौशल सीखकर बच्चे रंगबिरंगी बेबसाईटस और मोबाइल एप बनाने लगे है। अपने पेरेंटस के कार्यो

की बेबसाईट बनाकर उन्हें अपने बचपन से ही सहयोग देने लगे हैं। वर्तमान में बच्चों को अनेक नए-नए गेजेट्स उपलब्ध हो रहे हैं। पेरेन्ट्स से अपेक्षा और आग्रह है कि वे अपने बच्चों के रंग बिरंगी जिन्दगी बनाने की सुविधाएं प्रदान करते समय उन पर समुचित संतुलन और मानीटरिंग करते रहें।

यह सराहनीय है कि (केन्द्रीय माध्यमिक शिक्षा बोर्ड) अपने स्कूलों के आठवीं और इससे बड़ी कक्षाओं के बच्चों को ए.आई. (आर्टीफिशियल इंटेलीजेन्स) से लैस कर रहा है। इंटेल ने इसके लिए कोर्स तैयार किया है। देश के 22000 स्कूलों में ए.आई. लेब्स खोली जा रही है। इन बच्चों के लिए नेशनल ए.आई. ओलंपियाड भी आयोजित करने पर विचार किया जा रहा है। इस प्रकार इस साल के अंत तक भारत सरकार द्वारा एक लाख बच्चों को ए.आई. में प्रशिक्षित किया जावेगा।

अब दीवारों के साथ-साथ मशीनों के भी आंख और कान होते है। अब हमारे बच्चों के घरों में उनके सहायक अमेजान की एलेक्सा और गूगल होम हो गए है। उनकी आवाज अब देश के अनेक घरों में गूंज रही है। अब आर्टीफीसियल इंटेलीजेंस (ए.आई.) का सुनहरा काल चालू हो चुका है। हम जो भी सोच सकते हैं, कल्पना कर सकते है, उसे संभव भी बना सकते हैं। अब यह आवश्यक ही नहीं अपितु अनिवार्य होता जा रहा है कि हम इनका उपयोग करते समय विवेक पूर्ण संतुलन बनाए रखें। अपने विवेक पर कभी मशीन को हावी न होने दें।

ग्रीक के एक पौराणिक व्यक्ति के शरीर पर सौं आंखें थी। जब कुछ आंखें सो जाती थी तब भी कुछ जागती रहती थी। दुनिया में उसकी ऑखे सब कुछ देख सकती थी। गत शताब्दि के अस्सी के दशक में शतरंज का विश्व चैम्पियन गैरी कास्पाराव अपने विरोधी की प्रत्येक चाल को भॉप सकता था। सन् 1985 में उसने एक साथ 32 कम्प्यूटर्स को हरा दिया किन्तु वर्ष 1997 आते जाते इस सबसे तेज तर्रार गैरी ने कम्प्यूटर के सामने हाथ खड़े कर दिए।

पाती–51

पन्ना के बाघ की नैनागिरि यात्रा

विन्ध्य पर्वतमाला में स्थित राष्ट्रीय टाइगर रिजर्व पन्ना देश का बाईसवां और मध्यप्रदेश का पाँचवा टाइगर रिजर्व है। सदानीरा केन नदी इसकी जीवन रेखा है। इस टाइगर रिजर्व में बाँधवगढ़ से बाघिन टी-1, कान्हा से बाघिन टी-2 और पेंच टाइगर रिजर्व से नर बाघ टी-3 नवम्बर 6, 2009 को लाए गए। टी-3 टाइगर रिजर्व से अचानक ही अपने घर पेंच की ओर निकल गया। उसे रेडियो कालर पहनाया गया था। अतः उसका पीछा किया गया। वह इस रिजर्व से नैनागिरि की पहाड़ियों से होते हुए तेन्दूखेड़ा पहुँच गया। उसे नैनागिरि से पीछा करते-करते 25 दिसंबर, 2009 को तेन्दूखेड़ा में पकड़ लिया गया और पुनः पन्ना रिजर्व में वापस छोड़ दिया गया। टी-3 टाइगर पन्ना टाइगर रिजर्व का संस्थापक टाइगर है। टी-1 मादा और टी-3 नर ने मिलकर 16 अप्रैल, 2010 को चार शावकों को जन्म दिया जिनमें से दो आज भी जीवित हैं। तबसे हर साल पन्ना में इस दिन जंगली बाघों का जन्म दिन मनाया जाता है। टी-1 बाघिन ने दूसरी बार चार शावको को जन्म दिया और उसमें एक शावक भोपाल चिड़ियाघर में रहता है। उसका नाम पन्ना रखा गया है।

यह उल्लेखनीय है कि 24 दिसंबर, 2019 को मध्यप्रदेश बायो डायवरसिटी बोर्ड और वन विभाग द्वारा नैनागिरि में सिद्ध शिला पर अंतर्राष्ट्रीय सम्मेलन का आयोजन किया गया। इस अवसर पर हम जनसमर्थन से बाघ संरक्षण के आदर्श प्रयासों की सराहना करते हैं।

मनुष्य बौद्धिक क्षमता में पृथ्वी के सारे जीवों से श्रेष्ठ है। उनका स्वामी है। अतः मनुष्य ने सभी जीवों के आवागमन की सीमाएं निर्धारित कर दी है। इससे एक ओर मनुष्यों की जनसंख्या बढ़ रही है तो दूसरी ओर वन्य जीवों

की संख्या घट रही है। इस संदर्भ में यह अत्यधिक सराहनीय है कि गत दशक में पन्ना टाइगर रिजर्व में बाघों की संख्या शताधिक हो गई है। जिनमें से आधे से अधिक अभी पन्ना टाइगर रिजर्व में ही रहते हैं। राष्ट्रीय ही नहीं अपितु अंतर्राष्ट्रीय पर्यावरण संवर्द्धन के इस महत्त्वपूर्ण कार्य में नैनागिरि के वरदत्त वन की सराहनीय भूमिका रही है।

दर्शकों से आग्रह है कि वे नैनागिरि में स्थित दस वर्ष पुराने बाघ टी-3 के ट्रेक पर चलें। यहाँ से बाघ ट्रेक पर रिट्रीट करते हुए पन्ना जाए। भगवान महावीर के दर्शन कर पन्ना लौटें। बाघ टी-3 और पन्ना में 16 अप्रैल, 2010 को जन्में उसके शावकों को देखे। पन्ना में नियमित रूप से आयोजित शावकों के जन्म दिन समारोह में भाग लें। प्रकृति का आनन्द लें।

पाती-52

भारत में बनी वस्तुओं से प्रेम करें

मिखाइल गोर्बचेव ने अपनी जीवन गाथा में लिखा है कि उनके साथ दो जापानी छात्र यूरोप में पढ़ते थे। द्वितीय विश्वयुद्ध समाप्त हो चुका था। जापान नष्ट हो चुका था और उसकी आर्थिक कठिनाईयाँ बहुत अधिक बढ़ गई थी।

अपने क्लास रूम में दोनों जापानी छात्रों में से एक छात्र नोट्स लिखता था तथा दूसरा छात्र पेंसिल छीलकर तैयार रखता था। उन दिनों जापानी पेंसिल की क्वालिटी अच्छी नहीं होती थी और उपयोग करते ही उसकी नोंक जल्दी टूट जाती थी। जापानी छात्रों के सहपाठियों ने उन्हें सलाह दी कि वे इंग्लैण्ड में बनी अच्छी पेंसिल का उपयोग करें क्योंकि जापानी और इंग्लैण्ड की पेंसिल की कीमत लगभग बराबर होती थी। यह सुनकर दोनों जापानी छात्रों की आँखों में आँसू आ गए। उन्होंने रोते हुए कहा कि उन्होंने जापान में जन्म लिया है। यदि वे ही जापानी पेंसिल नहीं खरीदेंगे तो दूसरा कौन खरीदेगा। यह सही है कि आज जापानी पेंसिल की क्वालिटी अच्छी नहीं है किन्तु शीघ्र ही एक दिन ऐसा आवेगा जब पूरा विश्व जापानी पेंसिल का ही उपयोग करेगा। हमारा जन-जन से आग्रह है कि इसी प्रकार से हम भी अपने देश में बनी वस्तुओं का ही यथासंभव उपयोग करें।

चीन अत्यधिक महत्त्वाकांक्षी, साम्राज्यवादी, क्रूर, अमानवीय और शक्तिशाली राष्ट्र है। चीन को निर्यात की तुलना में चीन से भारत में आयात चार गुना है। चीन हमसें 4 हजार करोड़ का स्टील लेकर हमें ही 12 हजार करोड़ के स्टील उत्पाद बेच देता है। चीन के साथ बढ़ते विवाद के कारण हमें अपनी रणनीतियाँ बदलनी होंगी। हमें चीन से आयात तीव्र गति से घटाना होगा। चीन से आयात की निर्भरता कम करना होगी। चीन पर व्यापारिक प्रतिबंध लगाने के लिए गंभीरता पूर्वक विचार करना होगा।

लद्दाख के शिक्षाविद् सोनम वांगचुक ने चीन में बनी वस्तुओं के बहिष्कार की मुहिम प्रभावी ढंग से चालू की है। डालमिया ग्रुप ऑफ़ कंपनीज के चेयरमेन संजय डालमिया ने भी चीनी और पाकिस्तानी वस्तुओं का उपयोग तुरंत बंद करने की सलाह दी है। इसका कारण यह है कि दोनों ही देश हमारे विरूद्ध विभिन्न गतिविधियों में लिप्त है। हम इन देशों में बनी वस्तुओं का बहिष्कार करें। इससे शुरू में हमें भले ही कुछ कठिनाई होगी किन्तु धीरे-धीरे सभी कठिनाईयों का हल निकल आवेगा।

गंभीरता पूर्वक सोचें और चिंतन करें। भारतीय बनें और भारत से प्यार करें। भारत में बनी वस्तुओं से प्रेम करें। चीन और पाकिस्तान में बनी वस्तुओं का बहिष्कार करें।

पाती–53

वृद्धावस्था में तन और मन से सुखी रहें

वृद्धावस्था में शारीरिक गतिविधियाँ धीमी पड़ने लगती है। शारीरिक लचीलापन कम होने लगता है। चाल, ढाल में बदलाव आने लगता है। विचार शक्ति घटने लगती है। वृद्ध व्यक्ति मानसिक चुनौतियों का सामना फुर्ती से नहीं कर पाते हैं। नई जानकारी का विश्लेषण अच्छे ढंग से नहीं कर पाते हैं। उनकी एकाग्र होने, समस्या सुलझाने और निर्णय लेने की क्षमता घटने लगती है। उनके चिंतन का स्तर घटने लगता है। युवकों जैसा काम करने से उनके शरीर और मस्तिष्क की अधिक शक्ति व्यय होने लगती है।

वृद्धावस्था में कभी-कभी भय हमें पंगु बना देता है। भय का फोबिया हमें बेबस कर देता है। हम यह प्रयास करें कि बेतुके भय से भयभीत न हों। ऊँचाई, गहराई, पानी, अकेलेपन और साँप का भय न पाले। उछलते हुए समुद्र की लहरों और नदी में बढ़ते पानी से डरे नहीं। गहरी और धीमी सांस लेकर भय को नियंत्रित करें। नकारात्मक विचारों से बचें। ऐसे विचारो से जन्में अवसाद और चिंता से बचें। अच्छे विचारों को बार-बार दुहराएं। सकारात्मक चिंतन करें। अपने बच्चों, संबंधियों और मित्रों से मिले-जुलें। भोजन में खुशी देने वाली वस्तुएं - चीज, दूध, सूखे मेवे, मूँगफली, तिल्ली, कद्‌दू के बीज और सोयाबीन लें। मौसंबी, संतरे, नीबू, अमरूद, काली किशमिश लें। भरपूर आयरन से भरे अनार खाएं।

व्यक्ति आयु के बढ़ते समंको के आधार पर वृद्ध नहीं होता है। अतः अपने जीवन के छह दशक पूरे करने पर भी नए-नए सपने देखते रहें। उन्हें

मूर्तरूप देते रहें। शासकीय सेवा में रहने की आयु सीमा अवश्य होती है किन्तु सपने देखने की कोई आयु सीमा नहीं होती है। अतः वृद्धावस्था में भी सपनों को पूरा करने का हौसला बनाए रखें। सतत व्यायाम के द्वारा शारीरिक ऊर्जा और क्षमता को बढ़ाते रहें। मन की शक्ति को क्षीण न होने दें।

सहचरी का सतत साहचर्य और तेजस्वी तरूणों का अनवरत सानिध्य हमें वृद्धावस्था का अनुभव नहीं होने देता है। हमारे ऊपर अवसाद की छाया नहीं पड़ने देता है। अतः वृद्ध व्यक्ति घर के सभी सदस्यों के साथ कुछ समय अवश्य बिताएं। सदैव प्रसन्न रह कर तीनों पीढ़ियों के बीच संबंध सुदृढ़ करते रहें।

प्रतिकूल परिस्थितियों में भी अपने आत्मिक गुणों और सद्व्यवहार को बनाए रखें। उनका पोषण और संरक्षण करते रहें। प्रतिकूलताओं को अनुकूल बनाने हेतु संपूर्ण शक्ति से प्रयास करते रहें। वृद्धावस्था में हम अपनी सोच विस्तृत सुखद, उन्नत और प्रगतिशील बनाएं रखें। सभी के प्रति अपनत्व की भावना रखें। परोपकार की प्रवृत्ति रखें। सुधारवादी और क्रांतिकारी दृष्टिकोण रखें। वृद्धावस्था में युवाओं की भांति सोचते रहने और कार्य करने का प्रयास करें।

वृद्धावस्था में एकाकीपन बढ़ने लगता है। ऐसा एकाकीपन हमारे शारीरिक और मानसिक स्वास्थ्य को विपरीत रूप से प्रभावित करने लगता है। कभी-कभी अवसाद को जन्म देने लगता है। एकाकी रहने वाले व्यक्तियों में सहयोग करने की प्रवृति घटती जाती है। उनके मित्रों की संख्या घटती जाती है। एकाकीपन की भावनाएं शीघ्र ही तीव्रगति से फैलती हैं। समीपस्थ व्यक्तियों को भी प्रभावित करती हैं। अतः वृध्द व्यक्ति सामाजिक कार्य करते रहें। धार्मिक कार्य करते रहें। इससे एकाकीपन की भावना कम होती है। वृद्धावस्था में भावनात्मक संतोष बनाए रखें। तन और मन से सुखी रहने का प्रयास करें। घटते जा रहे कौशल बढ़ाने का प्रयास करते रहें। नए-नए कौशल विकसित करते रहें।

पाती–54

वृद्ध जन शिखर से नीचे लौटने की तैयारी करें

वृद्ध जन अपने परिवार के सुख-दुख में साथ रहें। परिवार के सभी सदस्यों के साथ जुड़ाव और निकटता का अनुभव करें। अपनी जिज्ञासा और रचनात्मकता बढ़ाते रहें। कुछ नया जानें। कुछ नया पढ़ें। नई भाषा सीखें। नया कौशल सीखें। नए मित्र बनाएं। वह सब करें जो अभी तक नहीं कर पाए। नए-नए कार्य करें और अपने मन को ताजगी और सक्रियता से भरते रहें। ध्यान करें। प्रार्थना करें। दया, करूणा और विनम्रता जैसे गुणों को सदैव अभिव्यक्त करें। हँसी-खुशी की भावना बनाए रखें। असंतोष में से संतोष खोजने का प्रयास करें। संतोष में से असंतोष खोजने का प्रयास कभी न करें। अपने कार्यों के परिणाम को स्वीकार करें। अपने बच्चों को प्रोत्साहित करें। उनकी सफलता से संतोष प्राप्त करें।

वृद्धावस्था में अकारण ही आशंका और घबराहट बढ़ने लगती है। मांसपेशियों में लचीलापन और हड्डियों में घनत्व कम होने लगता है। शारीरिक हलचल में सुस्ती आने लगती है। शारीरिक क्षमता कम होने लगती है। हमारा शरीर पोषक तत्वों को पर्याप्त मात्रा में गृहण नहीं कर पाता है। अतः प्रातः काल नियमित व्यायाम करें। भ्रमण करें। तरण पुष्कर में तैरने जाएं। कुछ देर धूप का आनंद लें। भरपूर फल और सब्जियाँ खाएं। मन को सक्रिय रखकर मस्तिष्क की घटती क्षमता को रोके। शारीरिक बदलाव की गति को धीमा करें। वृद्ध व्यक्ति स्वयं को कुछ अधिक सम्मान दें। मन ही मन चिंतित न हों। अंदर ही अंदर स्वयं से अनावश्यक चर्चा न करें। अपने आपको अपनी चिंताओं की

बार-बार याद न दिलाएं। अपने जीवन में कुछ चुने हुए अच्छे व्यक्तियों के नियमित संपर्क में रहें।

जब हम वृद्ध हो जाते हैं। तब हमारी शारीरिक क्षमता घटने लगती है। हमारी बढ़ती आयु और घटती कार्यक्षमता शिखर पर टिके रहने में बाधक बन जाती है। अतः यह स्मरण रखें कि सफलता का शिखर हमारे लिए ही सदैव उपलब्ध नहीं रह पाता है। हम अपने मन में कभी भी यह भ्रांति न पाले कि शिखर हमारे लिए ही सदैव सुरक्षित रहेगा। अतः हम अपनी सफलता के शिखर पर पहुँचकर प्राप्त सफलता का समापन करने की तैयारी करें। शिखर से नीचे लौटने की तैयारी करें। शिखर से नीचे उतरने में कभी विलंब और लापरवाही न करें। यह भी ध्यान रखे कि इस शिखर पर पहुँचने के लिए युवक/युवतियाँ आगे बढ़ रहे है। अतः शिखर पर उनका स्वागत करें और स्वयं ही नीचे उतरना प्रारंभ करें। हमें उनसे टकराना नहीं चाहिए। उनके धक्के से स्वयं को बचाए रखना चाहिए। शिखर से लुढ़कने या गिरने से बचना चाहिए क्योंकि ऐसी घटना से हम निराशा, उदासी और अवसाद में घिर जावेंगे। वृद्धावस्था में अपनी शेष बची ऊर्जा क्षमता और शक्तियों का उपयोग नए-नए क्षेत्रों में करें। छोटे मोटे पारिवारिक, सामाजिक और धार्मिक कार्य में करें।

छोटे से छोटे सहयोग के लिए कृतज्ञ रहे। कृतज्ञता हमें प्रसन्न रखती है। सराहना करने की कला सिखाती है। जब हम किसी वस्तु की दृढ़ता पूर्वक आकांक्षा करते हैं, तो वह वस्तु हमें प्राप्त हो जाती है। कृतज्ञता से हमें कुछ वस्तु अनायास ही प्राप्त हो जाती हैं। कृतज्ञता अनेक उपलब्धियों और वस्तुओं को आकर्षित करती है। जब हमें निराशा होने लगे तो हम अपने स्वामित्व की वस्तुओं की सूची बनाएं। अपने स्वस्थ अंगो की सूची बनाएं। अपने परिवार के सदस्यों और अच्छे मित्रों के योगदान की सूची बनाएं। उनके योगदान के लिए उनके प्रति कृतज्ञता प्रदर्शित करें। इस प्रकार अपने जीवन के शुक्ल और सकारात्मक पक्ष को उद्घाटित करें।

चुनौतियों से अवश्य निपटें किन्तु उन्हें अपने ऊपर हावी न होने दें। छोटे-छोटे कार्य करने के लिए पक्का संकल्प करें। एक-एक सीढ़ी पार करते हुए पूरे विश्वास के साथ आगे बढ़ें। छोटे-छोटे कदमों से धीरे-धीरे चलकर ही लंबी दूरी पार करें। कामकाजी व्यक्ति अपने कामकाज के साथ-साथ अपने परिवार

को समय दें। अपने काम का असर अपने परिवार न पड़ने दें भले ही काम कितना भी डिमांडिंग और तनाव से भरा हो। बदले में उनका ढेर सारा प्यार और समर्थन प्राप्त करे। बच्चों को आत्म निर्भर बनाएं। उनकी शुभकामनाएं प्राप्त करें। जैसे व्यवहार की हम अपेक्षा करते हैं, वैसा ही व्यवहार सभी से करें। संवेदनशील बनें। जीवन में अच्छे और बुरे दिनों का स्वागत करें। अच्छे दिनों में अधिक प्रसन्न न हों। बुरे दिनों में कभी दुःखी न हों।

पाती–55

अपने वृद्ध माता–पिता से मिलकर उन्हें वित्तीय, मानसिक और भावनात्मक सहयोग दें

भारतीय संस्कृति प्रत्येक वयस्क पुत्र-पुत्री से अपेक्षा करती है कि वे अपने माता-पिता का आजीवन भरण-पोषण करें। उनकी देख-भाल करें। उन्हें सम्मान दें। इसके लिए प्रत्येक धर्म अपने समाज के युवक-युवतियों को अनेक पौराणिक उदाहरणों और धार्मिक नेतृत्व अपने प्रवचनों के माध्यम से प्रेरित करता है।

वर्तमान आर्थिक जगत की प्रतियोगिताओं के कारण अब युवक-युवतियाँ अपने माता-पिता को ग्रामों या छोटे नगरों में छोड़कर अपनी आजीविका के लिए बड़े नगरों में कार्य करने लगते हैं। या विदेश चले जाते हैं। इस प्रकार वे अपने माता-पिता को अपने से दूर और अकेला छोड़ देते हैं। अपने ग्राम और नगर को छोड़ देते हैं। और इसके साथ ही अपनी स्वस्थ और शाश्वत परम्पराओं को भी तिलांजली दे देते हैं। अन्य शब्दों में अब पुत्र-पुत्रियाँ अपनी कुछ तथाकथित और कुछ सही व्यस्तताओं के कारण अनेक वर्षों तक अपने माता-पिता से नहीं मिलते हैं। आर्थिक सहायता भेजकर संतोष प्राप्त कर लेते हैं। धीरे-धीरे उनकी मानसिक और भावनात्मक समुपस्थिति और सहयोग की भावना घटती जाती है। जन संख्या नियंत्रण करने के उद्देश्य से प्रत्येक परिवार में पुत्र-पुत्रियाँ की घटती संख्या के कारण भी यह समस्या बढ़ती जा रही है।

भूतकाल में ऐसी स्थिति कुछ परिवारों तक ही सीमित थी किन्तु अब यह प्रवृत्ति बड़ी समस्या का रूप ग्रहण करती जा रही है। इसके दुखद और गंभीर परिणाम हम भारत के अनेक ग्रामों और नगरों में देख रहे हैं। इस समस्या का समाधान करने के लिए अब राष्ट्रीय विधि की आवश्यकता उत्पन्न हो गई है।

इसी संदर्भ में चीन ने वृद्ध व्यक्तियों के अधिकारों और हितों के संरक्षण के लिए विधान बना दिया है और यह विधान 1 जुलाई 2013 से पूरे चीन में लागू हो गया है। इस विधान ने अपने माता-पिता से दूर रहने वाले प्रत्येक पुत्र-पुत्री का यह वैधानिक कर्त्तव्य निर्धारित कर दिया है कि वे अपने माता-पिता से मिलते रहें और उन्हें अपना मानसिक और भावनात्मक सहयोग देते रहें। इस प्रकार चीन ने अपने देश के वृद्ध व्यक्तियों को अधिकार दे दिया है कि वे अपने से दूर रहने वाले पुत्र-पुत्रियों के विरूद्ध न्यायालयीन कार्यवाही कर अपने शाश्वत अधिकारों - वित्तीय, मानसिक, भावनात्मक और आध्यात्मिक-को प्राप्त करें। अब यह वैधानिक रूप से स्थापित हो गया है कि साठ वर्ष से अधिक आयु के वृद्ध माता-पिता को अपने पुत्र-पुत्रियों के वित्तीय सहयोग के साथ-साथ मानसिक और भावनात्मक सहयोग की भी अधिक आवश्यकता होती है। विश्व में सर्वप्रथम चीन ने इसे राष्ट्रीय स्तर पर स्वीकार कर लिया है। यद्यपि यह सही है कि यह विधान दोषी पुत्र-पुत्रियों को दण्डित करने की दृष्टि से नहीं अपितु समाज में जागरूकता फैलाने के उद्देश्य से बनाया गया है।

यह सही है कि कुछ वृद्ध माता-पिता वृद्धाश्रम में रहते हुये भी संतोष प्राप्त कर लेते हैं। किन्तु उन्हें अधिक प्रसन्नता अपने पुत्र-पुत्रियों और पौत्र-पौत्रियों के साथ रहने में ही मिलती है।

चीन में एक 77 वर्ष की विधवा ने न्यायालय के माध्यम से अपनी पुत्री को आदेश दिलाये हैं कि पुत्री अपनी माता को वित्तीय सहयोग दें। प्रत्येक दो माह में उनसे एक बार मिलें और इस प्रकार वर्ष में कम से कम दो अवकाश के दिन वह अपनी माता के साथ रहें।

भारत सरकार ने गर्भवती महिला सहायक को स्वयं और अपने शिशु की देख-भाल के लिए और उसके पति को गर्भवती महिला और उसके शिशु की देखभाल के लिए निश्चित अवकाश की सुविधा प्रदान की है। इसी भांति यह उपयुक्त प्रतीत होता है कि प्रत्येक रोजगार प्रदाता अपने सहायक को बाध्य करें कि वह अपने माता-पिता से मिलने और उनकी देखभाल के लिए प्रत्येक वर्ष में कुछ दिन का अवकाश अवश्य लें।

अब यह लिखना उपयुक्त सा प्रतीत होता है कि हमारे शंकराचार्य, आचार्य मुनि और साधु आदि सभी गुरूजन अपने शिष्यों को प्रेरित करें कि

जब वे उनके लिये चौका लगाये, अपने वृद्ध माता-पिता को भी भोजन के लिए अवश्य आमंत्रित करे।। कभी-कभी अपने किसी पड़ोसी वृद्ध को भोजन के लिए आमंत्रित करें। अपने नगर के किसी वृद्ध विद्वान को आमंत्रित करें। इस प्रकार कि सद्प्रवृत्तियों से वृद्धजनों के सामाजिक सम्मान में अभिवृद्धि होगी। उन्हें हार्दिक प्रसन्नता होगी। यहां यह उल्लेख करना समुचित प्रतीत होता है कि अस्सी और नब्बे के दशक में सागर जिले के शाहगढ़ नगर में पंडित परमानंद जी रहा करते थे, उनकी पत्नी की मृत्यु के पश्चात् शाहगढ़ समाज ने पंडित जी को अजीवन अर्थात् दस वर्ष की लम्बी अवधि तक प्रतिदिन पूरे सम्मान के साथ अपने घर ले जाकर दोनों समय भोजन कराया। उनका यह कार्य सराहनीय ही नहीं अपितु प्रत्येक ग्राम और नगर के युवक-युवतियों के लिए अनुकरणीय है।

पाती–56

चारित्रिक गरीबी दूर करें और अपने श्रेष्ठ व्यक्तित्व का निर्माण करें

हमारी समाज के अनेक परिवारों की आय में वृद्धि होने से धन की गरीबी अवश्य घटी है किन्तु लंबे समय तक रही यह आर्थिक गरीबी हमारे व्यवहार और चरित्र में रच गई है। हमारे अंग और प्रत्यंग में समा गई है। संपत्तिशाली होने के बावजूद आत्मा की यह गरीबी हमारी समाज के अनेक व्यक्तियों के पूरे व्यक्तित्व में अभी भी बैठी हुई है। व्यक्ति की छाया की भांति यह गरीबी अभी भी अधिकांश समय तक पूरे दिन दिखाई देती है। आर्थिक विकास होने पर भी हमारा गुणात्मक विकास अपेक्षित गति से नहीं हो रहा है।

इन परिस्थितियों में यह आवश्यक है कि हम भले ही छोटी से छोटी पगडंडी पर चलें किन्तु आगे अवश्य बढ़ें। अपने जीवन को छोटा सा अर्थ दें। कुछ ऐसा करें जो परिपाटी से अलग हो। कुल अलग करने का आनन्द लें। छोटे-छोटे कार्यो से अपने परिवार, संबंधियों, समाज, ग्राम तथा नगर की जीवनधारा बदलने का प्रयास करें। अपने अंतर्मन की आवाज सुनें। तदनुसार आगे बढ़ें और कुछ नया काम करें। हम साहसी बनें। साहस पूर्वक छोटे-बड़े सार्थक काम करें। हम अपने अतीत से सीखें। हम पश्चिम की ओर भी देखे। आधुनिक जीवन मूल्यों को अपने व्यवहार में उतारने के लिए सदियों तक किए गए पश्चिमी जगत के सतत एवं ठोस संघर्ष को देखें। सत्य के प्रति उनकी प्रतिबद्धता का अध्ययन करें। हम प्राचीन भारत के शाश्वत और सकारात्मक मूल्यों को पश्चिमी जगत के आधुनिक वैज्ञानिक मूल्यों के साथ विवेक पूर्वक सम्मिश्रित करते हुए अपने जीवन में उतारें।

हम अपने विचारों, बातों, योजनाओं और सपनो की स्पष्ट छवि बनाएं। उन पर टिके रहें। असफलता, बुराई, आलोचना और निराशा जैसी नकारात्मक भावनाओं को अपने मस्तिष्क से निकालें। दूसरों की विपरीत राय और प्रतिक्रियाओं के प्रति प्रतिरोधक क्षमता विकसित करें। स्पष्ट और अच्छे स्तर का संवाद करें। अनावश्यक गलतफहमियों को जन्म न लेने दें। अपने संबंधियों और समाज को बेहतर से बेहतर देने का प्रयास करें। इसे अपनी आदत बना लें। सफलता के लिए अपने आत्म विश्वास को जागृत करें। उसे अडिग बनाएं। जो भी करना चाहें, अभी करें। आज ही करें। अहंकार को पीछे छोड़कर कृतज्ञता के पथ पर आगे बढ़े। साहस पूर्वक जोखिम लें और आगे बढ़ें। मुश्किलें अपना सुपात्र खोजती हैं। वे उसके पास ही जाती है जो उनका समाधान कर सके। अतः कठिनाईयों से डरे नहीं। अपितु उनके समाधान का सूत्र खोजकर आगे बढ़ें। अपनी जिज्ञासा को जागृत करते रहें। हम अपनी एकरसता में डूबकर भले ही कभी-कभी जम्हाई ले लें किन्तु अपने शिशु को अपना गुरू बनाएं। उसकी किलकारी से प्रसन्नता प्राप्त करें। श्रेष्ठ व्यक्ति, श्रेष्ठतर समाज और श्रेष्ठतम राष्ट्र का निर्माण करें।

पाती–57

गृहस्थ जीवन जीते हुए ही संत बनें

जब हमारा मन अन्य लोगों की जिंदगी, शांति और खुशी पर पूरा ध्यान देता है। दूसरों के कल्याण के लिए सोचता है तब हम अनजाने में ही संतत्व के पथ पर आगे बढ़ने लगते हैं। संत बनने लगते हैं। जब हम कार चलाते हुए ओव्हरटेक करने वाले व्यक्ति को तुरंत ही पहले जाने देते हैं। कार चलाते समय गली से निकलते बच्चों का ध्यान रखते हैं। वृद्ध व्यक्ति को पहले आगे बढ़ने का अवसर देकर उन्हें थोड़ा सा सम्मान देते हैं। हार्न न बजाकर उन्हें अनावश्यक घबराहट से बचा लेते हैं। तब हम संतत्व बनने की प्रक्रिया आरंभ कर देते हैं। ऐसे सकारात्मक चिंतनशील व्यक्ति की समुपस्थिति से ही हमारा परिवेश गरिमा प्राप्त करने लगता है।

विभिन्न क्षेत्रों में सफल व्यक्ति अनेक जिम्मेदारियों का निर्वहन करते हैं। साथ ही अपने नियमित कर्तव्यों के अतिरिक्त वे ऐसे काम भी कर लेते हैं। जिनसे उनके ज्ञान, रचनात्मकता, ऊर्जा और आध्यात्मिकता में वृद्धि होती है। भले ही शुरू में ऐसे कार्यों से उन्हें लाभ नहीं मिलता है, लेकिन पूरे जीवन में ये काम उन्हें बड़े लाभप्रद होते हैं। उदाहरणस्वरूप हम भारतीय प्रशासनिक सेवा में प्रवेश करते ही नैनागिरि तीर्थ के विविध कार्य करते रहें वरिष्ठ पदों पर पहुँचते ही प्रदेश के विभिन्न जैन तीर्थो - अमरकण्टक, द्रोणागिरि, मुक्तागिरि और गोम्मटगिरि आदि तीर्थो के विकास कार्य करते रहें। विदिशा में एक विशाल धार्मिक भवन के नीचे से 500 से अधिक प्रतिमाओं का उत्खनन, होशंगाबाद में नर्मदा नदी पर रामघाट का निर्माण और पचमढ़ी में सर्वोच्च चोटी पर स्थित शंकर जी के मंदिर तक जल प्रदाय आदि कठिनतम कार्य करने का सौभाग्य प्राप्त करते रहें वृहत् परिवार के सभी सदस्यों को आगे बढ़ाते रहें गरीब बच्चों

के पठन-पाठन और रोजगार प्राप्त करने में सभी प्रकार का सहयोग देते रहें। ऐसे कार्यों में निवेश किए गए क्षण चक्रवृद्धि ब्याज की भाँति हमारे जीवन में बड़े लाभप्रद सिद्ध होते रहे हैं। हमारे साहस, बौद्धिक क्षमता और सामाजिक प्रतिष्ठा में बड़ी वृद्धि करते रहे हैं। हमें स्वस्थ एवं प्रसन्न रखते रहे हैं। हमें अनेक भौतिक लाभ भी प्रदान करते रहे हैं।

अपने विचार, योजनाएं और अनुभव नियमित रूप से लिखें। अपने आइडियाज रोजाना लिखें। सीखने के लिए लिखें। लिखने के पश्चात हमारे विचार स्पष्ट हो जाते हैं। हमारा ध्यान केन्द्रित होने लगता है। लेखन से हम अपने अनुभवों को क्रमबद्ध कर उन्हें सार्थकता प्रदान कर देते हैं। लिखने की आदत से जटिल विषयों पर सोचने की हमारी क्षमता बढ़ जाती है। सुप्रसिद्ध पत्रिकाओं में हमारे लेख छपने लगते हैं। हमारे विचार दूसरे लोग पढ़ने लगते हैं।

प्रातः कालीन भ्रमण करें। भ्रमण करते समय जन्में विचार बहुत मूल्यवान होते हैं। अतः ऐसे विचारों को तुरंत लिखकर रख लें। दोपहर में कुछ देर नींद लें। इससे हमारी उत्पादकता और रचनात्मकता बढ़ती है। पुस्तकें पढ़कर सीखना सबसे आसान और कम खर्चीला तरीका है। इसका पूरा लाभ उठाएं। पुस्तक पढ़ने से हमारी स्मृति बढ़ती है। तनाव घटता है। लक्ष्यों को प्राप्त करने में मदद मिलती है। पुस्तकों में सिमटा लेखकों का जिंदगी भर का ज्ञान कुछ ही घण्टों में ही हमें प्राप्त हो जाता है। किताबें हमारे लिए बहुत अच्छा कल्पना-संसार रचती हैं। किताबों का स्थान इण्टरनेट माध्यम नहीं ले सकता है। ऑनलाइन पढ़ने की अपेक्षा किताब पढ़ने में ज्यादा आनन्द आता है। आज हम टेबलेट में 25 किताबे रखकर कहीं भी और कभी भी आसानी से पढ़ सकते हैं। किताब पढ़ने से हमारी रचनात्मकता ओर सृजनशीलता बढ़ती है। अतः हमेशा नई-नई किताबें पढ़ें। शब्द संसार से जुड़े रहें। पठन-पाठन से मस्तिष्क में बहुत तेज गति से संभावनाओं को टटोलने की क्षमता बढ़ती है। इस क्षमता का उपयोग करते रहें। अपने मित्रों से अपने विचार और समस्याएं साझा करें। उनके साथ विचार-विनिमय करें। विस्तृत चर्चा करें। ऐसा करने से अच्छे विचारों का जन्म होता है। जो हमारे जीवन में अच्छे बदलाव लाते हैं।

हम सभी शीघ्र ही आत्म निर्भर बनें। पूरी दुनिया को देखें। प्रकृति के निकट रहने का प्रयास करें। नई-नई खोज करें। नए-नए लोगों से मिलें और खूब सोच-समझकर और लंबी अवधि तक चिंतन कर नए रिश्ते बनाएं। सदैव सच्चे, सदाचारी और ईमानदार बने रहें। सच्चे कार्य को अपनाते रहें। इन सद्गुणों को अपने व्यक्तित्व में आत्मसात करें। सदैव उत्साही, साहसी, शक्तिशाली और दृढ़ निश्चयी बने रहें। आपके हाथ सदैव व्यस्त रहें। आपके पैर सदैव गतिशील रहें। जब भी परिवर्तन का पवन आपको डिगाए, आप मजबूती से डटे रहें। अपनी पसंद के गीत सदैव गाते रहें। हार्दिक प्रसन्नता का आनन्द उठाते रहें। सदैव ऐसे बने कि कोई आपको किसी भी क्षेत्र में आगे बढ़ने से न रोक सके। प्रत्येक व्यक्ति से मिलते समय करूणा ओर दयालुता की भावना बनाए रखें। ऊँची से ऊँची सफलता मिलने पर भी इस भावना का विस्तार करते रहें। हर दिन एक ऐसा काम करें जो आपको खुशी दे। सोने के पूर्व कुछ समय मौन पूर्वक अकेले में बैठकर बिताएं। संगीत सुनें। कम से कम नौ बार ओमकार मंत्र का पाठ करें।

विश्व के सबसे धनी और सबसे बड़े परोपकारी युगल बिल गेट्स और मेलिंडा गेट्स के निम्नांकित कथन को सदैव स्मरण रखें :

"The chance to make a difference is not just someday, it is now and today."

हमें विश्वास है कि हमारा यह छोटा-सा संदेश आपकी आँखों में प्रवेश कर आपके दिमाग पर असर डालने में सक्षम हो सकेगा। आपसे आग्रह है कि आप सदैव निम्नांकित भावना को गुनगुनाते रहें और अपने आत्म विश्वास को दृढ़ता प्रदान करते रहें :

होंगे कामयाब, होंगे कामयाब, हम होंगे कामयाब एक दिन।
मन में है विश्वास, पूरा है विश्वास, हम होंगे कामयाब एक दिन।।

पाती–58

हम कुछ अच्छा करें

यह सही है कि दूसरों की प्रेरणा और प्रोत्साहन हमारे जीवन में संजीवनी का काम करते हैं। तदपि हम सदैव दूसरों की प्रेरणा का इंतजार न करें। सदैव दूसरों से प्रशंसा की उम्मीद न रखें। अपनी छोटी-छोटी उपलब्धियों पर स्वप्रेरणा से प्रसन्न हों। ऐसी उपलब्धियों से प्रेरणा प्राप्त करें और उनके लिए हम खुद को पुरस्कार दें। हम दूसरों के प्रति सदैव अच्छा सोचें। इससे हमारे साथ निश्चित ही अच्छा होगा। अच्छी पुस्तकें और पत्रिकाएं पढ़ें। अच्छी मूवी देखें। अच्छी कार लें। नए कपड़े और नए जूते खरीदें। छोटी-छोटी यात्राओं पर जाएं। अपनी उपलब्धियों पर अपने संबंधियों, मित्रों और सहयोगियों को छोटी-छोटी सी भेंट दें। उन्हें भोजन पर आमंत्रित करें। जब कभी अपनी पीठ को स्वयं थपथपाएं। अपने मस्तिष्क को अपने बारे में अच्छे और स्वस्थ विचार दें। स्वयं के ऊपर पूरा विश्वास करें। अपनी क्षमताओं पर यकीन करें। ऐसा करने से हमें अपनी उपलब्धि का बेहतर एहसास होने लगता है। हम अंदर से पुलकित हो उठते हैं। हमारे कार्य स्वतः ही सिद्ध होने लगते हैं। जिस कार्य को करने का हमने दृढ़ निश्चय कर लिया है, उसके बारे में अच्छा, ठोस और मंगल चिंतन शुरू करें। अपनी सफलता का एक चित्र बनाएं। उसमें विविध रंग भरे। इन रंगो से अपना उत्साह बढ़ाएं।

हमारे अच्छे बोल हर स्थिति में रोचकता उत्पन्न कर देते हैं। विनम्र व्यवहार और मधुर शब्द सबका दिल जीत लेते हैं। श्रोता को खुशी प्रदान करते हैं। उसके मन से नकारात्मक भावनाएं मिटा देते हैं। हम किसी उत्पाद या सेवा से जुड़े की-वर्डस को खुशी महसूस करने वाले शब्दों में बदलने का प्रयास करें। सेहतमंद सादे खाने को भी जाएकेदार बनाएं। कम फैट और कम सोडियम वाले

सूप को भी टेस्टी और स्वादिष्ट बनाएं। हमेशा खुशमिजाज रहें। हँसी मजाक करते हुए लोगो को अपने साथ जोड़ें। सभी वरिष्ठ जन, जिन्होंने जीवन के पूर्वार्द्ध में सब कुछ पा लिया है, अपने उत्तरार्द्ध में अपना सर्वश्रेष्ठ समर्पण करें। लेने वाली मनोवृत्ति के स्थान पर सतत देने वाली मनोवृत्ति विकसित करें। साधन और साध्य की शुचिता बनाएं रखें। ठोस प्रयास कर जन-जन को प्रेम, स्नेह और सौहार्द के पाठ पढ़ाते रहें।

उत्कृष्टता पर ध्यान दें। योग्यता पर जोर दें। प्रतिभा प्रबंधन के क्षेत्र में सर्वोच्च कीर्तिमान स्थापित करें। हमारे समाज में प्रतिभा जैसा संसाधन भले ही कम मात्रा में उपलब्ध हो किन्तु उनकी सतत खोज करें। प्रतिभा को प्रोत्साहित करें। सही जगह पर सही व्यक्ति की सेवाएं लें। उत्कृष्टता और निष्पक्षता के बीच समुचित संतुलन बनाएं। शिक्षा प्रणाली के नतीजों की ओर ध्यान दें। छात्रों को रोजगार योग्य बनाएं। चीन और सुदूरपूर्व एशियन टाईगर्स की भाँति बड़ी संख्या में ऊँची नौकरियाँ पैदा करें। हम चीन के उदय से ही चमत्कृत न हों अपितु उसकी योग्यता आधारित व्यवस्था की सराहना करें। चीन की राजनीतिक उत्कृष्टता से सीख लें। गुणों और योग्यता के आधार पर आगे बढ़ रहे राजनीतिज्ञों और प्रशासकों का अनुकरण करें। अपने सहायकों के प्रदर्शन का आकलन कर उन्हें पदोन्नत करें। उच्च गुणवत्ता, कौशल और उच्च शिक्षा के माध्यम से अपनी समाज की उत्कृष्टता के लिए ठोस और अथक प्रयास करें। अपने सहायकों और सहयोगियों की योग्यता पर पूरा ध्यान केन्द्रित कर उनकी कार्यकुशलता का संवर्द्धन करें। सबसे निचले स्तर पर नियुक्त किए जाने वाले व्यक्तियों की योग्यता पर पूरा ध्यान दें। ग्रामीण क्षेत्र में अच्छी योग्यता वाले सहायकों, शिक्षको और पुलिस कर्मियों की नियुक्ति करें।

हम सदैव लोगों से मिलते-जुलते रहें। सकारात्मक बने रहें। सकारात्मक रहने से काम करने की क्षमता 72 प्रतिशत तक और रोगों से लड़ने की क्षमता 52 प्रतिशत तक बढ़ जाती है। अब अनेक देश हैपीनेस थिरेपी अपना रहे हैं। डॉक्टर और नर्स मरीज से हँसकर बोलते हैं। उनसे हाथ मिलाते हैं। उनको गले लगाते हैं। उनका उपचार हँसी खुशी से करते हैं। उनके साथ नृत्य करते हैं। इससे मरीज जल्दी स्वस्थ हो जाते हैं।

प्रकृति के करीब रहने से खुशी मिलती है। जंगल में घूमने से प्रसन्नता होती है। कार्य करने की क्षमता बढ़ जाती है। गणित को समझने में आसानी हो जाती है। समस्या सुलझाने की क्षमता विकसित हो जाती हैं। हम हर वक्त खुद के बारे में ही न सोचें। इससे हम कभी-कभी दुखी हो जाते हैं। दूसरों की मदद करें। कुछ न कुछ सदैव दान करते रहें। हर घण्टे 10 सेकेण्ड के लिए हाथ ऊपर कर शरीर को खीचें। इससे माँसपेशियाँ ढीली होती है। खुशी के रसायनिक तत्व क्रियाशील होते हैं। अपने चहेतों की मुस्कराती तस्वीरें देखे। कुछ क्षण अपनी नजर सबसे सुन्दर चित्र पर केन्द्रित करें। चाकलेट और अखरोट खाएं। हँसी न आने पर भी हँसें। सकारात्मक समाचार पढ़ें। अच्छी कहानियाँ सुने। एक दूसरे पर भरोसा करें। मित्रों के साथ धूप में बैठकर भोजन करें। कॉफी पिएं। हाईफेट मील ज्यादा खाने के बाद 2 घण्टे घूमें और शरीर को हुए नुकसान को कम करें। दोस्तों के बीच हँस-हँस कर मनपसंद कार्य करें, इससे हमें सकून और खुशी प्राप्त होती है।

अच्छी सफलता के लिए अच्छी आदतें विकसित करें। कुछ देर शांति से अकेले बैठें। फ़ोन बंद कर दे। जिंदगी को विस्तृत नजरिये से देखें। अपनी पूरी ऊर्जा आधुनिक जीवन जीने में ही खर्च करें। जीवन में ऐसे कार्य करें जो हमें खुश रखें। हमारे दिल में उमंग पैदा करें। प्रातः जल्दी उठकर दिन की सार्थक शुरूआत करें। समय का सदुपयोग करें। महात्मा गाँधी प्रतिदिन गीता का एक श्लोक शीशे पर चिपका लिया करते थे और दातून करते समय कण्ठस्थ कर लिया करते थे। इस प्रकार उन्होंने पूरी गीता कण्ठस्थ कर ली थी।

हम किसी रोड के किनारे लगे फूड स्टॉल पर भोजन न करें। ऐसे भोजन में बैक्टीरिया पनपते रहते हैं। भले ही किसी व्यक्ति का पैर स्टील का बना हो किन्तु वैक्टीरिया युक्त भोजन उसे भी खोखला कर देता है। अतः हम हाइजीन का ध्यान रखें। ऐसी जगह भोजन न करें जहाँ स्वच्छता न हो।

पाती–59

हमारे दानदाता दुनिया को बेहतर बना रहे हैं

यह सुखद और प्रसन्नता दायक है कि मानव प्रजाति का भविष्य सुधारने की भव्य महात्त्वाकांक्षाएं विश्व के बड़े-बड़े उद्योगपतियों द्वारा अपने द्वारा प्रदत्त वित्तीय सहयोग से पूरी निष्ठा पूर्वक कार्यान्वित की जा रही है। एलन मस्क मंगल ग्रह पर मानव बस्ती बसाना और दुनिया को पेट्रोल-डीजल वाले परंपरागत जीवाश्म ईंधन से मुक्त करना चाहते हैं। फेसबुक के संस्थापक मार्क जकरबर्ग सदी के अंत तक सारी बीमारियों का उपचार और रोकथाम कर उन्हें काबू में लाना चाहते हैं। जकरबर्ग का दूसरा लक्ष्य बच्चों के लिए हैं, "हमने आज जितना सीखा है, उससे 100 गुना अधिक सीखें।" बिल गेट्स और वारेन बफे सेहत में सुधार और गरीबी मिटाने के बड़े लक्ष्य के तहत पोलियो और मलेरिया खत्म करना चाहते हैं। ये दोनों उन बहुत सारी परोपकारी हस्तियों में शामिल हैं, जो शिक्षा को नई शक्ल देने की योजना बना रहे हैं।

गत शताब्दि में जॉन डी राकफेलर, एन्ड्रयू कार्नेगी और हेनरी फोर्ड द्वारा अमेरिका में सुस्थापित फाउण्डेशन्स ने ज्ञान के प्रसार और विश्व शांति के क्षेत्र में महत्त्वपूर्ण और सराहनीय कार्य किए हैं किन्तु प्रायः सभी फाउण्डेशन्स आखिरकार बहुत सोच-समझकर काम करने वाले परंपरागत संगठनों में बदल गए हैं। वर्तमान में बड़े-बड़े दानदाता अपने सूर्यास्त के समय दान की प्रवृत्ति (सनसेट फिलैंथ्रापी मॉडल) का पक्ष लेते हैं। यानि उनका लक्ष्य है कि उनके गुजरने के पहले वे अपना सारा धन परोपकारी लक्ष्यों पर खर्च कर दें। दानशीलता के क्षेत्र में कुछ दानदाता धारावाही प्रणाली (सीरियल मॉडल) अपनाते हैं। ऐसे उद्योगपति पहले पैसे कमाते हैं, रिटायर होते हैं। और फिर पैसा दान कर देते हैं। वे अपने बिजनेस में जिस तरह कठोर छान-बीन करते थे, इसी

प्रकार से चैरिटी गतिविधियों में भी आधुनिक प्रबंधन और मानीटरिंग के सिद्धांत लागू करते हैं। इसमें नवीनतम मोड़ यह है कि जकरबर्ग जैसे युवा अरबपति, जिन्होंने अपनी उम्र के तीसरे-चौथे दशक में ही बहुत धन कमा लिया, वे अब परोपकारिता के इस धारावाही यानी पहले अर्जन फिर विसर्जन (सीरियल मॉडल) से भी आगे बढ़ गए हैं। ये युवा उद्योगपति आय और दान की युगपत् प्रक्रिया (पैरेलल मॉडल) का अनुसरण करने लगे हैं। वे जब पैसा आ रहा होता हैं, तभी दान में देने लगते हैं। ऐसे दिग्गज क्लिनिक एवं कक्षाओं में इनोवेटिव और सबूत आधारित तरीके लागू कर बेहतर भविष्य की राह खोल रहे है।

अरबपति परोपकारियों की मतदाताओं के प्रति कोई जवाबदेही नहीं होती है। उन्हें मतदाताओं को कभी जवाब नहीं देना होता है। खर्च करने की उनकी शक्ति उन्हें महान कार्य करने की क्षमता देती है। भले ही वे राजनेताओं को अज्ञानियों के रूप में देखने के आदी होते हैं। तदपि उनकी पहुँच निर्वाचित नीति निर्माताओं तक होती है। वे सदैव उनसे अपने सतत संपर्क और संबंध बनाए रखते हैं। यह भी सही प्रतीत होता है कि वे जब कभी गहरा बदलाव लाने के लिए सरकारों के साथ सहयोग, सामाजिक एकजुटता तथा गतिशीलता की जरूरतें पूरी नहीं कर पाते हैं। तदपि दुनिया बदलने वाला और सार्वजनिक नीति को दिशा देने वाला विश्व नेतृत्व उनकी भूमिका की सराहना कर रहा है।

श्रवणबेलगोल में आयोजित महामस्तकाभिषेक के अवसर पर ऐसे कुछ बड़े दानदाता उभरे हैं जो जैन तीर्थ पर आधुनिक सुविधाओं के विकास, शिक्षा और चिकित्सा के क्षेत्र के लिए अपनी आय का अधिकांश न्यौछावर कर रहे हैं। गत कुछ वर्षों से श्री अशोक जी पाटनी (मेसर्स आर.के. मार्बल्स, किशनगढ़) मुनिवरों के चातुर्मास समारोहों में प्रथम कलश लेकर चातुर्मास की पूरी व्यवस्था करने के लिए पूरे देश में विख्यात हैं। उन्होंने भगवान बाहुबली के महामस्तकाभिषेक के सुअवसर पर प्रथम कलश की राशि विशाल चिकित्सालय के निर्माण हेतु भेंट की है। उनका यह दान अत्यधिक सराहनीय और अनुकरणीय है। वे धनार्जन करने के साथ-साथ ही धन का दान कर रहे हैं। वे एक हाथ से अर्जन कर रहे हैं और दूसरे हाथ से विसर्जन कर रहे है। वे न तो अर्जन की प्रतीक्षा करते हैं। ओर न ही विसर्जन में विलंब करते हैं। तुरंत दान और महाकल्याण की भावना से ही वे सदैव प्रेरित रहते हैं। पूरा जैन समाज उनके इस हिमालयीन अवदान की सदैव और सर्वत्र प्रशंसा करता है।

पाती–60

हम जैसा बीज बोते हैं, वैसा ही फल प्राप्त करते हैं

हम अपने कर्म बीज के अनुरूप ही फल प्राप्त करते हैं। हमें अपने पूर्व कृत कर्मों के अनुरूप ही फल प्राप्त होता है। रोनाल्ड ओपस ने आत्महत्या के उददेश्य से दस मंजिला उंचे भवन की छत से नीचे छलांग लगाई थी किन्तु उसके शव परीक्षण में पाया गया कि उसकी मौत सिर में गोली लगने से हुयी। उसने आत्महत्या के पूर्व एक पर्ची में अपने जीवन से हताश होने की बात भी लिख छोड़ी थी। नीचे गिरते समय जब ओपस नौंवी मंजिल तक पहुंचा, तभी खिड़की से एक गोली सनसनाती हुई आई और उसके सिर में धंस गई, जिससे तुरंत ही उसकी मौत हो गई। गोली चलाने वाले व्यक्ति और ओपस को पता नहीं था कि भवन में कार्यरत श्रमिको को बचाने के लिये आठवीं मंजिल के ठीक नीचे एक सुरक्षा जाल बिछाया गया था। इस सुरक्षा जाल के कारण ओपस ने जिस तरीके से आत्महत्या का प्रयास किया उसमें वह सफल नहीं होता। लेकिन ओपस को जिस तरह से गोली लगी थी, उससे उसका मरना प्रायः निश्चित था, परिणामतः शव परीक्षक को लगा कि उसके हाथ में आत्मघाती हथियार था।

वास्तविक परिस्थितियां इसके बिल्कुल विपरीत थी। नौवीं मंजिल के जिस फ्लेट से गोली चली, वहां एक वृद्ध दंपति रहते थे। उन दोनों के बीच जोरदार झगड़ा हो रहा था। वृद्ध पुरूष अपनी पत्नी को गोली से मारने की धमकी दे रहा था। अंततः उसने गुस्से में गोली चला दी और बंदूक से निकली गोली पत्नी को न लगते हुऐ खिड़की के रास्ते ओपस के सिर में जा धंसी। विधि का यह सिद्धांत है कि जब कोई व्यक्ति 'अ' की हत्या करना चाहता हो, किन्तु इस प्रयास में 'ब' की हत्या कर दे, तो उसे 'ब' की हत्या का दोषी माना जाता है।

जब उस वृद्ध पुरूष पर हत्या का प्रकरण चलाया गया तो उसने अपने बचाव में कहा कि सदैव की भांति अपनी पुरानी आदत के अनुसार जब कभी वह खाली बंदूक दिखाकर अपनी पत्नी को डराता था। उसे यही विश्वास था कि बंदूक खाली है। हो सकता है कि किसी अनजाने कारण से बंदूक भरी रह गई हो।

आगे जांच करने पर वृद्ध दंपति की नौकरानी ने बताया कि उसने वृद्ध दंपत्ति के पुत्र को इस घातक घटना के छह सप्ताह पूर्व बंदूक में गोली भरते देखा था। जांच से यह भी पता चला कि वृद्ध महिला ने अपने पुत्र को आर्थिक सहयोग देना बंद कर दिया था और पुत्र यह बात जानता था कि उसके पिता बंदूक लेकर प्रायः माँ को धमकाया करते हैं। उसने यह सोचकर बंदूक में गोली भर दी कि इस तरह पिता कभी उसकी माँ की हत्या कर देंगे। परिणामतः उसे हत्या का दोषी पाया गया, यद्यपि उसने स्वयं गोली नहीं चलाई थी। केवल खाली बंदूक में गोली भरी थी।

यहीं से इस प्रकरण में एक रोचक मोड़ आ गया। आगे की जांच से पता चला कि उस वृद्ध दंपत्ति का पुत्र कोई और नहीं रोनाल्ड ओपस स्वयं था। उसने अपनी माँ की हत्या के लिये जो षड्यंत्र रचा था, उसमें मिली असफलता से वह अत्यधिक निराश हो गया था और इसी निराशा वश उसने दस मंजिला इमारत की छत से छलांग लगा दी। इस तरह पुत्र ने 'बंदूक' में गोली भरकर स्वयं अपनी हत्या की। परिणामतः शव परीक्षक ने इसे आत्महत्या बताया और न्यायालय ने हत्या का प्रकरण बंद कर दिया।

पाती–61

क्रोध की रचनात्मक ऊर्जा का उपयोग करें

क्रोध महत्त्वपूर्ण ऊर्जा है। अतः क्रोध का समुचित और संतुलित उपयोग किया जाना उपयुक्त प्रतीत होता है। समुचित और संतुलित क्रोध एक प्रेरक शक्ति का काम करने लगता है। अतः किसी के प्रति क्रोध उत्पन्न होने पर प्रतिशोध लेने का रचनात्मक तरीका अपनाएं। हम उस व्यक्ति से आगे निकलने का प्रयास करें, जिससे प्रतिशोध लेना है। प्रतिशोध एक प्रकार से क्रोध की ही क्रिया है। यदि हम प्रतिशोध की भावना से भरकर किसी को बर्बाद करने में लग जाते हैं। और इसमें सफल भी हो जाते हैं, तो सोचकर देखें कि इससे हमें मिलता क्या है? कुछ भी नहीं, सिवाय इसके कि हमारे दिल की आग ठण्डी हो जाती है। महाभारत में यही सब तो होता रहा है जिसकी परिणति विखंडित विजय और सबकी बर्बादी में हुई है। यहाँ तक कि उसकी बर्बादी भी हो गई जो अंत में जीत जाता है। यह एक ऐसी जीत थी, जो हार से भी कहीं बुरी थी। मनुष्य अंदरूनी विस्फोटो की श्रंखला के कारण प्रगति करते हैं। हमारे अंदर की जड़ता टूटे और हमारी सोई हुई ऊर्जा गतिशील हो सके, इसके लिए किसी न किसी धक्के की जरूरत होती है तथा क्रोध एक ऐसे जबर्दस्त धक्के का काम कर सकता है, बशर्ते कि हम चाहें। हालांकि हम चाहते तो हैं, लेकिन सही तरीका नहीं अपनाते।

हम उस व्यक्ति से कभी घृणा न करें जिसने हमें क्रोधित किया था। कुछ दिनों के बाद हम पाएंगे कि उसके प्रति घृणा, क्रोध, ईर्ष्या और प्रतिशोध का भाव धीरे-धीरे कमजोर पड़ना शुरू हो गया है। फिर एक दिन ऐसा भी आएगा कि ये सारे नकारात्मक भाव गायब हो जाएंगे। बस, समझ लीजिए कि अब

आपके अंदर के क्रोध ने एक रचनात्मक ऊर्जा का रूप धारण कर लिया है। जैसे ही क्रोध आएगा, वैज्ञानिक मस्तिष्क तुरंत सचेत होकर सक्रिय हो जाएगा और उस क्रोध के आने के कारण की व्याख्या करने में लग जाएगा। क्रोध के मामले में सबसे महत्त्व इसी बात का होता है कि यदि हम क्रोध के कारण की व्याख्या करने लगे तो लगभग 98 प्रतिशत मामलों में क्रोध अर्थहीन मालूम पड़ने लगेगा। सच्चा वैज्ञानिक मस्तिष्क कभी उत्तेजित नहीं होता है। क्रोध मूलतः एक उत्तेजना है जो अवैज्ञानिक मस्तिष्क से जन्म लेती है।

किसी बात पर विवाद होने पर तीसरे व्यक्ति के नजरिए से देखें। स्वयं को एक सप्ताह, एक माह अथवा एक वर्ष आगे रखकर सोचें कि इस विवाद का क्या स्वरूप होगा? भविष्य के बारे में सोचने से हम विवाद से बाहर निकल सकते हैं।

हम अपने नकारात्मक स्वभाव के कारण ईर्ष्या को पालने लगते हैं। किन्तु हम सदैव यह विश्वास रखें कि ईर्ष्या बहुत बड़ा नैतिक दुर्गुण है। हम ईर्ष्या के कारण जलते-भुनते हुए अपने जीवन के बहुमूल्य क्षणों को बर्बाद कर देते हैं। ईर्ष्या हमारी सोच को कमजोर और बुद्धि को संकुचित कर देती है। ईर्ष्या मिटने पर ही प्रेम प्रगट होता है। प्रेम के प्रगट होते ही हमारा परिवेश प्रकाश से जगमगाने लगता है। ईर्ष्या के कारण हम अनेक दुष्चक्रो में फँस जाते हैं। अतः श्रेष्ठतम को देखकर अपने व्यक्तित्व में अहंकार को जन्म न लेने दें। महाभारत के महायुद्ध के मूल में पारस्परिक ईर्ष्या ही रही है। ईर्ष्या और जलन में बारीक अंतर है। ईर्ष्या का मतलब है दूसरों को उनकी किसी चीज से महरूम करने की इच्छा। जलन का मतलब है दूसरों की बराबरी करने की इच्छा। ईर्ष्या करने वाले व्यक्ति न केवल दूसरों की चीजों से जलता है बल्कि चाहता है कि वह खुद किसी तरह उनकी चीजें हासिल कर लें। अच्छे जीवन के लिए हम ईर्ष्या से दूर रहें।

सामाजिक क्षेत्रों में जल्दी उत्तेजित होने वाले व्यक्तियों की संवेदनशीलताओं से निपटना कभी-कभी बड़ी चुनौती बन जाती है। बातचीत करते समय वे जल्दी अपमानित हो जाते हैं। बातचीत में गुर्राने लगते हैं। कुछ व्यक्ति थोड़ी सही बात पर जल्दी ही आहत हो जाते हैं। छोटी-छोटी बातों से आहत होने की उनकी आशंका और गति बहुत अधिक होती है। कुछ व्यक्ति उनसे उनका परिचय

पूछने से ही वे अपमानित अनुभव करते हैं। गुस्सैल और रूखी प्रतिक्रिया देते हैं। ऐसे व्यक्तियों से बातचीत और व्यवहार करते समय पूरी शांति बनाए रखें।

पारिवारिक और दांपत्य जीवन में क्रोध और अहंकार से बचें। क्रोध और अहंकार से दूरी बनाकर अपने जीवनसाथी की सीख स्वीकार करें। पति जब पत्नि को कुछ समझाएं और पत्नि जब पति से कुछ कहे तब दोनों के बीच क्रोध और अहंकार का कोई स्थान नहीं होना चाहिए। जितनी निकटता पति- पत्नि के बीच होती है। पिता-पुत्र के बीच होती है, बहू-सास के बीच होती है। उतनी आत्मीयता दूसरे रिश्तों में नहीं होती है। अतः अपने परिवार में क्रोध और अहंकार छोड़कर एक दूसरे की सलाह सुनने और पालन करने का प्रयास करें।

पाती–62

योग और ध्यान से स्मृति कोष में अपार वृद्धि होती है

मुनियों की प्राचीन जैन धार्मिक परंपराओं का पालन करते हुए युवा मुनिश्री अजित चन्द्रसागर ने 500 व्यक्तियों द्वारा निश्चित अनुक्रम में बताये गये विभिन्न बिन्दुओं को 6 घण्टे तक सुना और अपने मस्तिष्क के स्मृति कक्ष में संजोकर रख लिया। ये बिन्दु गणितीय संख्या, देश की प्रमुख भाषाओं के वाक्य, भौगोलिक और वैज्ञानिक तथ्यों से संबंधित थे। सभी व्यक्तियों ने अपने-अपने बिन्दु पेपर पर नोट कर लिए थे। कुछ क्षणों के पश्चात मुनि श्री ने सभी 500 बिन्दुओं को उसी अनुक्रम में दर्शकों और श्रोताओं के समक्ष प्रस्तुत कर दिया। सभी दर्शको ने मुनि श्री द्वारा बताए गए बिन्दुओं को सही पाया। सरदार वल्लभ भाई पटेल स्टेडियम, मुम्बई के स्टेडियम में आयोजित इस कार्यक्रम को देखकर और सुनकर 6000 से अधिक व्यक्ति अत्यधिक प्रभावित और अभिभूत हो गए। उन्होंने मुनि श्री की असाधारण स्मृति की सराहना की। मुनिवर अपने विशाल अभियान के माध्यम से ध्यान का उपयोग कर अपनी स्मृति में वृद्धि करने के लिए स्कूली बच्चों को प्रोत्साहित कर रहे हैं।

ध्यान से मस्तिष्क की शक्ति में अपार वृद्धि होती है। ध्यान से स्मृति, बुद्धि, एकाग्रता की क्षमता और अध्ययन में रूचि बढ़ती है। हमारा नैतिक उत्थान होता है। युवक-युवतियों के लिए अनेक व्यावहारिक लाभ प्राप्त होते हैं। अतः ध्यान करने के लिए हम भी अपने बच्चों को प्रोत्साहित करें।

यह उल्लेखनीय है कि मुनिवर अजित सागर जी गुजरात राज्य के उँझा नगर में अपने परिवार को छोड़कर जैन धर्म के साधु के रूप में दीक्षित हो गए।

त्याग, तपस्या और सतत रूप से स्वेच्छा पूर्वक विविध परीषह (कष्ट) सहने के परिणाम स्वरूप मुनिवर को यह अद्‌भुत स्मरण शक्ति प्राप्त हुई।

इस कार्यक्रम से संबंधित लेख "A master of Memory in India Credits Meditation for his brainy feats" शीर्षक से मेक्स बेरार द्वारा दी न्यूयार्क टाइम्स 18 नवम्बर, 2014 में प्रकाशित किया गया है।

भारत के प्रमुख संगठित धर्मों में से जैन धर्म के अनुयायी सबसे कम हैं। जैन व्यक्ति सरस्वती की पूजा करते है, जो ज्ञान, रचनात्मकता और प्रज्ञा की देवी हैं। वे सरस्वती की साधना करते हुए सरस्वती के प्रति अपना सम्पूर्ण समर्पण कर अपने ज्ञान और स्मरण शक्ति का संवर्द्धन करते हैं। अपना शैक्षणिक, भौतिक और आध्यात्मिक विकास करते हैं। जैन धर्म के अनेक अनुयायी व्यापार, राजनीति और विज्ञान के क्षेत्र में अत्यधिक सफल रहे हैं।

हम सब मिल बैठकर जैन परंपराओं के अनुरूप योग और ध्यान करें। अपना और अपने परिवार का मौलिक, शारीरिक, आध्यात्मिक और चारित्रिक विकास करें। समाज और राष्ट्र के चतुर्मुखी विकास में अपना पूर्ण सहयोग दें।

पाती–63

नई परिस्थितियों के अनुरूप ढलकर अपना चतुर्मुखी विकास करते रहें

कई दिनों तक लगातार एक ही काम करते रहने से हमारी ऊर्जा का स्तर कम होने लगता है। अप्रसन्नता बढ़ने लगती है। अधिक काम के कारण सिरदर्द और तनाव होने लगता है। काम में मन नहीं लगता है। बर्न आउट की परिस्थितियाँ उत्पन्न होने लगती हैं। कभी-कभी हम कुछ चीजें छोड़ने से नाखुश होने लगते हैं। कभी कभी धीमें, अव्यवस्थित और बोरिंग काम से परेशान होने लगते हैं। ऐसी परिस्थितियाँ उत्पन्न होते ही या ऐसे संकेत मिलते ही अपने शरीर पर अधिक ध्यान दें। इन हालात से निपटने के लिए कुछ कारगर उपाय करें। सबसे पहले इन परिस्थितियों से ऊपर उठने के लिए दृढ़ इच्छा शक्ति जाग्रत करें। कुछ दिनों के लिए काम से अपने को पूरी तरह से अलग कर लें। मोबाईल फोन को दूर रख दें। काम के बीच में थोड़ी-थोड़ी देर में कुछ कदम चलें। अपने परिवार और मित्रों के साथ कुछ समय बिताएं। घूमने के लिए कुछ देर बाहर जाएं।

बदलाव और परिवर्तन हमारे जीवन का शाश्वत नियम है। यही हमारे जीवन की सफलता का मूल मंत्र है। ठहराव से हमारा जीवन शिथिल होने लगता है। अधिकांश व्यक्ति बीते हुए क्षण और वर्तमान पल की ओर ही देखते हैं। भविष्य की चिंता नहीं करते हैं। सामान्य रूप से ऐसे व्यक्ति अपने जीवन में बदलाव करने से बचते हैं। किन्तु सफल जीवन के लिए लचीलापन और बदलाव आवश्यक तत्व है। बदलाव से ही हम तरक्की और बेहतर जिंदगी की दिशा में आगे बढ़ते हैं।

अच्छे सोच और विचार पूर्वक बदलाव के परिणाम स्वरूप ही यह दुनिया विकसित हुई है। विचार बदलने से ही दुनिया बदलने लगती है। प्रकृति अपनी ऋतुओं के माध्यम से बदलती रहती है। अतः हम बार-बार बदलाव लाएं और बदलती परिस्थितियों के प्रति लचीले बने रहें। लचीलेपन की जरूरत सब जगह होती है। अपने घर में, अपने कार्यालय में और अपने मंदिर में भी। अतः हम बदलाव को साहस पूर्वक स्वीकार करें। बदलाव के अनुकूल स्वयं को ढाल लें। भले ही हम बदलाव के डर से अच्छे अवसर छोड़ दें किन्तु बदलाव तो फिर भी होकर ही रहते हैं। भले ही हम बदलना न चाहें किन्तु हमारे आसपास की चीजें लगातार बदलती रहती हैं। तरक्की करती रहती हैं।

प्रत्येक व्यक्ति अकेले ही स्वयं को बदलने के लिए सक्षम है। अतः हम स्थान, समय और परिस्थितियों के अनुरूप बदलते रहें और अपने भविष्य में सफलताएं प्राप्त करते रहें। उभरती परिस्थिति के अनुरूप बदलकर प्रासंगिक बने रहे। बदलती परिस्थितियों से जन्में अवसरों की पहचान कर उनसे लाभ प्राप्त करते रहें। प्रगति पथ पर आगे बढ़ते रहें। अपने व्यंजनों और कपड़ों में भी परिवर्तन करते रहें। रूढ़िवादी सोच को छोड़ते चलें। अपने अंतर्मन और सोच में बदलाव करते रहें। प्रतिदिन कुछ नया करते रहें, इससे हमें खुशी प्राप्त होती है। संतोष और सुख प्राप्त होता है।

पाती–64

एक दिन आपकी जीत अवश्य होगी

अपने दिल की अथाह गहराईयों से प्रतिदिन एक संकल्प लें और उसे पूरा करें। हम जीवन की सच्चाइयों को देखते हुए चलें। जमीन के उतार चढ़ावों को परखते हुए चलें। सतत रूप से अपनी कमियाँ दूर करते हुए स्वयं को पूर्ण बनाएं। अपने परिवार, समाज ओर देश के विषय में सोचें, विचार करें, अपना अभिमत प्रकट करें। बाजार में फैलते सुख सुविधाओं के साधनों का अपनी आय और विवेक के अनुरूप सदुपयोग करें।

हम काल्पनिक कारणों से न घबराएं। कपोल कल्पनाओं पर आधारित डर से न घबराएं। कपोल-कल्पनाओं पर अपने सोच को केन्द्रित न करें। सुलझी और समझदार मनस्थिति विकसित करें। अपनी कमी और अक्षमता से कभी चिन्तित न हों। अपने माता/पिता और अपने वरिष्ठो के सपनों को पूरा करने में उनकी पूरी सहायता करें। अपनी कठिनाईयों और कार्य में आने वाली रूकावटों की सदैव चर्चा न करें। अपने योगदान की सदैव चर्चा न करें।

अपनी क्षमताओं पर पूर्ण विश्वास रखें। अपनी क्षमता का भरपूर उपयोग करें। पूरी इच्छापूर्वक अपनी क्षमता का उपयोग करें। दृढ़ इच्छापूर्वक अपनी क्षमता को सदैव तराशते रहे। विकसित करते रहे। प्रशिक्षित करते रहें। परिष्कृत करते रहें। यह विश्वास रखें कि आप सफल होंगे। आप सफलता प्राप्त करने के लिए सक्षम है।

दुख भरे जीवन संघर्षों में प्रतिभा का निखारना सरल नहीं है। अभावों और तनावों में जीकर रचनात्मक समझ विकसित करना आसान नहीं है। तदपि

हम दुनिया की ओर अपनी आँखे खुली रखें। अपने संकट का न्यूनीकरण करें। अपने संकट को अधिक प्राथमिकता न दें। जीवन में मिलने वाली निराशाओं से कभी न डरें। सदैव संकल्प पूर्वक आगे बढ़ें। जुनून और जज्बे के साथ आगे बढ़ें। फायर इन दी बेली के साथ आगे बढ़ें। अपने लक्ष्य के प्रति पूरी निष्ठा पूर्वक परिश्रम करें। एक दिन आपकी जीत अवश्य होगी।

पाती–65

न्यूनतम क्रोध करें

क्रोध मानव की आदिकालीन प्रवृत्ति है। यह प्रवृत्ति हमारे अनुशासन को कम करते करते समाप्त कर देती है। यह प्रवृत्ति मानव की शारीरिक, मानिसक एवं भावनात्मक नियंत्रण शक्ति को कम करते करतं समाप्त कर देती है। अतः क्रोध से बचें। क्रोध उत्पन्न होते ही यह प्रश्न उपस्थित करें कि क्या उत्पन्न परिस्थिति में या उत्पन्न समस्या के समाधान के लिए मुझे क्रोध करना आवश्यक है? क्या क्रोध करने से मुझे लाभ होगा? क्या क्रोध करनं से मुझे हानि होगी? एक रूपये के लाभ के लिए क्या एक हजार रूपयों का दुरूपयोग करना उपयुक्त होगा? क्या क्रोध करना उपयुक्त होगा? यदि हॉ, तो कितना क्रोध करना उपयुक्त होगा?

क्रोधित होना सरल है। कोई भी व्यक्ति आसानी से क्रोधित हो सकता है। किसी भी व्यक्ति या वस्तु पर अपना क्रोध प्रगट कर सकता है। किन्तु सही व्यक्ति पर क्रोधित होना सरल नहीं है। सही सीमा तक क्रोधित होना सरल नहीं है। सही उद्देश्य के लिए क्रोधित होना सरल नहीं है। सही व्यक्ति पर, सही सीमा तक, सही समय पर और सही उद्देश्य के लिए क्रोधित होना कठिन है किन्तु यह भी सही है कि हमारे लिए क्रोध का नियंत्रण एवं नियमन करना कठिन अवश्य दिखाई देता है, कठिन प्रतीत होता है तदपि हम थोड़े से प्रयत्न, प्रशिक्षण और धैर्य से अपने क्रोध को नियमित और नियंत्रित कर सकते है। ऐसे नियंत्रित क्रोध को हम कुछ सीमा तक कभी-कभी रचनात्मक स्वरूप भी प्रदान कर सकते है। कभी-कभी विशेष प्रयास कर क्रोध को उदित ही न होने दें। क्रोध उत्पन्न होने पर तुरंत ही क्रोध को शांत करें। मंद करें। क्षमा का प्रयोग करें।

आयुर्वेद विशेषज्ञ सलाह देते है कि छोटी छोटी बातो पर गुस्सा न करें। गुस्से से तनाव के शिकार न बनें। गुस्से से ऑखों की रोशनी कम होने लगती है। क्रोध में भी विनयशील बने रहें। मतभेद का गौरवपूर्ण वर्णन दुर्लभ भले ही हो, किन्तु कभी कभी क्रोध बिल्कुल भी नहीं करने का प्रयास करें। कभी भी विवाद का विषैला विकरण करने का प्रयास न करें। कभी किसी की आलोचना करना ही पड़े तो गिन गिन कर न्यूनतम शब्दों में करें। तड़के में डाली नपी तुली मिर्ची जैसी आलोचना करें।

पाती–66

फोन लगाएं, माफी मांगें और जीवन में आगे बढ़ जाएं

यदि किसी के साथ तनाव है तो आज ही माफी मांगिए या माफ कीजिए। माफी मांगना और माफ करना, ये शक्तिशाली लोगों के काम है। लोड लेकर बैठ जाना हल्के लोगों का काम है।

एक छोटी-सी कहानी से शुरूआत करता हूं। दो बौद्ध भिक्षु कहीं जा रहे थे। उनके गुरू ने उनको सिखाया था कि स्त्रिओं से दूर रहना। स्त्रियों का स्पर्श, उनमें ज्यादा आसक्ति और उनके प्रति आकर्षण कभी मत रखना। भिक्षुओं के रास्ते में एक छोटा-सा तालाब पड़ा जिसे पर कर दूसरी ओर जाना था। वहां किनारे पर एक सुदंर युवती खड़ी थी। उसने इन भिक्षुओं से कहा कि उसे पानी से डर लगता हैं और उनसे तालाब पार करवाने का अनुरोध किया।

उनमें से एक बौद्ध भिक्षु ने उसे कंधे पर उठाया और तालाब के उस पार छोड़ दिया। साथी भिक्षु को यह अच्छा नहीं लगा और वह तनाव में आ गया। काफी देर बेचैन रहने के बाद उसने कहा-'हमारे गुरूजी ने हमें स़्त्रियों से दूर रहने को कहा था, लेकिन आपने तो उस स़्त्री को कंधे पर बैठा लिया।'

इस पर पहले भिक्षु ने मुस्कराते हुए कहा- 'मैंने तो उस युवती को कब का कंधे से उतार कर अलग कर दिया है और तुम अभी तक उसका बोझ अपने दिमाग में रखे हुए हो। उस समय उस युवती को मेरी मदद की जरूरत थी, मैंने मदद की और बात खत्म हो गई।' यह बात सुनकर दूसरे भिक्षु को अपनी भूल समझ में आ गई।

हम सब भी यहीं भूल कर रहे है। कितनी सारी चीजों को दिमाग में भरे हुए हैं। हमारे साथ किसने गलत व्यवहार किया, ठीक से बात नहीं की, मदद नहीं की जैसे अनुभवों से दिमाग को भर रखा है। जिसको हम गलत मानते हैं, उसको देखते ही नकारात्मक भाव पैदा हो जाते हैं, मन कसैला हो जाता है और दिन खराब हो जाता है, फिर भी हम उस अनुभव को भूलते नहीं है। इतना बोझ दिमाग पर रखेंगे तो आगे कैसे बनेंगे, बड़ा कैसे बनोंगे। एक रॉकेट को भी अंतरिक्ष में पहुंचने के लिए रास्ते में थोड़ा-थोड़ा करके बोझ हल्का करना पड़ता है।

जीवन में यदि शिखर पर पहुंचना है तो हर दिन बोझ उतारते चलो। हर शाम जब कार्यस्थल से निकलो, तो उसी दिन वहां के मतभेद वहीं छोड़कर निकलो। यदि किसी से मनमुटाव हो जाए तो सामने वाले से कहना कि आज हमारे बीच जो भी हुआ, उसमें मेरी जो गलती थी, उसके लिए मैं माफी चाहता हूँ। उसकी गलती पर वह माफी मांगता है या नहीं, यह उसकी सोच है। आप तो अपना बोझ उतारो और आगे बढ़ो। अगर आपसी रिश्तों में भी लड़ाई हो जाए तो उसे विवाद को अगले दिन तक मत जाने दो, रात होने के पहले सुलह करके खत्म कर दो। यदि विवाद का 24 घंटा कट गया तो उसमें बहुत सारी गांठे बन जाएंगी, फिर उन गांठों को खोलना बहुत कठिन कार्य है।

जो छोटी-छोटी चीज का जितना बोझ दिमाग में रखेगा, वो कभी बड़ा नहीं बन पाएगा। बड़ा वही बन सकता है जो भीतर से हल्का और खाली होगा। किसी पात्र में पहले से बहुत सार चीज भरी हो तो उसमें अमृत के लिए भी जगह नहीं बन सकती। जिंदगी में वाकई कुछ बनाना चाहते हो, जिंदगी का आनंद लूटना चाहते हो, कुछ उपलब्धि हासिल करना चाहता हो, खुश रहना चाहते हो तो सिर्फ एक सरल रास्ता है, लोड लेना बंद कर दीजिए।

हम प्रतिभागियों से कहते हैं। कि जो लोग आपके लिए महत्त्वपूर्ण हैं, परंतु किसी कारण से बातचीत बंद है तो अभी यहीं से फोन लगाओ। पहले वे लोग हिचकते हैं, फिर मेरे दबाव में फोन लगाकर अपने हिस्से की गलती के लिए माफी मांग लेते हैं। कई लोगों की आंखों से आंसू बहने लगते हैं, जब सालों से बिखरा रिश्ता एक पहल करने से संवर जाता है। वे जीवन भर उस पल को भूल नहीं पाते। तो आप भी अभी फोन लगाएं। यदि किसी अपने से तनाव

बना रखा है तो आज ही माफी मांगिए और माफ कीजिए। यह करते ही आप हल्के हो जाएंगे। यदि मुंह से नहीं बोल सकते तो एसएमएस या व्हाट्सएप कर दीजिए। कभी हो सकता है कि सामने वाला ऊंची सोच का ना हो और सही रिस्पॉन्स न दे। तो भी क्या हुआ, आप तो हल्के हो गए। नई उड़ान के लिए तैयार हो गए। अपनी भावनाओं को दिल में रखने की जगह अभिव्यक्त कीजिए और अपनी उच्चता का प्रमाण दीजिए।

आज ही निर्णय लीजिए कि मैं स्वयं को छोटी-छोटी चीजों से प्रभावित नहीं होने दूंगा। याद रखिए, माफी मांगना और माफ करना, ये शक्तिशाली लोगों के काम हैं और हर समय लोड लेकर बैठ जाना हल्के लोगों का।

पाती–67

अपने और अपने से मिलने वालों के प्रेम कलश को स्नेह और सद्भावनाओं की बूँदो से भरते रहें

हम अपने प्रेम के कलश को सदैव स्नेह और सद्भावनाओं से भरा रखें। मानसिक एवं भावनात्मक पवित्रता के जल कण इस कलश में भरें। प्यार के पुष्प भरें। हम किसी व्यक्ति के अदृश्य कलश को भले ही न देख सकें किन्तु यह सही है कि प्रत्येक शिशु ऐसा ही अदृश्य कलश लेकर जन्म लेता है, पूरे जीवन भर अपना स्वतंत्र कलश रखता है और सदैव अपने कलश को भरा रखने का प्रयत्न करता है। अतः हम सोने के पूर्व स्वयं से यह प्रश्न पूछें कि क्या हमने किसी दूसरे व्यक्ति के कलश में भावनात्मक रूप से पवित्र कुछ शीतल जल की बूंदे भरी हैं? उसे अपने कलश में रखने के लिए सुगंधित पुष्प भेंट किया है? प्रतिदिन किसी के कलश को भरें और यह विश्वास रखे कि इसके साथ ही हमारा कलश स्वयमेव भरकर छल-छलाने लगेगा।

विचार करें कि हम अपने कलश को पूरा भरकर कैसे रखें? सभी व्यक्तियों के समक्ष ऐसा ही प्रश्न उपस्थित रहता है। जब उनका कलश भरा होता है तब वे प्रसन्न रहते हैं। और जब उनका कलश खाली हो जाता है तब वे दुःखी हो जाते हैं। हमें अपना कलश भरने और भरा रखने के लिए अन्य व्यक्तियों से अच्छे संबंध बनाने की आवश्यकता होती है। अन्य व्यक्तियों को अपना कलश भरने के लिए हमारे स्नेह की आवश्यकता होती है। पारस्परिक स्नेह और सद्भाव से दोनों के कलश भरे रहते हैं।

जैसे ही हम किसी व्यक्ति के प्रति मुस्कराते हैं, प्यार दिखाते हैं, अच्छे शब्द बोलते हैं, वैसे ही उसका और हमारा कलश भर जाता है। अच्छी वाणी

बोलने और अच्छा कर्म करने वाले व्यक्ति का कलश अधिक शीघ्रता से भर जाता है। किसी को अच्छा अनुभव कराने वाले व्यक्ति का कलश शीघ्र भर जाता है। किसी का कलश रिक्त कर हम अपना कलश कभी भी नहीं भर सकते हैं। जब हम किसी का कलश भरते हैं। तो हमारा कलश स्वयमेव तुरंत ही भर जाता है। छलकने लगता है। जब हम अपने कार्यो, सद्भावनाओं और सहयोग से दूसरों को अच्छा अनुभव कराते हैं, तब हम भी शीघ्र ही स्वयं अच्छा अनुभव करने लगते हैं। हम पूरे दिन अपने अच्छे शब्दों और कर्मो से एक दूसरे का कलश भरते रहते हैं। कटु और कर्कश शब्दों से रिक्त करते रहते हैं। हम सदैव सबका कलश भरने का प्रयास करें और आनन्द लें। सभी से प्यार करें। हम अपने अच्छे कार्यो और शब्दों से अपने साथियों के कलश भरे रखें। उनकी मुस्कराहट देखकर हमें उनके कलश भर जाने की जानकारी भी मिल जाती है। चेहरे की मुस्कान कलश भरने का संकेत प्रदान कर देती है। अपने से मिलने वाले प्रत्येक व्यक्ति का कलश भरने का हम सतत प्रयास करें। अपने सहायक और वाहन चालक के प्रति मुस्कराएं। धन्यवाद दें। अपने दादा-दादी और नाना-नानी के साथ कुछ क्षण बिताएं।

कभी-कभी धार्मिक स्थल पर अपना खाली कलश लेकर जाएं। धार्मिक स्थल के पवित्र छोटे-छोटे कार्य संपन्न करने पर उन्हीं जलकणों से आपका कलश भर जावेगा। धार्मिक स्थल से लौटकर किसी दूसरे के कलश में कुछ जलकण भरें। अपने से यह प्रश्न पूछें कि क्या आज मैंने किसी का कलश भरा है? दुर्भावनाओं के कारण कभी भी किसी का कलश रिक्त न करें। अपने, दूसरे के और अपने से मिलने वालों के कलश को सद्भावनाओं से सदैव आपूरित करते रहें।

पाती–68

हमारे रचनात्मक विचार ही हमें स्वस्थ रखते है

हमारे रचनात्मक विचार ही हमें स्वस्थ रखते हैं। वैज्ञानिकों ने यह सिद्ध कर दिया है कि हमारे रचनात्मक विचार ही हमारे आदर्श व्यक्तित्व, सफलता, संपन्नता और उत्तम स्वास्थ्य के लिए उत्तरदायी हैं। पावन भावना, प्रसन्नता और दयालुता के जनक हैं। हमारे विचारों के अनुरूप ही अनकूल परिस्थितियॉं स्वतः निर्मित हो जाती हैं। हमारी वैचारिकता के आधार पर ही हमारा चरित्र ढल जाता है। विचार करने के लिए हम पूर्णतः स्वतंत्र हैं। हम जिन विचारों को पोषण और शक्ति देते है, वहीं विचार सशक्त हो जाते हैं। यही विचार हमारे चरित्र और प्रवृत्तियों का निर्माण करते हैं। हमारे सकारात्मक, स्वस्थ और सशक्त विचारों का अनुकूल और सकारात्मक प्रभाव हमारे स्वास्थ्य पर पड़ता है। विचारों के ईधन से ही हमारा शारीरिक संयंत्र संचालित होता है।

हमारी भावनाओं के आधार पर ही हमारी ग्रन्थियाँ समुचित हार्मोन्स बनाकर हमारे शरीर में विविध रासायनिक क्रियाएं करती है। यही रासायनिक, क्रियाएं हमारी मानसिक क्रियाओं और प्रतिक्रियाओं को निर्धारित करती हैं।

हम किसी भी घातक शस्त्र के प्रहार का उपचार कर सकते हैं। किन्तु नकारात्मक विचार का उपचार नहीं कर पाते हैं। हम अपने नकारात्मक विचारों से ही अपने ही ऊपर प्राण घातक हमला कर लेते हैं। दूषित विचार ही हमारी आंतरिक रासायनिक क्रियाओं को प्रदूषित कर देते हैं।

सद्विचारों का चयन करें। उन्हें अभिसिंचित कर सशक्त करें। हम स्वयं को वैचारिक रूप से सशक्त करने के लिए नियमित रूप से अभ्यास करें। हम

वैचारिक और मानसिक रूप से सदैव स्वस्थ और सशक्त रहें। हमारे जीवन के इन्द्रधनुषी रंग हमारे विचारों का ही प्रतिबिंब हैं। अतः हम अपने विचारों की शक्ति का सदुपयोग करें और अपनी चतुर्मुखी प्रगति के पथ पर आगे बढ़ें।

हम अधिक से अधिक अमीर बनने की इच्छा को त्याग दें। अधिक से अधिक धन कमाने की प्रवृत्ति को छोड़ दें। हम मानव बनने के पथ पर आगे बढ़े और मानव बने।

पाती–69

हम सेवानिवृत्त होने पर अपने जीवन को सुखद बनाएं

यह दुखद है कि भारत में समृद्ध और स्वस्थ वृद्धों के साथ भी सार्वजनिक रूप से दुर्व्यवहार किया जाता है। परिणामतः वे तनाव और निराशा में घिरे रहते हैं। उन्हें अच्छी चिकित्सा सुविधाएं, पर्याप्त सुरक्षा और आने-जाने की अच्छी सुविधाएं दिया जाना आवश्यक है। इससे भी अधिक यह आवश्यक है कि उनके साथ अच्छे और उदार शब्दों में आदर, प्रेम और करूणा पूर्ण व्यवहार किया जाए। उन्हें जीवन जीने की कुछ अधिक स्वतंत्रता प्रदान की जाए।

वृद्ध व्यक्ति अपने यौवन में अपने बच्चों को पालते-पोसते हैं। अपनी इच्छाओं को विनियमित कर उनकी प्रत्येक इच्छा पूरी करते है, किन्तु अनेक बच्चे अपने कमजोर माता-पिता को उनकी वृद्धावस्था में अकेलेपन से जूझने के लिए छोड़ देते हैं। वृद्ध व्यक्तियों को समाज प्रायः बेकार मानने लगता है। अधिकांश वृद्ध व्यक्ति अपना जीवन अकेलेपन और अवसाद में बिता देते हैं। कुछ व्यक्ति पूजा करते हुए, समाचार पत्र पढ़ते हुए और धार्मिक यात्राएं करते हुए अपना जीवन समाप्त कर देते हैं।

वृद्ध मित्रों को मेरी सलाह है कि अपने अंतरंग मित्र और सहचरी की भांति कुछ अच्छी पुस्तकें सदैव अपने साथ रखें। ऐसी पुस्तको को पुनः पुनः पढ़ें। अपने साथियों के मस्तिष्क को जागृत करें। सुलगाएं। उनमें ऊपर और ऊपर उठने की इच्छा और ऊर्जा भरें। हम आध्यात्मिक चिकित्सक की भाँति उनके तन और मन का समग्र रूप से उपचार करें। उनके रोग का सही-सही उपचार करें। उनमें शांति, सहजता और विनय की भावनाएं विकसित करें।

सामान्यतः हम नौकरी से रिटायर होते ही अपने जीवन से रिटायर होने लगते हैं। और अपने टेलेंट का उपयोग करना कम कर देते हैं। यह सोच सही नहीं है। यह उपयुक्त प्रतीत होता है कि सेवानिवृत्त होते ही अपने स्वास्थ्य के प्रति अधिक सजग रहें। तन, मन और धन के प्रति अधिक ध्यान दें। तनाव से दूर रहें। पूरी नींद लें। प्रातः काल घूमने जावें। नियमित व्यायाम करें। प्रत्येक सप्ताह कुछ नया करें। स्वास्थ्यप्रद और ताजा भोजन करें। कुछ देर अकेले और शांतिपूर्वक बैठें। कुछ देर नाक से गहरी सांस लें और मुंह से छोड़ें। कुर्सी पर एक बार में 30 मिनिट से अधिक न बैठें। एक पैर पर दूसरा पैर रखकर न बैठें। इससे हमारा ब्लड प्रेशर बढ़ जाता है।

अपने नाती-पोतों को बनाने और बिगाड़ने के बीच महीन फासला होता है। अतः उन्हें अपने परिवार की अहमियत सिखाएं। उन्हें सही राह दिखाएं। उन्हें सही राह पर रखे रहें। कभी-कभी उनसे बाजार से सब्जी बुलवाएं। भोजन बनवाएं। अपने बर्तन साफ कराएं। अपने कमरे की झाड़ू लगवाएं। अपना बाथरूम साफ कराएं। उन्हें अच्छा इंसान बनाएं। उन्हें मॉ और दादी की भूमिका और महत्ता की याद दिलाते रहें। जिम्मेदारी का सबक सिखाते रहें। उन्हें समय पर सोने, पढ़ने, खेलने और भोजन करने के लिए प्रेरित करते रहें।

हम अपनी खुश रहने की क्षमता का अधिक से अधिक उपयोग करें। हम अपने खुशी के स्तर में सदैव वृद्धि कर रहें। दुःखद परिस्थिति उत्पन्न होने पर सहज रहें। स्वयं के ऊपर नियंत्रण रखें। छोटी-छोटी बातों में नयापन लाएं। छोटे-छोटे कार्य बेहतर ढंग से करें। रचनात्मक कार्य करें। इससे हमारी खुशी में वृद्धि होती है। अच्छी बात पर विचार करें। अच्छी बात को लिखें। सुस्वादु भोजन का स्मरण करें। रास्ते में मिले किसी बच्चे का स्मरण करें। रास्ते में दिखे किसी पुष्प का स्मरण करें। छोटे-छोटे बच्चों को कुछ देर खिलाएं ओर पढ़ाएं। ऐसी बातों से अपने तनाव करे कम करें और अच्छे कार्य करने की प्रेरणा प्राप्त करें।

दूसरों की बातों को ध्यान और धैर्य पूर्वक सुनें। उनकी बातों को गौर से सुने। उनसे विनम्र व्यवहार करें। उनके साथ लंबी अवधि तक जुड़े रहें। अपने बात पर हर बार न अड़ें। अपनी गलत बात पर तो कभी न अड़ें। अपने प्लान को ही लागू करने के लिए दूसरों पर दबाव न डालें। जब कभी हम जो चाहते

हैं। वहीं करना चाहते हैं। ऐसी प्रवृत्ति न पाले। जब दूसरे अपना प्लान पेश करते हैं। तो हम उसके प्लान में नाजाएज गलतियॉ न निकालें। जब कोई हमें गलत रास्ते से बाहर निकालना चाहें तो उस पर गुस्सा न हों। हम दूसरों के साथ आधे मन से कार्य न करें। लक्ष्य से अपने मन को भटकने न दें। सबकी बाते सुनें और समझें। हमें ऐसी बातों से फायदा होता है।

हम सभी के भीतर साहस का विशाल खजाना छिपा होता है। इसका सदुपयोग करें।

निराशा से दूर रहें। निराशा नुकसानदायक होती है। अतः इससे बाहर निकलने के लिए उपलब्ध अनेकों तरीके अपनाएं। निराशा कम करने के लिए अनुभवी व्यक्तियों से सलाह लें। वे आपको निराशा को उजले पक्ष की जानकारी दे सकेंगे। रचनात्मक कार्यों में व्यस्तता निराशा को कम करती है। लेखन, गीत रचना, गायन, चित्र और भोजन बनाने से निराशा कम हो जाती है। निराशा में किसी को दोष न दें। नए मित्र बनाएं। नये लोगो से भेंट करें। नए परिचय से नए विचार मिलते हैं। नई राह नजर आती है। नए अवसर उत्पन्न होते हैं। कई बार लौह तत्व की कमी से निराशा होती है। गुड़, सूखे मेवे और पालक खाएं। सब्जियां ओर फल खाएं। नीबू या संतरे का रस लोह तत्व जज्ब करने में मदद करता है। स्वास्थ्यप्रद भोजन करें। नियमित व्यायाम करें। एंटी आक्सीडेन्ट्स - तिल, अलसी - निराशा को दूर करते है।

पाती–70

हम सफल व्यक्तियों की अच्छी आदतों को अपनाएं

अपने समय, धन एवं ऊर्जा का सदुपयोग करते हैं। विनियोग करते हैं। दूसरो की मदद करते हैं। अपने इर्द-गिर्द सकारात्मकता का माहौल बनाकर रखते हैं। ऐसे लोगो को अपने पास रखते है, जो लक्ष्य और अंतिम तिथि का पालन करते हैं। नकारात्मक सोच या हमेशा शिकायत करने वालों को अपने निकट नहीं रखते हैं। सबसे अमीर लोग सबसे कम समय में फैसले लेते हैं। एक बार में एक ही काम करते हैं। काम पर जल्दी पहुँचते हैं। काम के सिलसिले में जिम्मेदारी और जोखिम लेते हैं। कड़ी मेहनत करते हैं। खूब पैसे कमाने के साथ-साथ जीवन के पलों का अच्छी तरह से उपयोग करते हैं।

चुनौती स्वीकार करते हैं। असफलता की चिंता नहीं करते हैं। असफल होने पर घबराते नहीं है। अपने उत्साह को खण्डित नहीं करते हैं। पूरा धैर्य बनाए रखते हैं। सफलता की प्रतीक्षा करते हैं।

अपने और अपने परिवार को समय देते हैं। सफल व्यक्ति सुबह जल्दी उठते है, सामान्य व्यक्तियों से कम से कम तीन घण्टा पहले। प्रत्येक सप्ताह में चार दिन कम से कम आधा घण्टा एक्सरसाईज करते हैं। जंक फूड नहीं खाते हैं। फास्ट फूड नहीं खाते हैं। सादा और स्वास्थ्यप्रद भोजन करते हैं। सिगरेट नहीं पीते हैं। रोजाना कम से कम सात घण्टे सोते हैं। कम से कम गुस्सा करते हैं। शांत और प्रसन्न रहते हैं।

मेहनत तो सब करते हैं। लेकिन हर व्यक्ति करोड़पति नहीं बन पाता है। इसका कारण है चुनिन्दा और अच्छी आदतें। दुनिया के 177 करोड़पतियों की

आदतों की रिसर्च कर यह नतीजा निकाला गया है कि जो व्यक्ति टालमटोल नहीं करते हैं, वे ही धनी बनते हैं। अपने दम पर अमीर बनने वालो में टालमटोल की आदत नहीं होती है। वे पैसे का बेहतर इस्तेमाल करते हैं। वे कम से कम गुस्सा करते हैं।

बेहद प्रतिभावान लोग भी टालमटोल की आदत से जीवन में सफल नहीं हो पाते हैं। वही व्यक्ति फैसले टालता है जिसमें अपने कार्य के प्रति लगन और निष्ठा की कमी होती है। सफल व्यक्ति टालमटोल की आदत को छोड़ देते हैं। काम की सूची बनाते हैं। उन्हें पूरा करने की अंतिम तिथि तय करते हैं। हर हाल में उस पर अमल करते हैं। अपने इर्द-गिर्द ऐसे लोगो को रखते हैं, जो लक्ष्य और अंतिम तिथि का पालन करते हैं। नकारात्मक सोच या हमेशा शिकायत करने वालों को अपने निकट नहीं रखते हैं। सबसे अमीर लोग सबसे कम समय में फैसले लेते हैं। पहले दिन से ही कमाई का पंचम अंश (20 प्रतिशत) बचाते हैं। एक बार में एक ही काम करते हैं। काम के सिलसिले में जोखिम लेते हैं। असफलता की चिंता नहीं करते हैं। प्रत्येक सप्ताह में औसतन 56 घण्टे काम करते हैं। रोजाना टी वी. देखते हैं। किन्तु एक घण्टे से भी कम। आमदनी के कम से कम तीन जरिये रखते हैं। मध्यम साईज की सस्ती कार रखते हैं। सामान्य घरों में रहते हैं। विलासिता और झूठी प्रतिष्ठा से बचते हैं।

अमीर बनने के दो रास्ते हैं। पहला, कमाई से कम खर्च करे। दूसरा, खर्च से अधिक कमाएं। ज्यादा कमाने का विकल्प सबके पास नहीं होता है इसलिए अपने खर्च को कमाई से कम रखना ही बेहतर तरीका है। सफल व्यक्ति सुबह जल्दी उठते हैं, काम शुरू करने से कम से कम तीन घण्टा पहले। प्रत्येक सप्ताह में चार दिन कम से कम आधा घण्टा एक्सरसाईज करते हैं। जंक फूड नहीं खाते हैं। फास्ट फूड नहीं खाते। सिगरेट नहीं पीते और रोजाना कम से कम सात घण्टे सोते हैं।

पाती–71

सफलता पाने के कुछ आधारभूत तत्व

सफलता पर्याप्त समय लेती है। हमारे धैर्य की परीक्षा करती है। रातों-रात मिलने वाली सफलता की धारणा कोरी कल्पना और मिथक है। सालों की कड़ी मेहनत से ही बड़ी सफलता प्राप्त होती है। प्रत्येक व्यक्ति को अपने जीवन में सफल होने में अनेक वर्षों की प्रतीक्षा करना पड़ती है। अपने लक्ष्य प्राप्ति के लिए किए गए सतत प्रयास के दौरान मिला ज्ञान अद्भुत सीख देता है। अच्छे नतीजे देता है।

जरूरी नहीं कि बड़ी शुरूआत ही बेहतर नतीजे दे। सीमित संसाधनो में भी हम बेहतर प्रदर्शन कर सकते हैं। प्रापर आइडिया, विजन, लगन, पैशन, मेहनत और नाम मात्र की धनराशि से अपना व्यापार चालू कर सकते हैं। आवश्यक यह है कि हम कठिन परिश्रम पूर्वक बिना थके लगातार ठोस प्रयास जारी रखें और बीच में आने वाली चुनौतियों का साहसपूर्वक सामना करें। सदा मुस्कराते रहें। अपना आत्म विश्वास और मनोबल बनाए रखें। आगे बढ़ने में दिलचस्पी बनाए रखें। आगे बढ़ने पर सोचे और ध्यान दें। निराशा को अपने जीवन में प्रवेश न करने दें। अपने आइडिया को एक्शन में बदलें। असंभव को संभव बनाएं। परिस्थितियों को अपने अनुकूल बनाएं। रचनात्मक आलोचना का स्वागत करें। रोज कुछ समय चिंतन करें। ऐसे लोगों से मिले और बाते करें जिनकी तरह हम बनना चाहते हैं। जिस व्यक्ति से हम मिलते हैं, वह हमें सिखाने के लिए बहुत सी बाते लेकर आता है। अनावश्यक लोगों से निरर्थक बातें कम करें और काम पर अधिक ध्यान दें। दूसरे अगर हंसी भी उड़ाएं तो परवाह न करें। अपने डर को जीत कर आगे बढ़ें।

दुख और दर्द ही हमारे जीवन का अभिन्न साक्षी है। ऐसी विपरीत परिस्थितियों को अविचलित रहकर सहना ही हमारी मानवीयता को सिद्ध करता है। हम बड़ी से बड़ी यंत्रणा झेलते हुए भी साहस, गरिमा और शिष्टता के साथ जीने की क्षमता विकसित करें। जब भी जो भी कार्य सामने आए, वह करने के लिए तैयार रहे।

हमारे पास प्रतिदिन 24 घण्टे होते हैं। प्रतिदिन 10 घण्टे कार्य करें। 8 घण्टे सोएं। शेष 6 घण्टों का भी हिसाब रखें। अपना यह समय बचाएं और विवेकपूर्ण तरीके से व्यय करें। ठीक समय पर हर काम करें। मिले हुए इस खाली समय का सदुपयोग कर पूरा आनन्द उठाएं। अपनी प्राथमिकताओं की दृष्टि से काम करना ही समय प्रबंधन की सबसे बड़ी कुंजी है। मनमुताबिक खुशहाल जिंदगी जिएं। सफलता का यही राज है।

समस्याएं हमारे जीवन का सामान्य और अनिवार्य अंग हैं। समस्या आने पर अपनी प्रतिक्रिया नियंत्रित करें। जब कभी समस्या का समाधान करते समय ही हमारे सर्वश्रेष्ठ गुण बाहर निकलते हैं। यही गुण हमें रचनात्मक, मजबूत और कारगर बनाते हैं। जटिल समस्याओं के हल करने के लिए पहले से ज्यादा शक्ति प्रदान करते हैं। प्रकृति पुरूषार्थी व्यक्ति को ही सहयोग देती है। भाग्य उसे साथ देता है और उसके मिशन, लक्ष्य और उद्देश्य का सम्मान करता है।

हम देखने और सीखने की प्रवृत्ति तथा आगे बढ़ने की बलवती इच्छा बनाये रखें। हम सदैव अपना हौसला बुलंद बनाए रखे। समस्याएं सभी के जीवन में आती है। हम घबराने की बजाए दृढ़ रहकर समस्याओं का अध्ययन करें। उनका समाधान करें और ऐसी समस्याओं से सीखे। जीवन की विसंगतियों को तरक्की के रास्ते में बदले। संकट से निपटने के लिए सभी तरीके अपनाएं। स्वस्थ और प्रसन्न रहें। दूसरो से जुड़ें रहें। अपनी सफलता में अपनी आर्थिक परिस्थितियों को आड़े न आने दें। खेल का परिणाम खेलने पर निर्भर करता है, सर्व सुविधा संपन्न बड़े खेल मैदान पर नहीं। हमें अपने कार्य में सफलता चुनौतियों से निपट कर अपना काम संपन्न करने पर ही मिलती है।

कभी - कभी हमारे मित्र और सहकर्मी अपनी भावनाओं को थाम नहीं पाते हैं। अचानक भावुक हो जाते हैं। इस स्थिति में हम उनकी मदद करें। ऐसी साथी को एक शांत कमरे में ले जाएं। उनकी बात गंभीरता पूर्वक सुनें। उनकी

अच्छी और बुरी भावनाओं का सम्मान करें। उनकी बुरी भावनाओं उनके मन से निकालें। उन्हें ठण्डे दिमाग से विचार करने और धैर्य रखने की सलाह दें। निश्चित ही उनका अगला कदम कारगर होगा।

प्रत्येक व्यक्ति को अपने अच्छे कैरियर के लिए नये-नये कौशल सीखना और अपने कौशल पर पूरा फोकस करना आवश्यक है। अपने काम में सुधार लाने के लिए नए हुनर सीखना आवश्यक है। सबसे साधारण कौशल भी महत्त्वपूर्ण होते हैं। हम उन्हीं लोगो से मिले जिनके पास देने के लिए वाकई कुछ हो। ऐसे लोगों से दूर रहें जिनकी कभी जरूरत ही महसूस न हो।

सफल व्यक्ति निराशा को अपनी सहेली बना लेते हैं। निराशा को अपने लक्ष्य तक पहुंचने के पथ का साथी मान लेते हैं। और शीघ्र ही निराशा से उबरकर आगे बढ़ जाते हैं। निराशा की स्थिति में भी सफल व्यक्तियों की प्रतिक्रिया सकारात्मक होती है। वे अपनी भावनाओं को नियंत्रित कर प्रभावी ढंग से प्रतिक्रिया देते हैं। असफल व्यक्ति निराशा को अपने पथ की बाधा बनने का पूरा मौका देकर अपने लक्ष्य का पीछा करना छोड़ देते हैं। या पथ से हट जाते हैं। यह सही है कि हम निराशा को सदैव टाल नहीं सकते हैं। जब अनचाहे और अचानक निराशा आए तो हम उसे अपने ऊपर हावी न होने दें। बगैर सोचे-समझे किसी की आलोचना न करें। आग बबूला न हो जाएं। क्रोध से न फूट पड़े। दूसरो पर आरोप लगाकर उन पर अपना गुस्सा न उतारें।

हम सफलतम व्यक्ति को देखकर ऐसा न सोचें कि उसके जीवन में हमेशा से ही सब कुछ अच्छा ही होता रहा है। उसके जीवन में कभी कोई समस्या ही नहीं रही है। उसे कभी कोई असफलता नहीं मिली है।

हम पर्याप्त धैर्य रखे। सफलता प्रतीक्षा कराती है। सफलता के लिए जल्दी न मचाएं। सफलता प्राप्त करने के लिए निरंतर जिज्ञासा बनाए रखे। हमारे प्रश्नों और उनके उत्तरों से ही हमारी रूचि प्रगट हो जाती है। जब हम यह जान जाते हैं। कि हमारी दिलचस्पी किस कार्य में है तब हमें उसी कार्य से प्यार हो जाता है। हम वही कार्य पूरी निष्ठा के साथ करने लगते हैं। हमें प्रत्येक व्यक्ति का सहयोग मिलने लगता है। हम जन-जन को सहयोग करने लगते हैं। हमें उसी कार्य में पूरी सफलता प्राप्त होने लगती है।

पाती–72

शैक्षिक गुणवत्ता में कार्य संबंधी कौशल की भूमिका

हमारा विश्वास है कि शिक्षा जीवन रूपान्तरित करती है और बेहतर शिक्षा से प्रत्येक का जीवन सफल हो सकता है। जनगणना आंकड़ों से हमें संतुष्ट नहीं होना चाहिए कि हमारे अधिकांश छात्र साक्षर हैं। हमें केवल तभी संतुष्ट होना चाहिए जब कि प्रत्येक विद्यार्थी अच्छे शिक्षित व्यक्तियों के साथ संवाद स्थापित कर उनके साथ चल-फिर सकें। बेहतर कार्य संबंधी कौशल से अधिकांश विद्यार्थी समाज में अधिक योगदान दे सकते हैं।

परस्पर वार्तालाप/बैठक में विद्यार्थी को अच्छे संवाद कौशल की आवश्यकता होती है। वे गणित में वास्तव में निपुण हो सकते हैं। लेकिन यदि उनमें उसके अन्यत्र प्रयोग की निपुणता नहीं है, तो वे अच्छे नहीं हैं। अच्छी क्रियाशील निपुणतायें रोजगार प्राप्ति में सफलता की आधारभूत कुंजी होती हैं।

हम बहुत अधिक चिन्तित हैं कि मध्यम वर्ग के विद्यार्थियों में भी कार्य संबंधी कौशल की बहुत ज्यादा कमी होती है। वे संवाद करने, गणना करने, पढ़ने और लिखने में संघर्षरत रहते हैं। वे अपने ज्ञान का प्रयोग आधारभूत कार्यों में नहीं कर पाते हैं। कार्य संबंधी कौशल हम सभी के जीवन के लिए आवश्यक हैं। आवश्यक कौशल के अभाव के कारण हमें अपने स्वास्थ्य, भरोसा, खुशी और रोजगारपरकता से समझौता करना पड़ता हैं।

क्रियाशील निपुणतायें वास्तविक जीवन में ज्ञान एवं निपुणताओं का कब और कहां प्रयोग करने तक ही सीमित नहीं है अपितु अपने ज्ञान द्वारा समस्या की पहिचान कर कार्य में जुटे रहना है। यह जानना है कि हम ज्ञान के प्रयोग से समस्या का प्रभावी हल कैसे कर पाते हैं।

हमारी क्षमताओं में क्रियाशील निपुणतायें वे हैं जिनका जीवन में हमारे विद्यार्थी प्रयोग करते हैं। उदाहरणतः जब किसी कार्य के साक्षात्कार में नियोक्ता आशा के विपरीत प्रश्न पूछते हैं। तो उनके उत्तर देने की निपुणता हेतु सोचने की आवश्यकता होती है। इससे अपने पैरों पर खड़े होने और इस प्रकार अपने जीवन और कार्य में सुधार लाने की शक्ति प्राप्त होती है। उनमें उन परिस्थितियों का सामना करने की सामर्थ्य होनी चाहिए जिनसे वह परिचित नहीं हैं और इस प्रकार निपुणताओं का किस प्रकार प्रयोग कर अपनी सहायता कर सकते हैं।

क्रियाशील निपुणतायें अंग्रेजी, गणित तथा सूचना और योग्यताओं के वे मूल तत्व हैं जिससे वे भरोसे के साथ प्रभावी ढंग से स्वतन्त्रतापूर्वक जीवन में अपने समुदाय के लिये कार्यों को परिचालित करते हैं।

इन समस्याओं पर ध्यान देना अत्यधिक प्रशंसनीय है। प्रत्येक विद्यार्थी के विकास के लिये क्रियाशील निपुणतायें आवश्यक है। अतः क्रियाशील निपुणताओं पर हमारा मुख्य ध्यान आवश्यक रूप से होना चाहिए। हमें वास्तविक जीवन परिस्थितियों में इनके समावेश हेतु गम्भीर प्रयत्न करने चाहिए। हमें मिडिल एवं सेकण्डरी स्तर पर पढ़ाये जाने वाले विषयों में क्रियाशील निपुणता का समावेश करने हेतु अधिक प्रयत्नशील होना चाहिए। उदाहरणतः विज्ञान में विद्यार्थियों को अँग्रेजी की क्रियाशील निपुणताओं का प्रयोग करना चाहिए जब वे परिचर्चा में भागीदारी करें या जब वे अनुसंधानों के परिणामों को लिखें। उनको गणितीय निपुणताओं तर्क एवं विश्लेषण का भी प्रयोग करना चाहिए जबकि वे अनुसंधानों के परिणामों की व्याख्या कर रहे हैं और निपुणताओं का प्रयोग अनुसंधानों के निष्कर्षों की प्रस्तुति में करना चाहिए।

विभिन्न समस्याओं के हल हेतु सही अंग्रेजी, गणित तथा निपुणताओं के सही चयन की योग्यता ही क्रियाशील निपुणतायें हैं। पाठ्यक्रम से संबंधित प्रकरणों का दैनिक जीवन में सही ढंग से प्रयोग करना भी क्रियाशील निपुणता है। एक वेतन विवरण को समझना और पब्लिक ट्रान्सपोर्ट द्वारा यात्रा की योजना बनाना गणितीय निपुणता के उदाहरण हैं।

हमें सुनिश्चित करना चाहिए कि प्राइमरी तथा मिडिल स्तर पर हमारे विद्यार्थियों में निम्नलिखित क्रियाशील निपुणताओं को ईमानदारी एवं निष्ठापूर्वक सिखाना है :

- बोलना
- सुनना और उत्तर देना/प्रतिक्रिया दिखाना
- शब्दों को पहिचानना : पढ़ना और स्पेलिंग (वर्ण विन्यास)
- पाठ्यपुस्तक को समझना और अर्थ/व्याख्या करना
- मूल पाठ का सृजन एवं रूपान्तरण करना
- मूल पाठ की संरचना एवं व्यवस्थापन
- वाक्य संरचना और पंक्चुएशन (विरामादि विधान)
- प्रस्तुतीकरण
- सामूहिक परिचर्चा और परस्पर विचार-विमर्श
- ड्रामा (अभिव्यक्ति)

आज हम निश्चित रूप से नहीं कह सकते कि 21वीं शताब्दी आगे बढ़ते सभी प्रकार के कैरियर की दिशा कहां ले जाऐगी? परन्तु कौशल कार्यस्थल और समुदाय की सफलता के लिये आवश्यक होगी और मुख्यतः इस कौशल को हमें बच्चों को सिखाना होगा।

यदि विद्यार्थियों को हम स्वतंत्र अन्वेषण, सृजनात्मक चिन्तन, सकारात्मक ज्ञान, टीम कार्य, स्वयं प्रबन्धन और प्रभावशाली प्रतिभागिता के कौशल से सुसज्जित कर सके तो वह अपने कार्यस्थल, व्यापार, लोगों से मिलने और विश्व भ्रमण की चुनौतियों का विश्वासपूर्वक और सृजनात्मक रूप से सामना कर सकेंगे।

स्पीकिंग इंग्लिश के इनोवेटिव एक्सपेरियंस से बच्चों के शब्द संग्रह में वृद्धि होती है। वे शब्दों के उपयोग के नए-नए तरीके सीखते हैं। नए-नए शब्द बोलते हैं।

चुनौतियों से प्रभावी तरीके से निपटने के लिए उभरती हुई परिस्थितियों के अनुरूप ही हम अपने बच्चों को ढालने का प्रयास करें।

फिनलेण्ड की शिक्षण व्यवस्था की पूरे विश्व में सराहना की जाती है। फिनलेण्ड मध्यप्रदेश से भी छोटा सा देश है। एक वर्ष में भारतीय शिक्षक 1232 शैक्षिक घण्टे और अमेरिकी शिक्षक 1100 शैक्षिक घण्टे अपनी कक्षाओं में गुजारते हैं। जबकि फिनलैण्ड में केवल 600 घण्टे ही शिक्षक क्लास में रहता है। अधिकांश समय में छात्र स्वयं ही कुछ विषय सीखने के लिए प्रयास करते हैं। हमारे शिक्षक बंधु क्लास रूम में कुछ समय के लिए छात्रों को स्वतंत्र छोड़ दें। हमारे शिक्षक छात्रों को नियंत्रित करने के साथ-साथ उनकी मदद करें। शिक्षक के साथ-साथ मददगार भी बनें। सीखने-सिखाने के अद्‌भुत अनुभव का आनंद लें। माता-पिता के समान ही शिक्षको को स्वैच्छिक रूप से पूरे जीवन भर सम्मान और स्नेह प्राप्त होता है।

पाती–73

व्यक्तित्व विकास के कुछ महत्वपूर्ण सूत्र

परिवर्तन को सकारात्मक तरीके से स्वीकारें। परिवर्तन को स्वीकारने का सही और अच्छा तरीका सीखें। बदलाव के साथ न बदलने के गंभीर परिणाम होते हैं। राम छोटा सा कृषक था। श्याम श्रमिक था और राम के खेत पर काम करता था। दोनों की आजीविका इसी खेत के सहारे चल रही थी। दोनों का जीवन आनन्द से चल रहा था। राम ने अपना घर भी इसी भूमि पर बना लिया था ताकि काम पर आने जाने में सुविधा हो। लेकिन राम यह नहीं सोच पाया कि परिवार बढ़ने के साथ भूमि का यह टुकड़ा और छोटा होता जा रहा है। फिर एक दिन सुबह जब राम और श्याम भूमि के पास पहुंचे तो पता चला कि राम का बेटा भी इसी भूमि पर काम करने लगा है। इससे श्याम का काम बंद हो गया।

श्याम का जीवन इसी खेत से चल रहा था लेकिन उसने इस परिवर्तन को तुरंत ही स्वीकार कर लिया। श्याम समीप के नगर में जाकर अपने लिए रोजगार का प्रबंध करने में जुट गया। उसने कुछ नया कौशल प्राप्त कर लिया और अच्छे रोजगार में लग गया। जबकि राम और उसका बेटा मोहन दोनों परेशान हो गए। उनका आपस में बंटवारा हो गया। पहले तो उन्हें विश्वास था कि उनकी जमीन उनका और उनके बच्चों का पेट सदैव भरती रहेगी और पूरा जीवन इस भूमि की आय से ही निकल जाएगा किन्तु कुछ दिनों बाद वे दुखी और निराश रहने लगे। दबाव में रहने लगे। डिप्रेशन में चले गए। राम को अब लगने लगा कि भूमि का बंटवारा बेटे और बहू की किसी साजिश का हिस्सा है। उनके साथ धोखा हुआ है। लेकिन इस तरह के कयासों से कोई

फायदा नहीं हुआ और हालात अधिक बिगड़ने लगे। कुछ दिनो बाद राम का बेटा मोहन सब्जी और सब्जी के बीजों की दुकान करने लगा। शुरू में तो उसे बहुत डर लगा। लेकिन धीरे-धीरे उसकी दुकान चलने लगी। उसे दुकान से मुनाफा होने लगा। अपने बेटे की सफलता देखकर राम भी खुशी पूर्वक अपनी जमीन पर पूरी रूचि और मन से काम करने लगा।

जब जमीन से हमारा रिश्ता टूटता है तो हम मानने लगते हैं। कि अब दुनिया का अंत आ गया है। जो भी कुछ अच्छा था वह बीत चुका है। अब पूरा भविष्य अंधकार में है। इस तरह लोग डर के साथ जीने लगते हैं। किन्तु विवेक और साहस बनाए रखने से इस प्रकार की चिंताओं का समय शीघ्र ही बीत जाता है और व्यक्ति सफलता के पथ पर आगे बढ़ने लगता है। अतः परिवर्तन को अंत के रूप में देखने के बजाए एक नई शुरूआत की तरह देखना चाहिए। यह नजरिया जिसके पास है वो खुश है। ऐसा नहीं है कि लोग यह बात जानते नहीं है, लेकिन स्वप्रेरणा की कमी के कारण इसे स्वीकार नहीं कर पाते और सच से दूर भागते रहते हैं।

अगर हम समय के साथ परिवर्तन को स्वीकार नहीं करेंगे और बदलाव नहीं लाएंगे तो एक दिन हम लुप्त हो जाएंगे। अच्छा जीवन हमेशा साहस और जोखिम की मांग करता है। जो लोग यह बात जानते हैं, वे परिवर्तन से घबराते नहीं हैं। कई बार तो वे परिवर्तन खुद-ब-खुद होने का इंतजार नहीं करते, बल्कि स्वयं परिवर्तन लाने के लिए काम करते हैं। जरूरत और समय के मुताबिक वे दुनिया ओर आसपास की परिस्थितियों को वैसा बनाने की कोशिश करते है, जैसा वे उसे देखना चाहते हैं। जो लोग हमेशा सुरक्षा और सुविधा की उम्मीद करते हैं और इसी के बीच रहना चाहते हैं। वे अपने में छिपी संभावनाओं को नष्ट कर देते हैं। सरकारी पद पर रहकर जो सुरक्षित और सुविधाजनक काम और वेतन चाहते हैं। वे कुछ नया सीखने और जोखिम लेने की जरूरत नहीं समझते हैं। और इसके लिए प्रयास भी नहीं करते हैं। इस तरह की निर्भरता और स्थायित्व की चाह व्यक्तिगत तरक्की को बाधित कर देती है। परिवर्तन में कई अच्छी संभावनाएं छिपी होती है। अज्ञात से डरने की कोई जरूरत नहीं है। हम पूरा विश्वास रखें कि अज्ञात भी हमारी कल्पनाओं और उम्मीदों से बेहतर हो सकता है।

सबसे महत्त्वपूर्ण है काम शुरू करना। अगर हम खुशहाल जीवन जीना चाहते हैं। तो जीवन को एक लक्ष्य से बांध लें। लक्ष्य के पीछे चलना जरूरी है। लक्ष्य के पीछे किस गति से चल रहे हैं? रूक तो नहीं गए हैं? यह जानना ही पर्याप्त नहीं, इस जानकारी पर अमल करना होगा। इच्छा करना ही काफी नहीं है, सबसे महत्त्वपूर्ण है काम शुरू करना। महान और सक्षम बनने के लिए चुनौती स्वीकार करना जरूरी है।

अपनी भावनाओं पर नियंत्रण करें और शीर्ष पदों पर पहुंचे। स्वयं को संभालने के लिए अपने मस्तिष्क का उपयोग करें। दूसरों को संभालने के लिए अपने हृदय का उपयोग करें। यानी खुद शांत रहें दूसरों को शांत बनाए रखें। बहुत दबाव में आने से बचें। सफल होने का सबसे अच्छा तरीका यही है। दबाव के समय हम अपनी भावनाओं को अच्छे तरीके से नियंत्रित करें। एक शोध में पता चला है कि शीर्ष पदों पर पहुंचने वाले 90 प्रतिशत लोग अपनी भावनाओं को नियंत्रित करने में कुशल एवं सफल होते हैं। विशेषतः दबाव के समय। जब दिमाग तनाव से भरा हो तो उसे नियंत्रित और शांत करना जरूरी है। तनाव के कारण मस्तिष्क में कुछ नई कोशिकाएं बनती है। इससे स्मृति भी बेहतर होती है किन्तु जब दबाव का स्तर जरूरत से ज्यादा बढ़ जाता है तो मस्तिष्क में नई कोशिकाएं बनने की क्षमता कम हो जाती है। थोड़ा दबाव हमें सतर्क बनाए रखता है। हम बेहतर काम कर पाते हैं। लेकिन अधिक दबाव के कारण हम सर्वश्रेष्ठ नहीं दे पाते हैं।

आशंकाओं से बचें और तनाव से दूर रहें। तनाव से दूर होने का एक अच्छा तरीका यह है कि हम खुद से यह सवाल पूछना बंद कर दें कि अगर ऐसा हुआ तो क्या होगा? ऐसे सवाल हमें कई आशंकाओं से भर देते हैं। जब हम अपने सपने को जी रहे होते हैं, यानी अपने मनपसंद काम कर रहे होते हैं। तब हम पर कोई दबाव नहीं होता है। वैसे चिंता के बारे में एक कहावत है कि यह तो सिर्फ मेहमान है। अतः चिंता को आने दें और आकर चले जाने दें। चिंता को अपने साथ न रखें। वृद्धावस्था में भी हम शांत और खुश रहें। बैचेन न रहें और किसी दबाव में न रहें।

हमारी भावनाएं ही हमें इंसान और भगवान बनाती हैं। सकारात्मक भावनाएं हमें शक्ति और ऊर्जा प्रदान करती हैं। अतः अपनी सोच में

सकारात्मक बदलाव लाएं और दुःख से बचें। क्रोध, पश्चाताप, चिंता जैसी नकारात्मक भावनाओं पर नियंत्रण रखें। भले ही क्रोध सामान्य मनोभाव हो किन्तु क्रोध से ओतप्रोत व्यक्ति स्वयं ही स्वयं का शत्रु बन जाता है। अतः क्रोध से बचें। पश्चाताप करना आवश्यक है किन्तु अधिक पश्चाताप से समय, संकल्प और शक्ति का अपव्यय होता है। अतः पश्चाताप में डूब जाना अच्छा नहीं है। चिंता पूर्वाभास, बैचेनी और डर को जन्म देती है। अतः अनावश्यक चिंता न करें। अपने जीवन में तालमेल बनाएं रखें। ईर्ष्या से बचें। ध्यान कर शांति प्राप्त करें।

पाती–74

वृद्धावस्था में सदैव अच्छे काम करें

वृद्धावस्था में भी अपने जीवन को पटरी पर रखें। नई-नई पुस्तकें पढ़ें और उनसे अच्छी चीजें सीखें। अब पचपन पूरे करने पर नहीं अपितु पचहत्तर पूरे करने पर भी अपना बचपन बनाए रखें। टी.व्ही. पर शिक्षाप्रद प्रोग्राम देखें। सीखने की प्रवृत्ति बनाए रखें। सीखने की पूरी क्षमता का उपयोग करें। नया देखने और सुनने की उत्सुकता बनाए रखें। थके हुए लोगों की नहीं अपितु उत्साही व्यक्तियों की भाषा का उपयोग करें। अपनी बातचीत और व्यवहार में अच्छी उम्मीदें बनाएं रखें। अपनी सेहत के बारे में लगातार सजग रहें। गहरी नींद लें। व्यायाम करें। पोषक और स्वस्थ भोजन करें। यह भरोसा रखें कि हम जितना लंबा जीवन जी पाएंगे, उतने बेहतर काम कर पाएंगे। ज्यादा दिन खुश रहेंगे। दुनिया का अधिक से अधिक भला कर सकेंगे। नकारात्मक और दोष खोजने की प्रवृत्तियों से बचें। हर चीज के लिए किसी की सहायता की अपेक्षा न करें। दुनिया में हर तरह के लोग होते हैं। अतः यदि कोई गलत करता भी है तो चिंतित न हो। अच्छाई और बुराई को समान भाव से स्वीकार करें। सदैव अपने सहयोगियों पर निर्भर न रहकर अपने रास्ते स्वयं बनाएं। कभी-कभी असफल होने पर उम्मीद बनाए रखें।

अच्छा चिंतन करते रहें। अपने दिमाग में नई-नई योजनाएं बनाते रहें दूसरों की गलती का भार अपने सिर पर लेकर न चले। खुद से गलती हो जाए तो रोने के लिए न बैठ जाएं। दूसरों को क्षमा करें। स्वयं को भी क्षमा करें। यह सदैव स्वीकार करें कि मानव से भूल होना स्वाभाविक है। अतीत में हुई असफलता को कभी न छिपाएं। उनसे प्रेरणा लें।

हमारी आयु का सत्तर का दशक पतझड़ नहीं अपितु हमारे जीवन का दूसरा बसंत है। जिन्दगी की समापन बेला का दूसरा बालपन है। घटती जीवन ऊर्जा के इस दूसरे बालपन में हम बिना किसी रोक-टोक के असली काम करें। ज्यादा अच्छे और सच्चे काम करें। अपने मन की गहराई में उतरकर अंदर दबी आग को बाहर निकालें। अपनी चमक को सभी ओर बिखेर दें। अपनी माटी की पुकार को ध्यान पूर्वक सुनें। अपने गाँव की मक्के और ज्वार की रोटी का आनन्द लें। चने की भाजी का स्वाद लें। मिट्टी की महक का आनन्द लें। प्रकृति के समीप रहकर खेत की चिल-चिलाती धूप और कड़कती ठण्ड का अनुभव लें। कड़ी से कड़ी मेहनत करें। अपने सभी कार्य यथासंभव स्वयं करें।

वृद्धावस्था में अपने साथियों के साथ निकटता से जुड़े। उनके साथ व्यक्तिगत संवाद करें। विस्तृत चर्चा करें। विचार विनिमय करें। इससे अच्छे विचारों का जन्म होता है जो हमारे जीवन में अच्छे बदलाव लाते हैं। इस विश्वास को दृढ़ता प्रदान करें कि संबंधों की सघनता और परोपकार से भी हमें कभी न कभी आर्थिक, सामाजिक और भावनात्मक लाभ प्राप्त होते हैं।

हम अपनी आत्मा के साथ प्रतिदिन कुछ क्षण सत्संग अवश्य करें। शरीर, मन और आत्मा को समेकित कर कुछ समय शांति पूर्वक बैठें। आत्म चिंतन करें। प्रभु की पूजन और प्रार्थना करें। प्रभु के भजन करें। इससे हमारे मन को बड़ी शांति मिलती है।

पाती–75

जिज्ञासा जीतने की प्रवृत्ति और इच्छाशक्ति विकसित करें

हम अपने अंदर कुछ हासिल करने की बलवती इच्छा जगाएं। जिज्ञासा और जीतने की प्रवृत्ति विकसित करें। अपनी चीजों को नया स्वरूप दें। अनजाने की खोज करें। नए-नए प्रयोग करें। परिश्रम करें। इससे हमें निश्चित ही बड़ी-बड़ी सफलताएं प्राप्त होती हैं। सब कुछ सीखने पर ध्यान केन्द्रित करें। किताबों को प्यार करें। किताब पढ़कर उसमें मौजूद समस्या और समाधान को खुद के जीवन से जोड़ें। अपना ज्ञान अपने मित्रों को बांटते रहें। जो कुछ भी सीखें, असल जिन्दगी में उसे व्यावहारिक रूप से अपनाएं।

अपने कार्यों के विविध पक्षों की अधिक से अधिक जानकारी रखें। अपने कार्यों और शब्दों में पूरा विश्वास रखें कि यह सही है और महत्त्वपूर्ण है। उनसे भावनात्मक जुड़ाव बनाकर रखें। अपनी आवाज में जोश भरें। उत्साह भरें।

हम एक दूसरे के साथ संपर्क करने की लालसा रखें। इण्टरनेट के युग में भी हम इंसान के रूप में दूसरों से जुड़ने की क्षमता बनाए रखें। किंडल या आईपेड की तुलना में किताब से सुगंध आती है। अलग प्रकार का एहसास होता है। किताब का अपना आकर्षण होता है। हाथ से लिखी चिट्ठी की अपनी सुन्दरता और गुणवत्ता होती है। इस मिट्टी को पढ़ने में भी प्रसन्नता होती है।

हम सदैव नियमित रूप से शांति का अभ्यास करें। शांत रहकर अपनी समस्या का हल निकालें। मानसिक रूप से शांत होने पर ही मुश्किलों को सुलझाया जा सकता है। मानसिक हड़बड़ी में मुश्किलों को सुलझाते समय के जवाब नहीं सूझते हैं। शांत रहने पर ही मस्तिष्क ठीक से काम करता है। सही ढंग से सोच पाता है।

हमारे जीवन का यह मूलभूत नियम है कि हम जिस वस्तु की तलाश करेंगे, वह हमें मिल जाऐगी। खुशी की तलाश करेंगे तो खुशी अवश्य ही मिल जाएगी। हम खुशी को देख सकते हैं। पहचान सकते हैं। हमारी अंदरूनी स्थिति हमारे खुशी के स्तर को तय करती है। हम आनन्द लेने की अपनी क्षमता का पूरा उपयोग करें। हम सदैव खुद को सुखी मानें और सुखी रहें। सही व्यायाम और सही आराम करें। यही सुखद भावनाओं के आधारभूत तत्व हैं। सही भावनाएं रखने के लिए शरीर और मस्तिष्क के साथ सही व्यवहार करें। सही सोच रखें। अपने जीवन में बदलाव लाना है तो शुरूआत खुद से करें।

जब कभी रोने का मन करें तो अपने आंसुओं को बहने दें। आंसू बहाने में कभी संकोच और शर्म न करें। दर्द के आंसू निकलते ही हमें शांति अनुभव होने लगती है। हम अपने व्यक्तित्व को मजबूत और बेहतर अनुभव करने लगते हैं।

हम अपने हर दिन को अच्छी तरह से बिताएं और अपनी जिन्दगी को बेहतर बनाएं। अपने जीवन को ऊँचाई पर ले जाएं। हर दिन अपने जीवन में कुछ न कुछ सुधार लाएं। प्रतिदिन किसी न किसी की प्रशंसा करें। कुछ न कुछ दान दें। अच्छे लोगों से प्रेरणा लें। साहसपूर्वक निर्णय लें। सकारात्मक कार्य करें। पूरी तरह से अपने काम में डूब जाएं। पूरे फोकस के साथ काम करें। इस प्रकार के डीप वर्किंग के घण्टों को धीरे-धीरे बढ़ाएं। अपने व्यावसायिक जीवन की गुणवत्ता बढ़ाएं। जीवन के हर हिस्से की गुणवत्ता बढ़ाएं। बड़ी उपलब्धियॉ प्राप्त करने के लिए सुबह जल्दी सोकर उठें। अपने दिन का सर्वश्रेष्ठ उपयोग करें। अपने दिन को उत्पादक तरीके से बिताएं। प्रतिदिन नियमित रूप से व्यायाम करें। सामाजिक और परोपकार संबंधी कार्यो से जुडे रहें। पैसे दिए बिना भी हम अनेक व्यक्तियों को खुश रख सकते हैं। अतः ऐसी खुशी प्रदान करते रहें।

जीवन की चतुर्मुखी सफलता में प्रबल इच्छा शक्ति की महत्वपूर्ण भूमिका होती है। जीवन में सफलता इच्छाशक्ति के अनुपात में ही मिलती है। इच्छा शक्ति हमारे मन और आत्मा की संयुक्त रचनात्मक और क्रियात्मक शक्ति है। हम भावना और बुद्धि पूर्वक ठोस प्रयास कर अपनी इच्छा शक्ति में वृद्धि कर सकते है। उसे सशक्त बना सकते है। इच्छा शक्ति में वृद्धि करने के लिए

सदैव प्रयास करें। अपने तन और मन की ऊर्जा को सुनियोजित करें। अपने तन, मन, विचार, भाव एवं व्यवहार को अनुशासित रखें।

हम अपनी इच्छा शक्ति को ही ब्रम्हास्त्र बनाऐं जिसके दम पर हर डर दूर किया जा सकता है। बड़े लक्ष्य बनाऐं। ऊँचे मानक स्थापित करें। हम यह मानकर चले कि हम दुनिया में बिरले है। अपनी अंदरूनी ताकत को, अपनी कमियों को और अपनी मान्यताओं को पहचानें। धीर-धीरे आप अपनी बिरली बात को भी पहचान लेंगे। अपनी क्षमता के बारे में सोचे। अपने भविष्य के बारे सोचे। हम बदलाव का सामना करें। जानी पहचानी जगहों से अलग होने पर डरें नहीं। अपने मन की झिझक हटा दें। बदलाव ही जिंदगी की सफलता है। हम आजीवन कुछ न कुछ नए कौशल सीखते रहें। यह मानकर चले कि हम कभी भी किसी नई चीज को सीखने के लिए बूढ़े नहीं होते है। वृद्धावस्था का दूसरे बचपन के रूप में आनन्द लें।

हमारी इच्छा शक्ति ही हमारा ब्रम्हास्त्र है। हम इस ब्रम्हास्त्र के दम पर निडर रहे। जब भी अवसर मिले, उसे पहचाने। उससे फायदा उठाऐं। हर अवसर को भुनाने के लिए सदैव तैयार रहें। मौके पर कड़ी मेहनत करें। असफलता से कभी नहीं डरे। यदि हमने असफलता का स्वाद नहीं चखा है तो सफलता का मजा नहीं आएगा। हर बार छुट्टी बिताने के लिए नई जगह जाऐं और अपने व्यक्तित्व को निखारें। सुनने से पहले बोलना शुरू न करें। प्रतिदिन भलाई का एक काम करें। खूब हँसें। खूब खुश रहें। खूब मजे करें।

पाती–76

नैनागिरि में बैठकर प्रकृति का आनन्द लें

नैनागिरि महानतम तपस्वियों की तपस्या की तपोभूमि है। अपार शांति की जननी है। पौराणिक दृष्टि से नैनागिरि भगवान नेमिनाथ के काल से ही साधकों को आकर्षित करता रहा है। हिमालयीन ऊर्जा प्रदान करता है। इसी आकर्षण से वरदत्तादि पाँच मुनिवर प्राचीन काल में चालीस हजार वर्ष पूर्व नैनागिरि पधारे। प्रचण्ड तप कर सिद्ध बने। ईसा से 800 वर्ष पूर्व भगवान पार्श्वनाथ नैनागिरि पधारे, समवसरण में अपनी देशना प्रदान की और नैनागिरि में अखण्ड आध्यात्मिक ऊर्जा प्राप्त कर शिखरजी की यात्रा पर प्रस्थान कर गए।

नैनागिरि में प्राकृतिक एवं आध्यात्मिक ऊर्जा का विशाल भण्डार है। अपनी सांसों के माध्यम से इस ऊर्जा को गृहण कर तथा प्रकृति और आध्यात्मिक जगत से जुड़कर हमें गहरा और स्थायी आनन्द प्राप्त होता है। शाश्वत प्रसन्नता और खुशी प्राप्त होती है। नैनागिरि में बकुल और वट वृक्ष के नीचे बैठकर हम अपार शांति प्राप्त करते हैं। सिद्ध शिला के दक्षिणी किनारे पर पश्चिम से पूर्व की ओर बहती सेमरा पठार नदी और महावीर सरोवर के केन्द्र में स्थित जल मंदिर में बैठकर हम असाधारण प्रसन्नता प्राप्त करते हैं। पृथ्वी, जल, अग्नि, वायु और आकाश से सतत जीवंत संवाद स्थापित कर जुनून, जज्बा और जीवटता को आत्मसात करते हैं। असाधारण संकल्प शक्ति विकसित करते हैं। भौतिक और आध्यात्मिक विकास की अनगिनत संभावनाओं को जन्म देते हैं।

हम नैनागिरि में कुछ दिन एकांत में रहें। मौन पूर्वक रहें। एकांत और मौन के विलक्षण प्रभाव का आनन्द लें। आनन्द मय जीवन जीने की कला सीखें और तनाव से दूर रहें। छोटे-छोटे कार्यों में खुशी प्राप्त करें। कभी-कभी कुछ

नए कार्य करें। उनकी सफलता का आनन्द लें। हमें नैनागिरि में जन्म लेने का सौभाग्य मिला है। अतः हम उसे बेहतर और अधिक खूबसूरत बनाने के लिए सतत प्रयत्न कर रहे हैं।

शीत ऋतु आ रही है। इस ऋतु में अब हम कुछ दिन नैनागिरि में रहें और गुनगुनी धूप का आनन्द लें। हम अलमीरा में रखे अपने कपड़ो को धूप दिखाते हैं। अपनी साड़ियों को धूप दिखाते हैं। इस प्रकार नैनागिरि यात्रा कर अपने शरीर को धूप दिखाएं। अब धूप दिखाने का विचार ओपन टू स्काई या ओपन टू सन के रूप में हमारी जरूरत बन गया है। ओ टी एस हमारी पारंपरिक अवधारणा है। लंबे समय से घरों में बंद रहने के कारण हमारे शरीर में विटामिन डी की कमी हो रही है। अब भारत में अपनी पुरानी डिजाइन को पुनर्जीवित करते हुए ऐसे घर बन रहे हैं जिसमें से आँगन जैसा कुछ भाग सीधा आसमान की ओर खुलता है। वैकल्पिक रूप से फाइबर या धुंधले कांच से ढका रहता है। धूप अंदर आती है और घर कीटाणु मुक्त होता रहता है। धूप हमारे घर को सेनिटाईज करती रहती है। सभी दिशाओं से प्राकृतिक रोशनी देने वाली ऑक्सीजन से भरपूर इस खुली जगह में हम नृत्य, संगीत सीख सकते हैं। योग और ध्यान कर सकते हैं। हरे-भरे पेड़ देख सकते हैं। चिड़ियों का गुंजन सुन सकते हैं। वृद्धावस्था में स्वस्थ जीवन जीने के लिए ऐसे घर बहुत जरूरी हैं। इसी बीच आप इन सभी प्रकृति प्रदत्त संसाधनों का लाभ प्राप्त करने के लिए नैनागिरि पधारें।

नैनागिरि का पर्यावरण शुद्ध रहता है। आकाश साफ रहता है। ध्वनि और प्रकाश का प्रदूषण नहीं होता है। अतः यहाँ सितारे आकर्षक, स्पष्ट और निकट दिखते हैं। नैनागिरि जैसे जैन तीर्थ क्षेत्रों पर कुछ यात्री छोटी-मोटी गलतियाँ कर देते हैं। गंदगी फैला देते हैं। अनुचित शब्दों का प्रयोग करने लगते हैं। ऐसी परिस्थितियाँ उत्पन्न होने पर हमारे सहायक चिंतित और क्रोधित न हों। बड़ी सहजता और सरलता से यह स्वीकार करें कि यात्रीगण प्रायः स्वाभाविक रूप से इस प्रकार की गलतियाँ करते ही हैं। हम उनकी ओर ध्यान न दें। हमारे सहयोगियों का कर्त्तव्य है कि वे यात्रियों को शिष्टाचार पूर्वक सभी सुविधाएं प्रदान करें। उनका सत्कार करें। उनकी देखभाल करें। उनकी यात्रा को आराम देह बनाकर उन्हें खुश रखें। नैनागिरि की प्रकृति अपनी सारी सुंदरता हमारे

दर्शकों के ऊपर न्यौछावर कर देती है। पूरी छटा बिखेर देती है। शीतकाल में गिरता तापमान पूरे वातावरण को सुहावना बना देता है। सूरज की पहली किरण के साथ जल मंदिर और महावीर सरोवर देखकर दर्शकों की थकान फुर्र हो जाती है। सायंकाल में उदासी और अवसाद सबसे अधिक होता है। सायंकाल होते ही हमें अकेलापन घेरने लगता है। घर के बाहर जाकर घूमने की इच्छा होने लगती है। ऐसे क्षणों में नैनागिरि पधारें। जल मंदिर में बैठकर आरती करें और पूरी प्रसन्नता प्राप्त करें। रात में आकाश के तारों और सितारों का आनन्द लें।

पाती–77

सदैव प्रसन्न रहने का ठोस प्रयास करें

हम सदैव प्रसन्न रहे। प्रसन्न रहने का पूरा प्रयास करें। कुछ क्षण आत्मिक, पारिवारिक और सामाजिक चिंतन करें। प्रसन्नता हमारे मस्तिष्क की विषेष परिस्थिति होती है। अतः हमें किसी स्थान से या व्यक्ति से प्रसन्नता नहीं मिलती है। हमें कोई खुशी नहीं दे सकता है। न कोई हमारी खुशी छीन सकता है। सप्ताह में एक दिन अपने कार्य से अवकाश लें। अवकाश के दिन आनंद करें। मस्ती करें। अवकाश के दिन को रोमांचक बनाएं। नए व्यक्ति से मिलें। उनसे बातचीत करें। बातचीत को प्रारंभ करने के लिए उसके घर, ग्राम, नगर और कार्य के संबंध में चर्चा शुरू करें। बैठक को रचनात्मक और उपयोगी बनाएं।

कार्य के चक्कर में फंसे रहने से भी बढ़कर जीवन में बहुत कुछ है। कई बार हम यह सोचते हैं। कि यह कार्य मैं ही कर सकता हूँ। ऐसी सोच से हम अधिक और अधिक से अधिक कार्य के दुष्चक्र में फंस जाते हैं। अपने अहंकार को संतुष्ट करने में व्यस्त हो जाते हैं। ऐसी परिस्थितियों से बचने के लिए हर समय सर्वोत्कृष्ट प्रदर्शन की इच्छा से बचें। दूसरों पर अपनी श्रेष्ठता स्थापित करने की लालसा से बचें। अपने साथियों को बड़े काम करने का मौका दें। स्वयं के दरकिनार होने का भय न पालें। प्रतिष्ठा प्राप्त करने की इच्छा को घटाएं। धीरे-धीरे हम भौतिक संबंधों को कम करें। लोक सेवा और प्रभु भजन के लिए कुछ अधिक और नियमित समय दें। झूठे अहंकार से ऊपर उठें। ऐसे विचार को मन में न आने दें कि मैं ही सर्वश्रेष्ठ हूं। मेरा धर्म, जाति और परिवार ही सर्वश्रेष्ठ है। मेरा काम सदैव सर्वश्रेष्ठ होना चाहिए।

कभी-कभी अपने सहयोगी के सुख-दुख और अध्ययन के बारे में जानकारी लें। उनके अच्छे कार्य की सराहना करें। उसके साथ की गई बातचीत को रचनात्मक बनाएं। बातचीत के दौरान हँसे। मुस्कराएं। प्रतिक्षण गंभीर चर्चा न करें। हम समझदार हैं। स्वयं की गलती से सीखने से हजारों साधनों और सुविधाओं का अनावश्यक अपव्यय होता है। अतः दूसरों की गलती देखकर अपनी गलती सुधारें। दूसरों की गलती से कुछ सीखने का प्रयास करें। इतिहास अवश्य पढ़ें। पुनः-पुनः पढ़ने का प्रयास करें। साथ-साथ छोटा सा इतिहास रचने का प्रयास करें।

आपका एक अदभुत शिल्पी ने सृजन किया है। आपका अपना स्वतंत्र व्यक्तित्व है। अपना कार्य प्रसन्नतापूर्वक करें। अपने व्यक्तित्व का विकास करें। अपने व्यक्तित्व के विकास के लिए अपनी समस्त शक्तियों का पूरा-पूरा उपयोग करें। जीवन में आगे बढ़ने का संकल्प करें। यही आपके व्यक्तित्व के निर्माण का श्रीगणेश होगा। अपना स्वभाव पहचानें। अपना मनोबल विकसित करें। समाज में रहना सीखें। अपने जीवन का ध्येय निश्चित करें। यह स्वीकार करें कि आप जीवन के सर्वोच्च स्थान पर पहुँच सकते हैं। आप अपना जीवन सार्थक बना सकते हैं। अपने को तुच्छ मत समझें। किसी से ईर्ष्या मत करें। दुनिया में आपका महत्त्वपूर्ण स्थान है। सर्वोच्च स्थान को प्राप्त करने के लिए अपने व्यक्तित्व का उत्साहपूर्वक सर्वांगीण विकास करें। आपकी बुद्धि, स्मरण-शक्ति, शरीर, परिस्थिति और संयोग कैसा भी हो। आप उज्जवल व्यक्तित्व का निर्माण करने में सक्षम हैं। आलस्य और भोग विलास को छोड़कर मन लगाकर अपना कार्य करें। आप अपने विचारों, भावनाओं, रूचियों एवं वृत्तियों को विशिष्ट दिशा में मोड़कर कुशल व्यक्तित्व का निर्माण करें।

यह ध्यान रखें कि इच्छा शक्ति, अणु शक्ति से भी प्रबल होती है। आप अपनी इन्द्रियों पर मन का नियंत्रण स्थापित कर इच्छा शक्ति को विकसित करें। इससे आपका मन मजबूत होगा। शिल्पी पत्थर को तराश-तराश कर मूर्ति बनाता है। कुम्हार मिट्टी को रौंद-रौंदकर तथा मिट्टी के ढेले को पीट-पीटकर घड़ा बनाता है। माली घास, डाली और पत्ती को कांट-छांटकर सुन्दर बगीचा बनाता है। इसी प्रकार आप अपने विचारों, भावनाओं, रूचियों और वृत्तियों को उपयुक्त दिशा में मोड़कर अपने कुशल व्यक्तित्व का निर्माण करें। मैं महान

शिल्पी बन जाऊं तो बहुत अच्छा होगा। यह आलसी का स्वप्न है। मैं घोर परिश्रम कर महान शिल्पी बनूँगा। यह कर्मवीर की उद्घोषणा है। आपमें शक्ति का अक्षय भण्डार है। अपनी शक्ति का पूरा-पूरा उपयोग करें।

आप अपने सृष्टिकर्ता पर विश्वास रखें। इस विश्वास से आपके आत्म विश्वास में वृद्धि होगी। व्यक्तित्व निर्माण की प्रक्रिया में आत्म विश्वास स्टील और सीमेन्ट का कार्य करता है। स्टील और सीमेन्ट से आप ईंट से ईंट एवं पत्थर से पत्थर चिपका कर गगन चुंबी इमारत बनाते हैं। इसी प्रकार मन, हृदय, बुद्धि, भावना, संस्कार तथा आदर्श के बीच आत्म विश्वास का वज्रलेप लगाकर सुदृढ़ व्यक्तित्व का निर्माण करें। आप प्रत्येक क्षण का उपयोग कर अपने भव्य व्यक्तित्व का निर्माण करें। आप प्रत्येक वस्तु का उपयोग कर भव्य भवन का निर्माण करें। सेवा भाव से बचकर केवल स्वार्थ साधने की घृणित वृत्ति कभी न रखें। हम घटिया कार्यों को सहन करने से बचें। उन्हें अस्वीकार करना सीखें। भयावह और क्षतिकारक परंपराओं और रूढ़ियों पर कभी न चलें। उनसे बचना सीखें।

अपना कार्य प्रेमपूर्वक करें। अपना व्यवसाय गर्व पूर्वक करें। अपना दैनिक कार्य उत्साह से करें। आप अपने जीवन में अवश्य ही सफल होंगे। श्रम करना सृष्टि का धर्म है। आलस्य और कामचोरी अधर्म हैं। आप एक सच्चे इंसान, एक आदर्श व्यक्ति और प्रेरणा की मूर्ति बनें यही मेरी मंगलकामना है।

जो लोग हमसे घृणा करते हैं, उनसे घृणा करने के लिए हमारे पास समय ही नहीं है क्योंकि हम ऐसे लोगो से प्यार करने में व्यस्त है जो हमसे प्यार करते हैं। हमें अपने अतीत का पछतावा नहीं है। हमें केवल यह अफसोस है कि हमने अपना थोड़ा सा समय गलत लोगों के साथ बर्बाद किया है। यह चिंता छोड़ दे कि दूसरे लोग हमारे बारे में क्या सोचते हैं। हम किसी से कोई अपेक्षा न करें। हम दूसरों से अपनी तुलना न करें। अपनी, अपने परिवार और अपनी धन संपत्ति की तुलना किसी अन्य से न करें। अपने जीवन में किसी व्यक्ति को दोष न दें। हम बदला लेने का प्रयास न करें। धैर्य पूर्वक बैठे और प्रतीक्षा करें। जो हमें दुख पहुँचाते हैं, वे अपने लिए ही दुख उत्पन्न करते हैं।

यह ध्यान रखें कि अच्छे व्यक्ति हमें प्रसन्नता प्रदान करते हैं। सर्वोत्तम व्यक्ति हमारे स्मृति कोष को बृद्धिंगत करते हैं। हम नकारात्मक वस्तु में से भी

सकारात्मक तत्वों की खोज करें। बंद घड़ी को देखकर भी यह विचार करें कि वह 24 घण्टों में कम से कम दो बार सही समय सूचित करती है।

अपने व्यक्तित्व में निखार लाएं। बोलने की कला विकसित करें। सुनना भी सीखें। बोलने के साथ-साथ सुनने की कला भी सीखें। इण्टरव्यू कक्ष में कदम रखते ही दिल की धड़कने बढ़ जाती हैं लेकिन जैसे-जैसे हम उस माहौल के अनुरूप ढलते जाते हैं। सहज होते जाते हैं। इस प्रक्रिया में नेत्र मिलन (आई कान्टेक्ट) की मुख्य भूमिका होती है। नेत्र मिलन से हमारे आत्मविश्वास में वृद्धि हो जाती है। किसी भी प्रश्न का जवाब देते वक्त हमें ध्यान रखना चाहिए कि हमारा जवाब सटीक हो। यह तभी संभव है, जब हम प्रश्न को अच्छी तरह सुनें और समझें। अच्छा श्रोता बनें। दूसरे की बात को धैर्य के साथ सुनें। अपने कम्युनिकेशन को प्रभावी बनाएं। कम्युनिकेशन स्किल हमारे व्यक्तित्व का आधारभूत पहलू है। यह स्किल अपनी बात को इण्टरव्यू बोर्ड के समक्ष अच्छी तरह पेश करने में अहम भूमिका निभाता है। सामने वाले व्यक्ति को पूरी तरह से सुनें और समझें। अपनी बात को सामने वाले पर थोपने की कोशिश न करें। निरंतर नए विषयों को जानने की आदत डालें। अपने ज्ञान का दायरा बढ़ाएं। ज्ञान चाहे जहां से मिले, उसे तुरंत आत्मसात करने की आदत विकसित करें। हम प्रत्येक घटना को और प्रत्येक निर्णय को अपने अस्तित्व की जीत या हार के रूप में रूपांतरित न करें। हम भूतकाल की घटनाओं, पुराने कार्यकलापों और इतिहास को भुलाकर वर्तमान की आवश्यकताओं और वास्तविकताओं को स्वीकार करें और प्रत्येक समस्या का सर्वसम्मत समाधान खोजने का प्रयास करें।

पाती–78

बिल गेट्स या सुंदर पिचाई की भांति सर्वोच्च शिखर पर चढ़ें

सफल हस्तियों की रोजमर्रा की जिंदगी में ही उनकी अच्छी आदतों का रहस्य छिपा हुआ है। अपने प्रयासों से बने करोड़पति दिन में 30 प्रतिशत या उससे ज्यादा समय अध्ययन को देते हैं। उनकी कई ऐसी विशेषताएं भी होती है, जो उन्हें सफलता की ओर ले जाती है। चाहे फिर यह किसी गोल को पूरा करने का पैशन हो या फिर कुछ नया करने की इच्छा। दरअसल ऐसी ही अच्छाईयों को खुद में विकसित करके दुनिया के सफल लोगों ने सर्वोच्च सफलताएं प्राप्त की हैं।

सफलता प्राप्त करने की भूख

जब वे सफलता के किसी एक स्तर पर पहुंच जाते हैं। तो तुरंत वे दूसरे स्तर पर पहुँचने के लिए उत्सुक हो जाते हैं। ऐसे में वे सभी नए तरीके खोज निकालते हैं। जिनसे उन्हें सफलता मिल सके। जब आपमें सफलता की तीव्र भूख होती है तो आप उसे हासिल करने के लिए पूरा दम लगा देते हैं। इतना ही नहीं अनिश्चतताओं एवं असुरक्षा के रूप में आई चुनौतियों को भी सफलता के ईंधन की तरह उपयोग करते हैं। तब आपको अपने आसपास सीमाएं नहीं बल्कि संभावनाएं नजर आती हैं। किसी भी उपलब्धि से मिलने वाली खुशी ही सुपर अचीवर्स को संतुष्ट कर पाती है। इससे उन्हें काम करने का मोटिवेशन भी मिलता है। इसके साथ ही सुपर अचीवर्स के मन में एक कमिटमेंट की भावना भी होती है, जिसे आसानी से बदला नहीं जा सकता। इससे उन्हें अपने लक्ष्य पूरे करने में मदद मिलती है।

मानसिक मजबूती हर चुनौती के टुकड़े कर देती है

असाधारण रूप से सफल लोग कभी भी डर कर नहीं भागते हैं। और न ही वे अपने डर को नजर अंदाज करते हैं। पहली बार कोई स्काइडाइविंग के लिए जाता है तो वह बहुत घबराता हैं, रात में सो भी नहीं पाता, लेकिन असल में जब वह आकाश में तैर रहा होता है तो उसका सारा डर खत्म हो जाता है। अचीवर्स दरअसल अपने डर का सफलतापूर्वक सामना करते है, जिससे अधिकांश लोग कतराते हैं। वे डर और संदेह को अपनी सफलता के रास्ते में दो बड़े दुश्मनों की तरह देखते हैं। वे मानसिक अनुशासन की मदद से अपने मन में आए किसी भी नकारात्मक विचार को भगाकर आगे बढ़ते हैं।

तैयारी करके उतरें मैदान में

काम के बारे में पूरा होमवर्क और तैयारी करके जाते हैं। जो लोग सफल होते हैं। वे हमेशा अपनी रिसर्च और तैयारी समय से पहले ही पूरी रखते हैं। दरअसल किसी भी चीज की तैयारी आपको न केवल कॉन्फिडेंस देती है, बल्कि काम विशेष में आपकी रूचि को दर्शाती है। जो व्यक्ति तैयारी के साथ परफॉर्म करते हैं। उनके मन में अपने आइडियाज को लेकर या कोई नया निर्णय लेते हुए डर या शंका नहीं होती। इस तैयारी की बदौलत ही वे अचीवर के मुकाम तक पहुँच पाते हैं। अचीवर्स हमेशा अच्छे व खराब वक्त, अनुभवों और मौकों के लिए तैयार रहते हैं। वे जानते हैं। कि सभी अनुभव उन्हें आगे बढ़ाएंगे। हर तरह की असफलता को वे लर्निंग के तौर पर देखते हैं। और उससे सीखते भी हैं।

सेल्फ मैनजमेंट सीखना होगा

जो लोग सेल्फ अवेयरनेस और सेल्फ मैनेजमेंट को अमल में लाते हैं, वे जीवन में सफल होते हैं। सेल्फ मैनेजमेंट की बदौलत वे अपने हर गोल को पूरा कर सकते हैं। लोग अपने हर फैसले की जिम्मेदारी लेते हैं। वे अपनी किसी भी असफलता का दायित्व किसी और पर नहीं डालते। किसी भी नाकामयाबी के बाद वे देखते हैं। कि वे क्यों असफल हुए और अब उसे कैसे सुधारा जा सकता है। इस प्रक्रिया में अचीवर्स खुद को बेहतर बनाने की कोशिशों में जुटे रहते हैं।

पढ़ने व सीखने की उम्र कभी खत्म नहीं होती

पढ़ने की आदत की वजह से ही वे सीमित समय में बहुत कुछ जान पाए। सीखने के लिए वाकई कोई उम्र नहीं होती। सुपर अचीवर्स विनम्रता के साथ सीखने के प्रयास हमेशा जारी रखते हैं। इससें कोई अहंकार आड़े नहीं आता और न ही ये कभी जताते हैं। कि वे सब कुछ जानते हैं। इसके बजाए वे सेल्फ डेवलपमेंट के लिए ज्यादा उत्सुक रहते हैं।

पाती–79

अपने व्यक्तित्व में कुछ अच्छी प्रवृत्तियाँ विकसित करें

हम अपनी सफाई खुद ही करें

अच्छी सेहत के लिए हाइजीन और केलोरी का पूरा ध्यान रखें। यदि बीमारी की रोकथाम पर हम एक रूपया खर्च करते हैं। तो इससे 133 रूपयों का समय और सात रूपये उपचार पर बचाए जा सकते हैं। दूसरों शब्दों में बीमारी की रोकथाम कर हम पूरी तरह से स्वस्थ रह सकते हैं। रेस्टोरेंट का मेन्यू कार्ड हजारों सूक्ष्म जीवों का घर होता है। यह कार्ड टायलेट शीट के कवर से भी कई गुना ज्यादा गंदा होता है। हम अपनी और अपने घर की सफाई खुद ही करें।

पुरानी चीजों का सदुपयोग करें

जनरेशन जेड और मिलेनियम पीढ़ी के लोग अब श्वेत और श्याम रंग की उबाऊ और नीरस किस्म की वस्तुओं के स्थान पर रंग बिरंगी वस्तुओं का प्रयोग करने लगे हैं। स्टडी टेबिल, किचन और बाथरूम में रंगीन वस्तुओं का प्रयोग होने लगा है। सस्ती और अच्छी रंगीन वस्तुएं कोरिया द्वारा बनाकर बेची जा रही हैं। ये चीजें अब हमारे देश में नावल्टी हो गई हैं। अब हमारे युवक और युवतियाँ इन चीजों को अपनी स्टायल बनाए रखने के लिए खरीदते है, भले ही उन्हें उनकी जरूरत हो या न हो। ऐसी खर्चीली बाजारू स्थिति में हम घर में रखी पुरानी उबाऊ चीजों को आकर्षक बनाने के प्रयास करें और उनका उपयोग करें।

तनाव के क्षणों को कम करें

तनाव से बचना भले ही संभव न हो किन्तु तनाव के पलों को अवश्य कम किया जा सकता है। तनाव के पलों से अपना बचाव किया जा सकता है। तनाव होने पर अधिक से अधिक उत्साही लोगों से मिले। उनसे बात करें। अच्छे स्थानों पर जाएं। दूसरों की मदद लें। किसी बीमारी को छिपाकर न रखें। उसका उपचार कराएं। लगातार अप्रिय बातों और अनुचित व्यवहार को न सहें। ज्यादा सहना छोड़ दें। रोने का मन करे तो कुछ देर रो लें। गुस्सा करने का मन करें तो कुछ देर गुस्सा कर अपने मन को शांत कर लें। तनाव पैदा करने वाले कारणों को हटा दें। नकारात्मक बातें कर खुद को न डराएं। तनाव के क्षणों में अपने से अच्छी और उत्साहपूर्ण बातें करें। तनाव के दौरान अच्छा पढ़ें, अच्छा सुनें और खुद को चार्ज करें।

अपने लोगों को आगे बढ़ाएं

अब यह आवश्यक होता जा रहा है कि हम अपने लोगो में आत्म विश्वास जगाएं। उन्हें अपने सामाजिक गौरव, वैभव और प्रभाव की झलक दिखाएं। उन्हें समझाएं कि वे सहमे-सहमें से न रहे। खुद में सिमटे-सिमटे न रहे। अपनी क्षमता और संभावना को बाहर निकालें। उन्हें बताएं कि पूरी दुनिया उन्हें सुन रही है। उन्हें पहचान रही है। उन्हें आगे बढ़ाने का प्रयास कर रही है। उनके साथ उन्हें सभी सदस्यों के बीच उमड़ते-घुमड़ते अटूट प्रेम के दर्शन कराएं। दौड़कर अपने साथियों को गले लगाएं। उनकी पीठ थपथपाएं। अपनी आत्मीयता दिखाएं। जब हमारे देश के प्रधानमंत्री मोदी अमेरिका सरीखे देश का चुनाव प्रभावित कर सकते हैं। अमेरिका मूल के व्यक्तियों की सहानुभूति बटोर सकते हैं, तब हम भी अपनी सरकार को चुनने में अपनी सक्रिय भूमिका निभा सकते हैं। हम पूरा भरोसा रखे कि हम पूरे देश को न सही, अपने परिवार और मित्रों के परिवार के हालात को अवश्य बदल सकते हैं।

हम अपने लोगों की वाणी में चीनी की मिठास और उनके हृदय में स्टील की शक्ति विकसित करें। उनको आगे बढ़ायें। ऊपर उठाएं। हम अपनी सच्ची प्रतिभा का उपयोग करते हुए जरूरत के समय उन्हें अपना सहयोग दें। उनके साथ संवाद और संपर्क करें। उनके साथ जुड़े। उनके विचार सुनें।

उन्हें अच्छी बात बताएं। समाज में फैल रही आपसी सहायता की कमी को दूर करें। अपनी समाज में फैली और हमारे साधु संतो और समाज के कर्णधारों मन और मस्तिष्क में जमीं बैठी आधुनिकता विरोधी मानसिकता में समुचित परिवर्तन करें। हमें अपने बच्चो को आधुनिक, वैज्ञानिक और गुणवत्तापूर्ण उच्च शिक्षा तथा कौशल प्राप्त करने के अच्छे अवसर उपलब्ध कराएं। हम अपनी समाज के गरीब व्यक्तियों को आगे बढ़ने में अपनी क्षमता का पूरा उपयोग कर सहयोग दें। उन्हें अपनी पूरी योग्यता और कुशलता का उपयोग करने के लिए आवश्यक सुविधाएं उपलब्ध कराएं।

अपने जीवन में सदैव धैर्य रखें

त्वरित सफलता की बढ़ती अहमियत को कम करें। आसमान छूती लालसाओं को घटाएं। हम बेसब्री और अधीरता को कम कर धैर्य रखना सीखें। सतत अभ्यास करने से हमारा धीरज बढ़ जाता है। अच्छे कौशल की भाँति हम धैर्य रखना सीख सकते हैं। सप्ताह में एक दिन हर काम धीरे-धीरे करें। ढेर सारे काम एक साथ करने के बजाए एक-एक करके पूरा करें। बोलने के पहले थोड़ा सा सोचें। जबाब देने के पहले थोड़ा सा रूकें। धीरज रखने की कला सीखें। अच्छी कहानियॉ पढ़कर धीरज रखने की कला सीखें। निराशा से बचने की सीख लें।

इच्छा होते ही हम प्रत्येक वस्तु अभी और यहीं प्राप्त करना चाहते हैं। जबकि सफलता और वरदान प्राप्त करने में हमें अत्यधिक धैर्य रखना आवश्यक है। किन्तु टेक्नालॉजी के मामले में हमारा धैर्य बस 2 सेकेण्ड बाद ही जबाव दे जाता है। टेक्नालॉजी के युग में हर काम की गति में वृद्धि हो चुकी है। अब कोई इंतजार नहीं करना चाहता है। कोई कतार में नहीं लगना चाहता है। कम्प्यूटर और मोबाईल हमारा हर काम तुरंत ही पूरा कर देता है। इससे हमारे अवचेतन मन में यह बात घर कर गई है कि इच्छा होते ही हमें हर चीज तुरंत उपलब्ध होना चाहिए। निवेश करते ही बहुत कम समय में अधिक से अधिक रिटर्न चाहते हैं। रातोंरात प्रसिद्ध हो जाना चाहते हैं। किन्तु हम प्रसिद्ध और सफल लोगों के कठोर परिश्रम और धैर्य को नहीं देखना चाहते हैं। उनकी मेहनत और धीरज को पढ़ना और समझना नहीं चाहते हैं। हम धैर्य को

क्रूरता से ठुकरा देते हैं क्योंकि अब हम जल्दी में हैं। बेसब्र हो गए हैं। तुरंत नतीजे पाने के लिए हर कीमत चुकाने के लिए तैयार हैं। अपनी योग्यताओं का बहुत अधिक मूल्यांकन कर और अपने को बहुत होशियार स्वीकार कर आत्ममुग्ध हो रहे हैं।

अधीरता से हम मानसिक रूप से उद्वेलित हो जाते हैं। इसका शरीर पर बड़ा बुरा असर पड़ता है। स्ट्रेस हारमोन बढ़ जाने से शरीर पर दुगना दुष्प्रभाव पड़ता है। रक्त चाप, हृदयरोग और मधुमेह का खतरा बढ़ जाता है। शरीर का वजन बढ़ जाता है। हमारा बहुत नुकसान होता है। जब कभी बेसब्री और अधीरता बड़ा कहर ढा देती है। रिश्तों को बिगाड़ देती है। बेसब्री में कुछ कामयाबी मिल भी जाए तो हम उसका आनन्द नहीं ले पाते हैं।

भले इंसान बनें और खुश रहें

हम भले इंसान बनें। प्रेम आत्मा का गुण है। अतः सबके साथ शर्त विहीन प्रेम करें। बुरे अनुभव छोड़ दें। लोगो को माफ कर दें। उनसे माँफी मांग लें। प्रकृति की हर चीज की ओर दयालु दृष्टि रखें। हम धरती के शुभ चिंतक बनें। दुनिया में अच्छे बदलाव लाएं। जलवायु परिवर्तन के लिए सभी छोटे-मोटे कार्य करें। हर दिन कुदरत को नष्ट करने की एक आदत छोड़ें। हम वृक्षों, नदियों, पहाड़ों, समुद्रों के प्रति भी दयालुता दिखाएं। ये सभी आपस में किसी न किसी तरह एक दूसरे से जुड़े हुए है। हम अपने परिवेश का वैसा ही ही ध्यान रखें, जैसा हम खुद का रखते हैं। हम स्वयं पर्यावरण के प्रति संवेदनशील रहें। अपने बच्चों को संवदेनशील बनाएं।

हम अपने जीवन में खुश रहने के नुस्खे सीखें। हम अच्छी चीजें याद रखें और बुरी चीजों को भूल जाएं। हम अपने भावों में नकारात्मकता नहीं आने दें। सकारात्मक ऊर्जा से ओतप्रोत विचारों को जन्म दें। ध्यान करें। ध्यान से प्राप्त ऊर्जा हमें दिन भर तारो-ताजा रखती है। हम अच्छे संकल्प करें तदनुसार मधुर वाणी का प्रयोग करें। अपनी आदतें और संस्कार सुधारें। अपनी लाइफ स्टायल को सात्विक रखें। भले ही हमारी लाइफ बिजी हो किन्तु ईजी भी हो। यदि हमारे परिवार के किसी सदस्य में नकारात्मक विचार आ गया हो तो उसके विचारों में बदलाव के लिए ठोस प्रयास करें। त्योहारों से सकारात्मक

संदेश गृहण करें। दीपक जलाकर अंधेरे से प्रकाश की ओर बढ़ने का नियम करें। गुस्सा और परनिन्दा छोड़ें। खाने-पीने की वस्तुओं के स्थान पर अपने संकल्पों की चर्चा करें। धन कमाने का तरीका सात्विक रखें। अपनी अपेक्षाएं धीरे-धीरे घटाते जाएं।

अच्छा वेतन ही सब कुछ नहीं होता

मिलेनियल्स (सन् 1980 से 2000 के बीच जन्में) और जनरेशन जेड (1995 के बाद जन्में) हमारे परिवार के युवक और युवतियाँ एक के बाद एक अच्छी सैलरी वाली पुरानी नौकरी छोड़कर नई-नई नौकरी ज्वाइन कर रहे हैं। ज्यादा पैसा और अच्छा पद प्राप्त कर रहे हैं। उन्हें शनिवार और रविवार दोनों दिन की छुट्टी मिल रही है। घर से महीने में चार दिन काम करने की आजादी मिल रही है। यदि उसके बॉस उसे किसी दिन रात नौ बजे काल करता है और दो घण्टे तक कम्प्यूटर पर रहकर वह काम करता है तो उसे अगले दिन सुबह 10 बजे काम पर जाने की जरूरत नहीं है। ऐसे में उसे 12 बजे तक भी ऑफिस पहुँचने की छूट होती है और उसकी उपस्थिति पूरे दिन की मानी जाती है। इस प्रकार उसे फ्लेक्सी अवर्स की व्यवस्था का लाभ मिलता है। ऐसे युवा बिना किसी चिंता के ऊंचे पद पर छलांग लगाते हैं। काम करने का अच्छा माहौल प्राप्त करते हैं। इसके साथ-साथ हम यह भी ध्यान रखें कि सैलरी जरूरी होती है किन्तु सैलरी ही सब कुछ नहीं होती है।

कार्बन उत्सर्जन कम से कम करें

इण्टरनेट ऑफ़ थिंग्स (आई.ओ.टी.) का जादू हमारे रोजमर्रा के जीवन में फैल रहा है। इसी से हमारी दुनिया तेजी से बदल रही है। बदलती दुनिया में हम अपने पर्यावरण के संरक्षण का पूरा ध्यान रखें। लिफ्ट और कार का कम से कम उपयोग करें। जलवायु परिवर्तन से लड़ने के लिए पैदल चलें। साईकिल से चले। स्कूटर, कार और लिफ्ट में चलने से कार्बन उत्सर्जन बढ़ जाता है। फ्लाईट नहीं रेल से चलें। फ्लाईट में कार्बन का उत्सर्जन ट्रेन की तुलना में कई सौ गुना अधिक होता है।

अपने गैजेट सम्हाल कर रखें

छोटी गलतियों से अच्छे स्मार्ट मोबाइल, लेपटॉप और कम्प्यूटर जल्दी खराब हो जाते हैं। यदि आप अपने गेजेट को आराम देना चाहते हैं। तो उसे पूरी तरह से बंद कर दें। उन्हें अत्यधिक गर्मी और सर्दी से बचाकर रखें। फुल चार्ज करने के लालच से बचें। बैटरी औसत रूप से 60 प्रतिशत तक चार्ज रखें। ज्यादा चार्ज होने से बैटरी ज्यादा तनाव में रहेगी। 40 प्रतिशत से कम चार्ज रहने से उसकी उम्र कम हो जाती है। अतः 40 से 80 प्रतिशत तक ही चार्ज रखें। प्रत्येक सप्ताह गैजेट की सफाई करें। अच्छे चार्जर का उपयोग करें।

पाती–80

अपने जीवन के अंतिम क्षणों तक भी सफलता के प्रयास करते रहें

जीवन के आख़िरी पड़ाव पर पहुँचने पर भी हार स्वीकार नहीं करें। सफलता हमारे ठोस एवं सतत प्रयास करने पर ही संभव है। कोशिश बंद करने से सफलता के दरवाज़े ही बंद हो जाते हैं। जल्दबाजी नहीं करें। जिस काम में जितना समय लगता है, उतना लगेगा ही। ईमानदारी से अपना कर्म करते रहें। तनाव में भी मुस्कराते रहें। मुस्कराहट से हम सुखी समृद्ध हो जाते हैं। दूसरों को मुस्कराहट देने से हम ग़रीब नहीं होते हैं। अपने ही अंदर बैठी अपनी ख़ुशी को तलाशते रहें। ख़ुशी को अपने अंदर ही महसूस करें। स्वयं ख़ुश रहें और सभी को ख़ुश रखें। अपने जीवन के अंतिम क्षणों तक भी सफलता के ठोस प्रयास करते रहें।

हम जितनी जल्दी सत्ता और पैसे कमाने के चक्र से बाहर आते हैं उतनी ही जल्दी लोकप्रियता और विलासिता के बंधन से छूट जाते हैं। उतना ही अधिक ख़ुश रहते हैं और लंबी ज़िन्दगी जीते हैं। सजगता पूर्वक गुणवत्ता पूर्ण जीवन व्यतीत करते हैं। सार्थक जीवन शैली अपनाते हैं। ख़ुश रहते हैं। लंबी आयु जीते हैं।

ज़िन्दगी में सबसे अनकॉमन वस्तु है कॉमनसेंस। अतः कॉमनसेंस वाले लोगों को अपने साथ रखें। बौद्धिक क्षमता और आत्मबल वाले लोगों के साथ रहें। अपने सहायकों से हर डिटेल लेने का लालच छोड़ें। उन्हें ताक़त प्रदान करें। उन पर भरोसा रखें।

सीढ़ियों से ऊपर चढ़ने के लिए नकारात्मक विचार, आलस्य और डर से छुटकारा पाएँ। अपनी हार से कभी हताश नहीं हों और अपनी जीत से कभी

अभिभूत नहीं हों। बड़ी सफलता के बाद लंबे समय तक आराम नहीं करें। बदलाव से कभी घबराएँ नहीं। हर बदलाव को पूरी सहजता से अपनाएँ। कभी बेचेन नहीं हों। अपने उत्साह को बनाए रखें। यदि हम चाहते है कि हमारे बच्चे पढ़ने की आदत डालें तो हम भी नियमित रूप से कुछ न कुछ पढ़ें। पढ़ना ज़िन्दगी की सबसे बेहतरीन आदत है। सूचना के इस युग में रोज़ाना कम से कम एक घण्टा पढ़ें। नई सोच अपनाएँ। अपने विषय के बारे में रोज़ पढ़ें और हमेशा आगे बने रहें। सावधानी के साथ नोट्स बनाएँ। अपने नोट्स की समीक्षा करें। आपने क्या सीखा? इस पर विचार करें और रोज़मर्रा की ज़िन्दगी में इसे लागू करें।

किसी भी चीज़ को पाने के लिए पूरा उत्साह बनाए रखें। जितना हम उत्साह रखेंगे हमारा दिमाग़ उसे पाने के लिए उतना ही काम करेगा। सर्वोच्च सफलता की कल्पना करें। उसका अनुभव करें। वांछित सफलता के बिन्दु अपनी डायरी में नोट करें। इससे हमारी रचनात्मकता को गति मिलती है। तरक़्क़ी की राह में अड़ियल रवैया बाधा पैदा करता है। इस अड़ियल रवैये से निजात पाएँ। पुराने विचार को छोड़कर नए और बेहतर विचार को स्वीकार करें। पुरानी सोच छोड़कर नई सोच को अपनाएँ। इसके लिए आवश्यक साहस जुटाएँ। पैसे बचाकर अपनी आर्थिक स्थिति को मजबूत करें। यदि तक़दीर हारने का संकेत दे तो भी जीत की ज़िद बनाए रखें।

दूसरे दिन को अधिक उत्पादक बनाने के लिए बहुत अच्छी नींद ज़रूरी होती है। अतः देर रात में भारी डिनर से दूर रहें। प्रतिदिन सोने के पूर्व कुछ देर पढ़ें। सोने के पूर्व गुनगुने पानी से स्नान करें। यदि स्नान करना संभव नहीं है तो अच्छे से चेहरा और हाथ पैर धोएँ। ब्रश करें। सोने के पूर्व मोबाइल फ़ोन बंद कर दें। ऐसे काम करें जिनसे हमें ख़ुशी मिले। जो हमारे दिमाग़ को रिचार्ज करें। अपने बच्चों से बात करें। अपने जीवन साथी से गपशप करें। पारिवारिक संबंधों की प्रगाढ़ता बढ़ाएँ। चिंतन मनन करें। ध्यान करें। अगले दिन की शक्तिशाली तरीक़े से कल्पना करें। यह कल्पना करें कि अगले दिन बड़े काम पूरे हो रहे हैं। बड़ी आय हो रही है। पुरानी समस्या का समाधान हो रहा है। अगले दिन की सफलता का मानसिक चित्र बनाएँ। इस प्रकार अगले दिन को उत्पादक बनाएँ। इससे हमें अनेक समस्याओं के समाधान के संकेत

मिल जाते हैं। प्रतिदिन अपने मनपसंद काम करें। जिस काम में मज़ा आ रहा है, उसे करते रहें।

समुचित और संतुलित भोजन करें

समुचित और संतुलित भोजन करें। जितना भोजन और जितनी भोज्य वस्तुएँ स्वास्थ्य संधारण, पठन और भजन में सहायक होती है, वही ग्रहण करें। समुचित और संतुलित भोजन करें। प्रत्येक मानव अपनी प्रकृति - सात्विक, राजसिक और तामसिक - के अनुरूप अन्न का उपयोग करता है। सात्विक व्यक्ति आहार शुद्धि से सत्व सिद्धि के गुणों में वृद्धि करता है। सत्व गुण से लौकिक तथा पारलौकिक सुख प्राप्त करता है। रजोगुण कर्म में प्रवृत्त करता है और तमोगुण ज्ञान को आवरित कर हमें प्रमाद की व्यर्थ चेष्टाओं में संलग्न कर देता है। परिस्थिति, परिवेश, देश तथा काल के अनुरूप स्वभाव से हृदय को प्रिय लगने वाली रसयुक्त चिकनी और स्थिर भोज्य वस्तुएँ सात्विक होती हैं। सात्विक भोज्य पदार्थ सात्विक व्यक्ति के लिए प्रिय होते हैं। आयु, आरोग्य, बल और बुद्धि वर्द्धक होते हैं और कड़वे, खट्टे, अधिक नमकीन, अत्यंत गर्म, तीखे, रूखे, दाहकारक और दुःख, चिंता तथा रोग जनक आहार राजसी प्रकृति के होते हैं। राजसी पुरुष के लिए प्रिय होता है। रसायन विहीन, बहुत पहले बना, अधपका, दुर्गन्धयुक्त, बासा और जूठा और अपवित्र भोजन तामसी प्रकृति का होता है। तामस पुरुष को प्रिय होता है। हमारे विवेक और संतुलित भोजन से हमारे सतोगुण, रजोगुण और तमोगुण के बीच आदर्श समरसता स्थापित हो जाती है। यही आदर्श समरसता हमें अपने जीवन के चतुर्मुखी विकास के शिखर पर विराजमान कर देती है।

प्रभावशाली ई-मेल लिखें

प्रभावशाली ई-मेल लिखना सीखें। सब्जेक्ट लाइन में ही अपनी पूरी बात समझा दें। सब्जेक्ट लाइन में कम से कम शब्द लिखें। अधिकतम चार-पाँच शब्द लिखें। ऐसे वाक्य लिखें जिससे पाने वाले को बात का प्रिव्यू मिल जाए। बेहद विनम्र और दोस्ताना शब्द लिखें। ई-मेल लिखते समय अपनी टोन के प्रति सतर्क रहें। यह सुनिश्चित करें कि मेल पढ़ने से किसी को कभी बुरा नहीं लगे। अपनी बात को कम शब्दों में कहने की आदत बनाएँ। कम शब्दों में लिखी बात ज़्यादा

असर करती है। सरल भाषा का उपयोग करते हुए छोटी और प्रभावशाली मेल लिखें। 75 से 100 शब्दों वाले मेल सबसे अच्छे माने जाते हैं। लंबी-चौड़ी मेल देखकर लोग घबरा जाते हैं। उसे तुरंत नहीं पढ़ते। उसे टाल देते हैं। मेल में स्पष्ट और सीधी बात लिखें। घुमावदार तरीक़े नहीं अपनाएँ। सीधी बात आसानी और जल्दी से समझ में आती है। जितनी जल्दी मेल पाने वाले हमारी बात समझेंगे उतनी जल्दी जबाव देंगे। ई-मेल लिखने के एक हफ़्ते बाद ही अच्छे तरीक़े से फ़ॉलो-अप करें। जबाव के लिए फिर कुछ दिन इंतज़ार करें। उत्तर के लिए ज़िद नहीं, विनम्र शब्दों में अच्छे ढंग से आग्रह करें।

वृद्धावस्था में शारीरिक स्पर्श का महत्व

मानवीय अस्तित्व के लिए भोजन और पानी की भाँति शारीरिक स्पर्श आवश्यक है। शिशु के जन्म से ही शारीरिक संपर्क का प्रभाव पड़ने लगता है। नई माताओं, नर्सों और नर्सरी शिक्षकों के लिए बच्चों के हाथ थामने, उन्हें थपथपाने और सीने से लगाना आवश्यक होता है। नवजात शिशुओं में स्पर्श की कमी के कारण आक्रामता जन्म लेती है। उनकी संज्ञान लेने और अहसास करने की क्षमता कम हो जाती है। स्पर्श से वंचित व्यक्ति अकेलेपन, अवसाद, तनाव और बैचेनी से पीड़ित होने लगते हैं। हम कोरोना वायरस के संक्रमण को रोकने का हवाला देकर हाथ मिलाना, गले लगाना, पालतू पशुओं और पौधों को दुलार करना भूल से गए हैं। अब आवश्यक है कि विशेषतः वृद्ध व्यक्ति शारीरिक संपर्क की अहमियत को पुनः समझें। अपने शिशुओं और बच्चों को गोदी में उठाएँ। उनके माथे का चुंबन लें। उन्हें कंधे पर बिठाकर घुमाएँ।

लेखक के बारे में

जैन तीर्थ नैनागिरि, जिला छतरपुर, म.प्र. में जन्मे श्री सुरेश जैन (आई.ए.एस) एम.कॉम. और एल.एल.बी. हैं। भारतीय प्रशासनिक सेवा में रहते हुए मध्यप्रदेश सरकार के वरिष्ठ प्रशासनिक पदों पर सुदीर्घ काल तक अपनी सेवाएँ प्रदान कर चुके हैं। विदिशा में कलेक्टर के पद पर रहते हुए वर्ष 1992 में उन्होंने बीजामण्डल मंदिर जिसे, पन्द्रहवीं शताब्दी में तोप से उड़ाकर ईदगाह बना दिया गया था, के नीचे से 500 से अधिक मूर्तियों का उत्खनन शांति और सफलतापूर्वक कराया है। यह उल्लेखनीय है कि दिल्ली में निर्माणाधीन नए संसद भवन की डिज़ाइन इसी मंदिर की डिज़ाइन के आधार पर बनाई गई है। भारतीय संस्कृति के संवर्द्धन के लिए उनके इस साहसिक कार्य की पूरे राष्ट्र के द्वारा सराहना की गई है।

श्री जैन अनेक पुरस्कारों से सम्मानित हैं। 'जैन रत्न' और 'समाज भूषण' जैसी विभिन्न राष्ट्रीय उपाधियों से विभूषित हैं। सेवानिवृत्ति के पश्चात भारत सरकार के पर्यावरण मंत्रालय में मध्यप्रदेश राज्य विशेषज्ञ मूल्यांकन समिति के अध्यक्ष के पद पर 6 वर्ष तक पदासीन रहे हैं। सरकार के विभिन्न विभागों की विधि संहिताओं के साथ-साथ आप *बड़े भाई की पाती* के यशस्वी लेखक एवं भारतीय ज्ञानपीठ द्वारा 2018 में प्रकाशित छंदोदय और 2020 में प्रकाशित *बाबा दौलतराम वर्णी की 16 रचनाएँ* के प्रबंध संपादक हैं। आपने अंतरराष्ट्रीय एवं राष्ट्रीय स्तर के अनेक सेमिनारों और ई-संगोष्ठियों में सहभागिता की है। आकाशवाणी एवं दूरदर्शन द्वारा आयोजित विभिन्न कार्यक्रमों में भाग लेकर शोध-पत्रों का वाचन किया है। आपके 100 से अधिक शोध पत्र प्रकाशित हो चुके हैं। व्यक्तित्व विकास एवं ज्वलंत सामाजिक संदर्भों पर शताधिक लेख और निबंध प्रकाशित हो चुके हैं।

विभिन्न धार्मिक स्थलों और संस्थाओं के संरक्षण एवं विकास में आपने अत्यधिक सराहनीय सहयोग प्रदान किया है। वे अखिल भारतवर्षीय

दिगंबर जैन तीर्थक्षेत्र कमेटी, मुम्बई के पाँच वर्ष तक मंत्री रहे हैं। दिगंबर जैन सिद्धक्षेत्र नैनागिरि के अध्यक्ष एवं आचार्य विद्यासागर प्रबंध विज्ञान संस्थान, भोपाल के संस्थापक हैं। उन्होंने संस्थापक और प्रबंध संचालक के रूप में इस संस्थान का 25 वर्षों तक सफल संचालन किया है। नैनागिरि और तिन्सी में स्थित जैन विद्यालयों के वे संस्थापक हैं। उन्होंने अखिल भारतवर्षीय प्रशासकीय प्रशिक्षण संस्थान, जबलपुर, जीतो, मुम्बई और कामयाब, दिल्ली के संस्थापन में आधारभूत एवं सक्रिय भूमिका का निर्वाह किया है। संघ लोक सेवा आयोग आदि की प्रतियोगिता परीक्षा देने वाले छात्रों को सतत मार्गदर्शन दे रहे हैं।